U0897385

现代诗歌的自由法则

黎志敏 著

人民出版社

目　　录

第三部分　中西现代诗歌的交融与发展

前　言

中国是一个诗歌的国度,诗歌在中国文化中具有崇高的地位。自古以来,中国人就将“吟诗作赋”视为一种高尚的核心素养,历代中国诗人也创作出了无数优秀诗歌作品。

20 世纪初期,胡适以《尝试集》开启了中国新诗暨中国现代诗歌的新纪元,迄今已有一百多年。一方面,我们在新诗的理论探索和实践创作已经取得了不少成绩,另一方面,我们所取得的成绩和传统诗歌比起来还相差太远,在新诗的理论和实践领域,还需要我们不断地去进行探索和建设。

笔者自攻读博士时就开始关注中国新诗,2002 年,我在中山大学英文系完成英文博士论文 *New Chinese Poetry under the Influence of Western Poetics*: *The Origins*, *Development and Sense of Nativeness*(《西方诗学影响下的中国新诗:起源、发展与本土意识》,西南师范大学出版社 2005 年版),充分论证了中国现代诗歌是在西方诗歌的直接影响下生成的,可以说:没有西方诗歌的影响,也就没有中国现代诗歌。在研究过程中,我还发现了一些需要进一步研究的重要问题,其中最核心的是“中国现代诗歌何以自立”的问题。

带着这个问题,我进一步深化了自己的相关研究工作,并于 2005 年在中山大学中文系完成了博士后出站论文,即《诗学构建:形式与意象》(人民出版社 2008 年版)。我在该著中尝试通过构建一个融会中西的诗学体系,解决中国现代诗歌的“自立”问题。我发现有些现代诗学问题(例如“现代(自由)诗歌”①在学理上何以成立的问题)在西方也没有解决好,因此在该

① “现代(自由)诗歌”这个术语表示的是:与传统诗歌相比,现代诗歌的根本特征在于“自由”。“现代(自由)诗歌”一般写作“现代诗歌”,加上(自由)二字是为了提示读者注意现代诗歌的“自由”特征。

专著中尝试进行了解决。在这一研究的过程中，我发现了更多需要进一步研究的新问题：包括现代诗歌与现代文化、哲学背景的关系问题，现代诗歌的精神问题，现代诗歌的终极目标问题，中国现代诗歌如何独立于西方诗歌的问题，等等。

之后，我花了几年时间着重研究中西现代文化、哲学问题，并且出版了两本现代文化、哲学的研究专著《知识的"善"与"真"》和《现代文化经纬》。与此同时，我也一直在思考和研究现代诗歌的相关问题。

这本专著，是我十多年来对中西现代诗歌持续研究的又一次阶段性总结。在该著中，我从现代诗歌"自由"的法则入手，指出现代诗歌的"形式"和"内容"具有高度的"流动性特征"，不能截然分开。同时，我通过论证指出现代诗歌的精神乃是"创新"精神，其终极目的，则在于对人类智性与感性能力的深度拓展，——只有符合这一终极目的的创新，才是有意义的创新。在此基础上，我提出了系列现代诗歌的理论与实践规范。

之后，我遴选了几位在现代西方诗坛具有独特地位的诗人，进行了深入的个案研究。最后，我从中西诗学比较研究的视角，论述了中西现代诗歌相互影响、交融与发展的问题。

只要秉持现代诗歌的"创新"精神，以人类智性与感性能力的深度拓展为终极目标，那么，中国现代诗歌就能够取得"自立"的地位，和西方现代诗歌并肩而立。假以时日，中国现代诗歌的成就甚至可能超越西方。

2019 年 11 月 11 日

第一部分

现代诗歌理论基础研究

第一章　“流动的边界”：有关“形式—内容”的哲学思辨

在中国学界，有关“形式—内容”最有影响的观点是“内容决定论和形式附庸论”。王金龙对这一理论的来源及其广泛传播路径进行了梳理，指出其已经被突破并扬弃。① 这一观点代表了当前学界的一般性认识，不过，王金龙所列举的一些“突破性”理论（例如使用“文本分层取代内容与形式”）其实并没有真正取代“形式—内容”范畴。一种理论的质量高低，取决于它的解释力和简洁性，而王金龙所列出的所谓“新理论”并不比“形式—内容”范畴更具有解释力或者更为简洁，尽管它们也能自成一说。

从某种视域来看，“内容决定论和形式附庸论”也并非没有道理。正如何其芳所说：“形式的基础是可以多元的，而作品的内容与目的却只能是一元的。”②例如：某部门决定宣传一个先进人物，然后将任务下达给文艺宣传部门，那么，“宣传先进人物”就是内容，而至于文宣部门采取什么“形式”（话剧，快板，或者电影……）则是可以灵活选择的，这就是所谓“内容决定论”。又例如，某公司需要宣传一种产品，也可以采取类似的套路。由此可见，“内容决定论和形式附庸论”即便在今天也依然有效，并没有过时。事实上，只要存在任何内容宣传的需要，它都不会过时。

与其说现代学界“突破”了“内容决定论和形式附庸论”的理论，还不如说转移了“视域”。从纯粹“诗学”的视域来看，王金龙认为“内容决定论和

① 参见王金龙：《内容/形式范畴研究六十年》，《广西师范大学学报》（哲学社会科学版）2010 年第 6 期。

② 何其芳：《话说新诗》，《文艺报》第 2 卷第 4 期（1950 年 4 月）。

形式附庸论”不合理的观点是站得住脚的，例如传统诗人们在聚会时常常会以同样的素材（内容）做诗，他们评判一首诗作艺术水平的高低完全看“形式”（遣词造句）；在类似语境中，内容并不重要，重要的乃是“形式”。赵毅衡注意到了这种情况，简单地列举了不同视角下“形式”和“内容”分别作为“主导”的几种情况。不过，他并没有深入论述。①

从不同的视域观察“形式—内容”，就会发现它们的内涵不是绝对的，而是相对的。例如一对新人结婚，从“婚礼”的角度来看，采取“什么样式的婚礼”是“形式”，而“结为夫妻”则是内容（实质）；从“爱”的角度来看，“结婚”只是形式，“相爱”则是内容（实质）；如果两人之间没有“爱”，则婚姻只是“徒有形式”而已；从心理与生理层面来看，“相爱”只是一种表达形式，而“性格相投、情感依赖”则是内容（实质）……由此可见，“形式—内容”两者之间的边界并不是一成不变的，而具有“流动性”的鲜明特征。

考察“形式—内容”这对重要范畴，关键要注意其“流动性”特征，要善于从不同的视域分别讨论。

一、西方哲学中的“形式—内容”辨析

在对西方哲学中的“形式—内容”概念进行辨析之前，先要理顺主观世界、客观世界以及主观世界的载体即人类所发明的语言符号三者之间的关系。

客观世界是不依赖人的主观意志的存在，主观世界是人类在意识中对客观世界的图像与符号的再现，——人类在意识中对客观世界的再现是以语言符号为载体来进行表达的。所有人类的知识都是以语言符号的形式进行表达的。

值得注意的是，语言符号（包括数字）一旦形成体系之后，就会产生系列具有一定独立性的规律，例如数学定理、语言逻辑等。依据这些规律，语

① 赵毅衡：《形式与内容：何为主导》，《中国社会科学报》2014年10月10日。

言符号可以进行大量的再生产活动，例如一些数学推理以及哲学辨析著作都属于这种再生产产品。这种通过再生产产生的思想观点，有的可能依然符合客观实际（这会导致对客观世界的新发现，从而增加人类知识，例如科学发现中就有很多相关例子），有的则会偏离客观实际（这会导致谬误，误导人们犯错误）。

仅仅根据语言符号体系中的逻辑进行推理，我们难以辨明哪些再生产产生的知识符合客观实际，哪些不符合。这导致人类在相当长的时间内无所适从，也导致一度生机勃勃的古希腊哲学变得一蹶不振，成为了死的东西了。① 不过，近代培根提出的系统实验方法，有效地打通了主观世界与客观世界之间的联系，推动哲学和技术从传统跨入现代，为现代科学乃至整个现代文明奠定了基础。也正因为如此，培根被伏尔泰誉为“实验哲学之父”②，被杜威誉为现代生活精神的伟大先驱，现代思想的真正奠基人③。

在以上辨析的基础上，我们能够更好地理解西方哲学有关“形式—内容”的观点与争议。

潘志新在梳理“形式—内容”关系的时候，认为西方古代哲学家一直所持的观点是“形式决定内容，内容反作用于形式”，直到后来被黑格尔改变为“内容决定形式，形式反作用于内容”。④ 后来，黑格尔的相关基本观点被马克思继承，并且通过俄罗斯的哲学家传到中国，成为在中国很长一段时间内占据主导地位的观点。

在古希腊哲学中，和“形式—内容”相关的最有影响的是柏拉图所谓的“理念世界”与“现实世界”。柏拉图举例说，一位木匠所造的床只是“一张具体特殊的床而已”，而不是“真正的床或床的本质的形式或理念”。⑤ 柏拉图据此认为，“木匠是根据床的理念形式创造出床，世界万物是根据理念这个形式创造万物，万物分[注：应为‘先’]有理念的形式，理念这种纯粹形

① 杜威：《哲学的改造》，许崇清译，商务印书馆 1958 年版，第 15 页。

② 伏尔泰：《哲学通信》，高达观等译，上海人民出版社 1957 年版，第 47 页。

③ 杜威：《哲学的改造》，许崇清译，商务印书馆 1958 年版。转引自盛国荣：《弗兰西斯·培根的技术哲学思想探微》，《自然辩证法研究》2008 年第 2 期。

④ 潘志新：《“内容与形式”关系考辨》，《前沿》2011 年第 11 期。

⑤ 柏拉图：《理想国》，商务印书馆 1986 年版，第 389—390 页。

式是世界的本质，万物由理念决定。”[①]这就是所谓“形式决定内容”的基本理论，毕达哥拉斯、亚里士多德、康德等人提出的概念不一样，不过却殊途同归，都持基本相同的“形式决定内容”的观点。[②]

不难看出，古希腊哲学家所谓的“形式—内容”和由黑格尔肇始、马克思修正并最后经苏联专家重新定义进入我国的“形式—内容”的概念是完全不一样的，古希腊哲学家所说的“形式—内容”归根到底是主观世界和客观世界的关系，为了避免语言符号上的混淆，其实应该以“理念世界—客观世界”来言说更为合理——语言（包括哲学）的进化规律是不断细分，造出新词来指代不同的概念，在中国已然存在“形式—内容”概念以及人们对它们的常识性理解之后，再以“形式—内容”来翻译介绍柏拉图的“理念世界—客观世界”（以及其他古希腊哲学家的相关概念）本身可谓一种“翻译错误”。

那么，柏拉图所谓理念世界决定客观世界的说法是否成立呢？这其实要从不同的视域来区别对待：在人类从客观世界总结抽象出各种概念并形成理念的过程中，显然是“客观世界决定理念世界”的；而在人们根据理念世界来对客观世界进行改造的过程中，则是“理念世界决定客观世界”的（主要体现在社会生活领域）。

古希腊哲学家之所以认定理念世界是世界的本源，原因也很简单：因为他们觉得某些理念具有“绝对正确的性质”。事实证明，这种假设前提本身就是错误的，例如牛顿的经典力学在宏观物理学和量子力学方面就不成立，如果我们问柏拉图：哪种力学理论是世界的“绝对正确的”本源呢？他就无从回答了。在量子世界，还有所谓“测不准定律”，换而言之，在量子世界，根本没有具有“绝对性质”的规律存在。即便毕达哥拉斯所谓“数学形式是永恒的存在”[③]的说法在某些领域也并不成立，例如在量子领域，就存在

---

① 潘志新：《“内容与形式”关系考辨》，《前沿》2011 年第 11 期。

② 潘志新：《“内容与形式”关系考辨》，《前沿》2011 年第 11 期。

③ ［德］威廉·文德尔班：《哲学史教程》（上卷），罗达仁译，商务印书馆 1987 年版，第 69 页。

1+1≠2 的现象。① 换言之,在某些领域,即便数学也并非“绝对真理”。当前科学界基本相信宇宙是由大爆炸产生的,那么,在大爆炸之前的那个极小的“宇宙点”的性质是怎么样的呢?这个“宇宙点”里面的物质遵循的是什么规律呢?——这可能是我们永远也无从得知的。相对于人类的认识能力而言,可以将宇宙分为“不可知领域”与“可知领域”,而“可知领域”又可以分为“已知领域”与“未知领域”;既然存在“不可知领域”和“未知领域”,人类何以能够构建一个作为“绝对真理”的理念世界呢?

尽管“理念世界”不是绝对的,然而柏拉图所谓“理念世界”仍然具有重大意义:例如我们可以借助它更为快捷方便地认识客观世界;除此之外,我们还可以借助理念世界的载体即语言符号系统进行推导,进行知识再生产。与此同时,还要不断地通过实验验证的方法来检验我们再生产的知识,用通过检验的知识为人类服务。

我们否定“理念世界”的绝对性,不过同时也要承认其重大意义;反过来也一样,我们承认其重大意义,也要认识到它不是绝对的。

有趣的是,柏拉图之后及至黑格尔等人都是以“理念世界”的绝对性为基础的“本体论”思维模式作为基本运思方法的。时至今日,随着现代科技的发展,人们已经对这种运思模式逐渐失去了兴趣。现代科学家已经能够以巧妙的高科技实验手段,来探究客观物质世界的各种本原及规律,发现了超出传统哲学家想象力的量子力学等客观物质世界的规律。

传统哲学在现代社会的知识意义主要体现在“历史”方面,除此之外,还具有一定的培养思辨能力的价值。不少传统哲学有关客观世界的看法(包括运思模式)被证伪,或者因为其无效性已经被现代主流学术话语体系所扬弃。从柏拉图到黑格尔的诸多哲学家从“本体论”出发对“形式—内容”中谁是“本质”的各种讨论及其论点,在现代知识体系中已经逐渐退出主流,因为它本身并无太大的意义。

不过,在诗学(即文艺理论)中的“形式—内容”问题和哲学中的“形式—内容”问题(即主观世界和客观世界的问题)并不一样,至今仍然存在

① 在有关量子实验中,两束量子光线重叠时,其亮度并不增加,出现了 1+1=1 的现象。

于诗学领域的主流话语之中。

二、中国传统哲学中的“形式—内容”

中国传统文化中并无西方哲学意义上的“形式—内容”概念，据张怀瑾考证，“‘形式’这个术语，降至南朝中叶沈约《宋书·严竣传》，始见著录”，不过那时“所谓‘形式’，仅只囿于铸造钱币的外部形态”。[①]“形式”在中国古代仅仅是一个一般性的词语，并没有与“内容”并用，它并非一个专业性的“学术术语”。

在中国，有所谓“名—实”以及“文—质”的说法，和西方传来的“形式—内容”概念具有一定的关系。尤其与“名—实”概念有关的一些传统思想，颇具有哲学价值。胡适曾经说：“中国古代哲学史上，‘名实’两字乃是一个极重要的问题”[②]“‘实’即是‘这个物事’。天地万物每个都是一个‘实’。每一个‘实’的称谓便是那实的‘名’”[③]。所谓“名”，是支撑整个“理念世界”的语言基础，所谓“实”，则和“客观世界（包括社会）”相当。

胡适指出，名实问题是老子最早提出来的。[④] 老子在《道德经》的开篇就说：“道可道，非常道。名可名，非常名。无名，天地之始。有名，万物之母。故常无，欲以观其妙；常有，欲以观其徼。”胡适阐释说：

> 老子虽深知名的用处，但他又极力崇拜“无名”。名是知识的利器，老子是主张绝圣弃智的，故主张废名。……老子以为万有生于无，故把无看得比有重。上文所说万物未生时，是一种“绳绳不可名”的混沌状态。故说“无名天地之始”。后来有象有信，然后可立名字，故说“有名万物之母”。因为无名先于有名，故说可道的道，不是上道；可名

① 张怀瑾：《文质辩说》，《南开大学学报》1996 年第 6 期。
② 胡适：《中国哲学史大纲》，重庆出版社 2013 年版，第 212 页。
③ 胡适：《中国哲学史大纲》，重庆出版社 2013 年版，第 212 页。
④ 胡适：《中国哲学史大纲》，重庆出版社 2013 年版，第 77 页。

的名,不是上名。老子又常说“无名之朴”的好处。无名之朴,即是那个绳绳不可名的混沌状态。①

古希腊也有一位哲学家克拉底鲁,据说“他对语言的达意功能深怀疑虑,最终不得不放弃言语而用手势与人交谈。”②克拉底鲁的疑虑是正确的,不过他选择使用“手势”的方法是可笑的,因为从广义来看,“手势”也是一种语言。相比之下,老子的做法更为睿智,即“知其不可为而为之”,——一方面他主张“废名”,另一方面他又写了《道德经》。这使得在他的哲学主张和实践之间形成了一种巧妙的“悖论”,而这种悖论现象本身具有深刻的哲学意义。

在常识层面,我们难以理解老子“虽深知名的用处,但他又极力崇拜‘无名’”的悖论,因为语言的发展本身就是以不断地命名、不断地区分,从而促进语言不断精细化发展为基本特征的。假设没有“命名”行为,《道德经》本身也不可能存在,因为里面的语言也是以“命名”为基础的。人类知识的丰富正是随着人类语言的不断细化发展而来的,假如没有“命名”行为,语言根本不可能产生,也就不可能有知识。假设我们都像老子主张的那样在生活中践行“无名”,那么人类就根本无法交流,如此一来,人类的生存都会出现问题,更不用谈发展了。从这个层面来看,老子的“无名”主张是不可行的。

不过,从常识层面来理解老子的“无名”主张本身就是有问题的。我们只有从哲学的高度才能真正理解老子的用意所在。老子的“无名”主张,其实是为了深刻揭示人类语言以及人类知识的局限性,以及人类的“求知”活动具有“不可为而为之”的本质特征。

老子崇尚“无名”的思想中蕴藏着极具哲学价值的对语言的怀疑精神。老子已然认识到:人类的任何命名活动都不可能完美地捕捉到事物的全部本质,甚至有时还会严重地扭曲事物之间的客观联系,因此,人类的语言活

① 胡适:《中国哲学史大纲》,重庆出版社 2013 年版,第 78 页。

② 杨永林:《从名实之争到言无定论——语言与思维关系的研究》,《北京林业大学学报》(社会科学版)2004 年第 1 期。

动即便能够无限趋近道家所追求的“道”，却永远无法完美地捕捉到它。人类所遭遇的这种语言困境，正如我们“明知必死，却要求生”所蕴含的悖论一样，——人类明知语言具有瑕疵乃至严重错误，却仍要创造、运用并且发展它（正如老子虽然主张“无名”，却仍然著下《道德经》一样）。反过来看：即便我们不得不接受语言及其瑕疵，却也要同时保持对语言的质疑乃至否定（就像老子主张“无名”一样），这样一来，我们就能够获得创造新的语言的永恒动力，让我们获得不断更新、不断发展的机会。从这一视角来进行分析，我们就可以发现老子的“无名”思想的重要哲学价值，我们可以将它命名为老子的“语言不完美定理”。熟悉老子的这一定理，可以帮助我们反思包括“形式—内容”概念的许多学术问题。

对人类语言和知识具有深刻理解的学界精英们，不难和老子的“无名”思想产生强烈共鸣，例如 20 世纪西方著名哲学家维特根斯坦也说：“对于不可说的东西，我们必须保持沉默。”①若维特根斯坦读过老子的著作，一定会将老子引为知音。唯一的例外可能是被柏拉图曾经扬言要驱出“理想国”的诗人们，他们可能不会赞成哲学家们的“灰色忧虑”（见哈姆雷特的著名独白“生存还是毁灭”），而更愿意通过作品不断创新语言，努力去言说不可言说之物。事实上，很多现代诗人都非常着迷于语言创新，并且在这方面做出了巨大贡献。

和老子相比，孔子更关注具体问题。为了解决好具体问题，孔子提出了鲜明的“正名”主张：

> 子路曰：“卫君待子而为政，子将奚先？”子曰：“必也正名乎！”子路曰：“有是哉，子之迂也！奚其正？”子曰：“野哉由也！君子于其所不知，盖阙如也。名不正则言不顺，言不顺则事不成，事不成则礼乐不兴，礼乐不兴则刑罚不中，刑罚不中则民无所措手足。故君子名之必可言也，言之必可行也。君子于其言，无所苟而已矣。”（《论语·子路》）

---

① ［奥地利］维特根斯坦：《逻辑哲学论》，贺绍甲译，商务印书馆 2013 年版，第 105 页。

孔子是从解决具体问题的角度出发，提出“必也正名乎”的主张的。其所谓“正名”，主要所指的乃是“名分”。孔子的“正名”思想，体现了孔子希望恢复礼乐等级制度，建立太平世界的社会理想。从这一视角来看，孔子依据的乃是“理念世界决定客观世界”的运思模式——儒家思想可谓一个“正过名”的“理念世界”。儒家希望以这个“理念世界”来规范社会行为，促进社会安定。事实表明，儒家的确也取得了极大的成功，为中国社会几千年的繁荣发展提供了理念支撑。相比之下，柏拉图的“理念世界”却没有取得多少实际的社会效果。

从哲学的视角来看，孔子的“正名”思想体现了他对“命名”行为在语言行为中的基础性作用的正确认识。正是出于这种认识，他才强调“名实相符”的重要性。自孔子始，中国传统儒家文化就对作为语言行为的“正名”十分重视，这对中国传统文化的发展成熟具有重要意义。

三、汉语（学术）话语体系的动态整合

在文学理论领域，中国传统的“文—质”和“形式—内容”更为接近。张怀瑾专门著文考察了这两组概念，令人信服地从历史视角指出“文—质”与“形式—内容”的不同之处，还特别强调“文—质”具有更为悠久的历史。仅从这两点来看，这一观点是成立的。① 他指出，有人“强令‘文’、‘质’纳入‘内容’和‘形式’的轨道”，并且认为这“好比迫使黄河西流，人为改道，是在荒唐不过了。”②在前面考证的基础上，得出这一结论，也是基本合理的。

不过，对“形式—内容”的文化属性的判断却有失偏颇，文章在最后说：“早从文质诞生之日起，便已和后起的西方通行的内容和形式从根本上分道扬镳，走东方人自己的路。西方文化中心论阴魂不散，必欲驱使文质改换门庭而后快！岂知改换门庭，镀金不当，造成误区，两败俱伤！毕竟内容和

① 张怀瑾：《文质辩说》，《南开大学学报》1996年第6期。

② 张怀瑾：《文质辩说》，《南开大学学报》1996年第6期。

形式不是魔术师手中的魔具袋，并非无所不包。分之则两全，合之则两伤。从理论上唤醒文质灵气，回归故里，重新塑造已被扭曲了的形象，是一项重要工程。”①在这里，张怀瑾将“形式—内容”看成了“西方的”，将“文—质”看成了东方的，并且从民族主义的角度谴责了“西方文化中心论”，主张了“文—质”的话语权益。

不能不说，这篇《文质辩说》对“文化”的理解是比较粗浅的。文化的核心是理念，而理念和实物具有不同的性质——实物是有所有者的，理念（知识）尽管也有创造者（而且创造者也享有创造荣誉权等相关权利），然而它一旦产生就成为人类之公器，任何人都有权学习并且“拥有”它。也就是说，任何人一旦掌握某种知识，也就成为了这种知识的“主人”（所有者）。理念（知识）和实物财产的根本区别就在于：后者的所有权具有排他性，而前者没有。因此，“形式—内容”的根本文化属性不是西方的，而是中国的，具体来说就属于每个学会了“形式—内容”概念的每个个体。

正是理念（知识）的这种“人类公器属性”（即“非排他性”），才使得人类文化交流成为文化输出者和文化接受者都欢迎的一种“双赢”活动，例如中国儒家文化传到日本，印度佛家文化传到中国，都受到了双方的欢迎；又例如中国四大发明、文官制度等传到西方，西方传统哲学、现代科技等传到中国等，莫不如此。所有这些“双赢”的正常的文化交流活动，都极大地促进了人类文明的发展。

近现代以来，正是由于中国向西方敞开大门，不断学习，中国文化才取得了长足的进步。在这一学习过程之中，汉语语言根据学习西方理念（知识）的新需要，创造出了大量新鲜词汇，由此激发出了汉语语言的强大生命力。不仅仅在词汇方面，甚至在语法方面也是如此。胡适在《中国新文学大系·建设理论集》的导言中说道：“白话文必不能避免‘欧化’，只有欧化的白话方才能够应付新时代的新需要。欧化的白话文就是充分吸收西洋语言的细密的结构，使我们的文字能够传达复杂的思想，曲折的理论。”②这一

---

① 张怀瑾：《文质辩说》，《南开大学学报》1996 年第 6 期。

② 胡适：《中国新文学运动小史》，《胡适文集》第 1 卷，北京大学出版社 1998 年版，第 130 页。

观点得到鲁迅等人的认可,①在以胡适、鲁迅为首的大批学者与作家的努力下,白话文运动取得成功。汉语语言在近现代完成了一次伟大的自我革新与发展,为中国人创造了一个崭新的“理念世界”。

从理念(知识)的层面来看,没有所谓中西之分,所有知识都属于全人类,是全人类的共同财富。在语言文字层面,我们区分中西的关键在于“语言文字”本身,例如“形式—内容”两个概念本身是用汉语表达的,那么它们就是“中国”的,而不是“西方”的;尽管它们在“理念上”源于西方,但它们自身却是地地道道的汉语,其文化身份自然也是中国的。现代汉语能够创造新词,表达西方的理念,表现了其强大的创造力与生命力。在中国现当代文学领域,人们已经将翻译文学当成“中国文学”的一部分,尽管它们“源于”西方。

张怀瑾将“形式—内容”视为“西方的”,并且以“民族主义”的态度对它们持排斥态度是缺乏理论合法性前提的。他自己也说:“然而更为主要的,还应树立东方民族自主精神,顺应当前正在崛起的东方经济腾飞潮流,唤醒民族自豪感去克服某些角落的民族失落感,才可望沟通中外,消融古今,正确处理东西方正常的文化交流,借鉴西方文化精华,化为新鲜血液,为我所用。”②可是,他自己或许也没有意识到:他对“形式—内容”的排斥正是某种“民族失落感”的逻辑结果。只有拥有了一种大度的文化格局,才能以更为开放的心态对待各种正常的文化交流活动,达到“借鉴西方文化精华,化为新鲜血液,为我所用”的目的。在此基础上,还可以更上一层楼,进一步突破民族主义的藩篱,明确我们的求知目标本来就是为了为全人类知识体系做出一份自己的贡献,因此也就无所谓中西了。

语言的发展具有不以人的意志为转移的客观规律。如果“文—质”概念在现代汉语体系中被人们搁置,沉淀为一种“亚语言”,那么我们也应该坦然接受。我们可以放心的是:即便现代人较少使用它们,它们也不会完全消失,因为它们已然存在于各种历史文献之中,已然是人类知识体系

---

① 鲁迅:《答曹聚仁先生信》,《鲁迅全集》第6卷,人民文学出版社1981年版,第77页。

② 张怀瑾:《文质辩说》,《南开大学学报》1996年第6期。

的一部分了。

在继承中国历史文化时,还要善于创造,从中国历史文化事件中总结出有益于当前话语体系建设的素材或者理论。如果我们认真考察“文—质”概念,不难发现它们的表意具有比较模糊的特点(很多传统诗学概念都具有这一特点)。现代学术讲究科学性,追求表意清晰明了,这是人们较少使用包括“文—质”在内的传统诗学概念的原因。不过,我们也要认识到中国传统诗学概念的模糊特征也有一定的长处:它赋予了论者较大的自由发挥空间,便于论者根据需要创造特定的话语语境,并在这一特定语境赋予诸如“文—质”等传统诗学术语以全新的意义,我们可以将这一现象称为“话语的模糊—创新律”。我们可以在规范化的学术论文中追求科学性,同时还可以在“诗话”性质的论著中利用语言的模糊性进行创新。事实上,现代不少中西诗人学者都著有不少这样的文字,其诗学价值并不亚于规范化的学术论文。①

将源于西方的汉语术语错误地定性为“西方的”,在学术界并不少见。例如在中国比较文学界颇负盛名的曹顺庆先生 1996 年提出的影响颇大的“失语症”,也是以这一错误定性作为前提的。曹顺庆认为中国学界“没有一套自己的而非别人的话语规则”,因此认定中国学界患上了所谓“失语症”。② 如果没有将源于西方的丰富的现代汉语术语错误地定性为“西方的”,也不会产生“失语”的结论。事实上,近现代中国学人创造性地运用中文很好地“承接”了西方理念(知识),能够很好地表达自己的思想,并不存在所谓“失语”的问题。如果说存在什么问题,只是我们尚缺乏品质较高的“原创性”学术成就而已。

西方理念(知识)在被我们用汉语表达出来,进入汉语体系之后,会经历一个被“重新定义”的过程。德里达曾经指出:“任何适当的语言,都是由大量的词汇组成的,词汇的意义是通过它们相互之间的关系而构成的(当

---

① 例如美国著名诗人学者伯恩斯坦于 2016 年出版的新著 *Pitch of Poetry* 中所收集的文章并非严格的学术论文,不过却极具价值。参见 Charles Bernstein, *Pitch of Poetry*. Chicago and London: The University of Chicago Press, 2016.

② 曹顺庆:《文论失语症与文化病态》,《文艺争鸣》1996 年第 2 期。

然，这是在索绪尔的范式之中）。”①“语言是一种系统，其中个别的词汇并不具有其本身的意义。只有当个体词汇在系统游戏中被捕获了的时候，它才产生出意义。”②诸如“形式—内容”等源于西方的概念不仅仅在语言形式上不同于它们的西方母体，而且在意义上面也会发生一些微妙的变化。

新进入汉语的词语在汉语语言体系中获得意义的同时，也会对这一体系产生反作用，促进汉语语言体系不断地更新、丰富、发展。

近现代以来，在海量的新造词语和汉语体系的频繁互动之中，中国语言体系取得了长足的发展。不过，也不可否认，在这一过程中也会出现一些暂时性的混乱状况，主要表现为人们对某些词语难以准确把握，或者不同人对同一词语的理解具有较大差距。在这种情况下，就要根据语言发展的基本规律，多多进行辨析、界定工作。

语言发展的第一规律是其“自洽”的本能追求。在源于西方的话语进入汉语体系之后，中国的相关话语会和它们产生化学反应，最终形成一套“自洽”的话语体系。在这一过程中，表意更为精细、准确的话语会得以发扬，或者被创造出来，形成主流话语，而表意能力较差的话语则可能被改造，或者被忽略，——改造较好的可能进入主流话语，而被忽略者则沉淀为“亚话语”或者“亚亚话语”等非主流话语。这是语言发展的一般规律，也是文学理论话语体系的发展规律。

古代汉语以单音节词为主，现代汉语以双音节词为主，一般来说，双音节词比单音节词表意更为准确，以双音节词为主的现代汉语具有更多词汇，表意更为丰富。包括“文—质”等的中国古代诗学话语，常常会通过双音节化，分化为更为准确、数量更为丰富的术语，进入现代学术话语体系之中。和源于西方的术语一样，它们在进入现代汉语体系之后，也会和现代汉语体系形成互动关系，促进现代汉语体系的发展进步。

---

① ［南非］保罗·西利西斯：《复杂性与后现代主义》，上海世纪出版集团2006年版，第171页。

② ［南非］保罗·西利西斯：《复杂性与后现代主义》，上海世纪出版集团2006年版，第173页。

结　论

学术研究的目的是为了总结理论。理论中的核心部分是它所揭示的某种规律,而这种规律,都是在对具体的个体事件进行总结时经过抽象化的方法产生的,例如我们在亲眼观察到很多狗是“胎生”的之后,就会总结抽象出一种规律:所有狗都是胎生的。

理论一旦产生,就会出现一种我们可以称外“理论辐射”的现象,具体而言,就是理论话语所生成的外延会涵盖促成该理论产生的具体事件之外的其他事件,例如我们所总结的“所有狗都是胎生的”的结论,在外延上包含了我们所没有观察到的个案。

通过“不完全归纳法”所总结的理论有一个弱点:一旦出现反例,我们的“理论”也会立即被证伪,例如我们在亲眼观察了很多只白天鹅后,可以会得出一种结论,即“所有天鹅都是白色的”。这时,只要有人发现一只黑天鹅(即举出一个反例),我们的结论就不成立了。

为了避免“黑天鹅”事件所造成的问题,我们可以通过“竭尽式”的研究,采取“完全归纳法”,就是在观察研究完所有个案之后,才进行总结抽象,提出结论。例如在研究某公司某型号飞机的安全性时,我们可以跟踪研究该公司该型号的所有飞机,然后对其安全性进行统计分析,并得出结论。

有时由于研究对象数量庞大,无法采取“竭尽式”的研究方法。这时,可以采取“本质”探讨法——某种本质必然会得出某种结论,只要把握了本质,即便我们所进行的是“不完全归纳”,也能够保证结论的正确性。例如我们根据狗的生理解剖特征(本质特征)的研究,发现狗可能而且只可能“胎生”——反过来说,如果不胎生,那就根本不是“狗”了。这样一来,我们就能确保“所有狗都是胎生的”这一理论的正确性。从柏拉图到黑格尔的“本体论”思维模式,采取的就是“本质”探讨法。

对于一些通过“不完全归纳法”所得出的不正确的结论,可以修改前提使其变成正确的结论,例如对“所有天鹅都是白色的”这一结论,可以修改为“我所观察到的所有天鹅都是白色的”(或者说“有些天鹅是白色的”)。这样一来,也就无可置疑了。在修改之前,“所有天鹅都是白色的”这一命题只在一定的前提下(即“有效域”中)才成立。

不少学术话语都和“所有天鹅都是白色的”例子一样具有一定的“有效域”。很多日常生活中的概念,一旦进入到哲学领域就不正确了,例如我们日常生活中所说的“我在”,和笛卡尔哲学中所说的“我在”就完全不一样;反之亦然。又例如,牛顿的经典力学是物理运动的一般性规律,不过,它们在更为宏观的领域并不成立,而要让位给爱因斯坦的相对论,它们在更为微观的量子领域也不成立,要让位于量子力学。

“形式—内容”这对范畴具有“流动性”的特征,在研究中特别要重视它们的“有效域”前提,否则就会引起表达或者理解方面的混乱。

当前,在哲学视域中的“形式—内容”问题的主导权已然转移到了现代科学,科学家们对客观世界的了解已然远超过传统哲学家们的想象了。从个人对人类知识贡献的角度来看,我们每个现代人都可能很难和传统哲学家相提并论,然而,从人类知识的拥有量的角度来看,我们每个现代人所掌握的无疑远比古代人所掌握的多得多。即便一个现代中学生,在很多方面的知识都比柏拉图、黑格尔等传统上的伟大哲学家们知道得更多,也更为准确。

当前,人类已然进入知识大爆炸的时代,知识的更新换代呈现加速度发展的趋势。不过,无论知识如何爆炸,所有知识(理念)毕竟是由语言符号来表达的。为了适应知识的更新换代,我们必须尤其注意话语体系的建设,具体来说,要注意概念的辨析以及语言规律的总结。

具体到“形式—内容”概念,从哲学视域来看,我们不必再对其重点关注。不过,在诗学(文学理论)领域,依然有深入研究的必要。而在深入研究的过程中,尤其要注意“形式—内容”的流动性特征。

第二章　诗歌形式的"立"与"破":传统文体构建意义与现代艺术创新诉求

中西学界对诗歌起源具有同样的看法,即诗歌和舞蹈、音乐同源。阿格藤·史密斯说:"亚当·史密斯曾经指出,诗、歌和舞蹈的起源相同,并一度难以相互区分开来。"①中国著名美学家朱光潜也认为:"诗歌与音乐、舞蹈是同源的,而且在最初是三位一体的混合艺术。"②不难想象这样一幅画面:古人在狩猎成功,围在一起吃饱喝足之后,开心地用棍棒或者其他工具敲打节奏,又唱又跳的欢娱场景。这一欢娱活动中就包含音乐、诗歌和舞蹈三者的元素,他们所唱的内容,就是原始的诗歌形态。

这种原始诗歌具有两大特点:其一,乐感强烈;其二,内容简单。从当今保存的一些民俗活动(例如一些少数民族的节庆活动)中,我们依然可以窥见这种原始诗歌形态的影子。有时人们所唱句子主要由一些没有任何意义的"嗨、哟"之类的叹词构成,这表明在原始形态的诗歌中,"乐感"的重要性超过"内容"。也不难理解:因为类似活动的主要目的是"娱乐",而非"教育"。

在人类漫长的历史发展过程中,诗歌、音乐、舞蹈各自取得了长足的发展,各自具有了一定的独立性,各自渐渐成为一种可以独立表现的艺术形式。在诗歌逐渐独立的过程中,诗歌内容逐渐占据了主导地位——诗歌从古到今的发展过程来看,总体上表现出了"乐感的重要性逐渐减弱,而内容

---

① EgertonSmith, *The Principles of English Meter*. Oxford: Oxford University Press, 1923, p.5.

② 朱光潜:《诗论》,生活·读书·新知三联书店1998年版,第9页。

的重要性不断加强”的规律性。尽管如此，诗歌依然保留了一定的音乐品质，而且常常和音乐、舞蹈联系在一起。例如中国传统唐诗宋词一般都可以吟唱；至于中国传统中的元曲，本身就是“唱词”。诗人们在吟唱相关作品时，还可以请乐师伴奏，舞者伴舞。又例如西方的《荷马史诗》在以书面语言的方式被记录下来之前，已经以歌词的形式在口头流传了很长一段时间。中国藏族英雄史诗《格萨尔王传》也是如此。

诗歌的音乐品质主要体现于诗歌的形式，换言之，传统诗歌形式的存在缘由，归根到底是为了保存诗歌作品的音乐品质，而其核心则在于“节奏”。例如，古英语诗歌《贝尔武夫》的基本形式是每行三个单词押头韵，这是以辅音方式体现节奏；莎士比亚素体诗的抑扬格五音步，是以轻重音交替出现的方式体现节奏；中国传统四言诗、五言诗、七言诗等是以每行的确定字数来体现节奏……诗歌的具体模式千差万别，但诗歌形式的基本功能都在于表现音乐性。

诗歌的形式特征，乃是诗歌从其源头承袭的音乐性的惯性表达，在口语中表现为乐感，在书面语中表达为诗歌形式。那么，除了体现音乐性之外，诗歌形式是否还有其他意义呢？而且，传统诗歌形式为什么在现代又被打破了呢？

一、传统诗歌形式的文体构建意义与离格

从文学角度来看，传统诗歌形式的最大意义在于“文体构建”——即将诗歌和其他文体区别开来，使其成其为一种独立的文体。如果没有诗歌形式，“诗歌”作为一种文体就无法确立，因为“意象”“主题”等诗歌中的其他要素都无法充当“诗歌”的定义性特征，也就是说，它们无法有效地将“诗歌”和其他文体区分开来。事实上，正是借助诗歌形式，我们才得以确立“诗歌”这一概念本身，由此可见，诗歌形式具有重要的认知意义与文化价值。

作为一种文体，诗歌与其他文体的基本区别在于其独特的形式（及其

所蕴含的音乐感),换言之,只要是“诗歌”,其形式特质就必然会以某种方式存在。否则,它就可能失去“诗歌”的称谓,而被归为其他文体类型。

中西传统诗学对各种诗歌形式都有比较严格的规定,例如西方将“十四行诗”分为彼特拉克体(或意大利体)、莎士比亚体(或英国体)等不同的模式,规定“莎士比亚体十四行诗”每首十四行,每行为抑扬格五音步,押韵为 abab,cded,efef,gg,结尾的最后两行为“英雄双行体”,等等。[①] 中国传统上在诗歌形式方面的规定也一样严格,例如将“律诗”分为五言律诗和七言律诗,而且分别在字数、平仄、押韵、对仗等各方面都有细致的要求。

既然传统诗歌具有严格的形式规定,那么人们或许就会想当然地认为:在创作传统诗歌时,越符合形式规范就越好。事实却并非如此!

人们对诗歌质量好坏的评价,并不以某首诗“符合格律的程度”作为唯一或者最高标准。很多深受读者喜欢、久负盛名的诗歌作品,都存在一定程度的“不规范”的形式现象,下面选取在中西方都闻名遐迩的“哈姆雷特独白”的部分诗行,来做一些具体的形式分析:

```
|-  '  |  -  '|-  '|-  '|-  '-|
|To be,|or not|to be:|that is|the question:|
|   '-|-  '|-  -|-  '|-  '-|
|Whether|'tis no| bler in|the mind|to suffer|
|-  '  |-  '|-  -|-  '|-  '-|
|The slings| and ar|rows of|outra|geous fortune,|
|-  -|''|-  '  |-  '|-  '-|
|Or to|take arms|against|a sea|of troubles,|
|-  -|-  '|-  '  -|
|And by|oppo|sing,end them? |②
```

① 参见聂珍钊:《英语诗歌形式导论》,中国社会科学出版 2007 年版。在该书之中,聂珍钊教授详细列举了大量英语诗歌的形式,并且阐明了其特征。

② 孙大雨:《莎士比亚的戏剧是话剧还是诗剧》,《外国语》1987 年第 2 期。孙先生是国内著名莎士比亚研究专家,他的“读法”具有一定的代表性。

莎士比亚戏剧所采用的是“素体诗”（Blank Verse），其基本形式规范是“抑扬格五音步”。按照这一规范进行比对，不难发现以上几行诗句中存在如下不规范的情况：按照“素体诗”的形式规范，每个音步都应该是“抑扬格”，但是以上五行诗句中均有不符合这一规范的情况：1. 第一行的最后一个音步是“抑扬抑”格；2. 第二行第一个音步是“扬抑”格、第三个是“抑抑”格、最后一个是“抑扬抑”格；3. 第三行第三个音步是“抑抑”格、最后一个是“抑扬抑”格；4. 第四行第一个音步是“抑抑”格、第二个是“扬扬”格、最后一个是“抑扬抑”格；5. 第五行第一个音步是“抑抑”格、第三个是“抑扬抑”格。总计一下，不符合规范的音步数量共有 11 处，占这五行所有 23 个音步的 48%左右。

“哈姆雷特独白”的伟大成功从反面证明：虽然诗歌形式是诗之所以为诗的文体特质，虽然所有诗歌模式都具有严格的形式规定，然而，在实际创作中，也并非“越符合格律规范就越好”。

从创作的视角来看，诗歌形式可谓人们在传统社会进入诗界的一道门槛，换言之，一个人能否创作出符合诗歌形式规范的作品，乃是他（她）能否被认可为“诗人”的最基本标准。这一门槛的社会意义在于，它可以将那些缺乏诗歌基本常识和训练的人们挡在诗歌创作领域之外。进了门槛之后，人们对诗歌质量高低的评价还有其他标准。也就是说，是否是“诗”，要看基本形式；而评价诗歌的质量或者品位，则还要看其他方面。

“哈姆雷特独白”的个案分析表明，一首诗歌作品只要在总体上能够体现出某种诗歌形式特征，就足以满足“之所以为诗”的要求了。在此前提下，诗人可以根据自己的艺术创作诉求，享有相应的创作自由。在这一个案中，符合形式规范的音步占一半以上，这足以满足这一著名独白的“主导格律形式”暨“抑扬格五音步”的形式要求了。也就是说，人们在阅读这一片段时，不难发现它的基本形式是“素体诗”，从而以阅读素体诗的心理定势来阅读、欣赏它。

从修辞的角度来看，“哈姆雷特独白”中那些不符合形式规范的音步乃是“离格”（Deviation）。在诗歌创作中出现“离格”现象，一般出于三种原因：1. 按照诗歌格律找不到合适的词，或者即便找得到某词，却不是表意最佳的词。在这种情况下,放弃遵守形式规范,可以让诗人得以使用表意最恰当的词。2. 如果整首诗都严格遵守特定的诗歌形式规范,那么有时会让人感觉机械、沉闷,因此,适当打破形式规范,反而有利于提升诗歌的表现力。① 3. 为了取得某种特定的艺术效果,诗人们有时会故意打破诗歌形式规范。在这三种情况中,第一种情况属于无奈的选择,后两种则是诗人主动的艺术创造活动。那么,什么才算美的离格呢? 区鉷认为:"最能恰到好处地传达作者的思想感情的离格就是美的离格。"②

有人在"四句"的诗歌形式基础上,采用"离格"的方式创造出了所谓"三句半"的诗歌形式,就具有某种独特的艺术魅力。例如反映农村空巢现象的:千山鸟飞绝,万径人踪灭。孤舟蓑笠翁,空巢。又例如反映股市暴跌现象的:日照香炉生紫烟,遥看瀑布挂前川。飞流直下三千尺,A 股。在中国古代,诗界对诗歌形式要求比较严格,人们不承认"三句半"为诗歌。而在现代社会,人们对诗歌形式秉持更为开放的态度,承认"三句半"也是一种诗歌形式。

"离格"是一种修辞手法,也是一种现象。作为一种可以取得艺术效果的修辞手法,它是以传统诗歌的形式规范作为前提的,——如果没有传统诗歌的形式规范,自然也就没有所谓"离格"了。作为一种现象,"离格"表明了传统形式规范对诗歌创作的约束具有一定的不合理性,以及诗人们为突破这种约束所做出的努力。可惜的是,传统社会的诗人们最终未能突破诗歌形式规范。

到了 20 世纪,由庞德所发起的意象主义运动从理论上突破了传统诗歌形式规范,开创了一片新天地,为诗歌形式的艺术创造打开了无限的自由空间。

---

① 闻一多曾经提倡新诗格律,按照他的所谓"三美"理论,写出的作品每行字数相同,被人们嘲讽为"豆腐干"。闻一多的理论是失败的,原因在于他并不理解现代自由诗歌在不遵从每行字数一致的前提下,可以创造出更多的诗美。

② 区鉷:《好奇——离格与文艺欣赏》,《广东社会科学》1986 年第 2 期。

二、现代（自由）诗歌形式在理论上的突破

中西传统诗人在构建诗歌形式模式上也表现出了一定的创新精神，例如“莎士比亚体十四行诗”就是莎士比亚在借鉴意大利“彼特拉克体十四行诗”的基础上，结合英语的自身特点所“创造”出来的。与西方相比，中国在诗歌模式方面的创新取得的成绩更大，从《诗经》到汉赋、唐诗、宋词、元曲，诗歌的形式创新活动一波接着一波，——尤其到了“词、曲”阶段，诗人们创造出了成千上万种和“莎士比亚体十四行诗”层次相当的不同诗歌模式；其中仅“词”就有一千多种模式（即词谱）。相比之下，西方的诗歌模式还不够中国的一个零头。

可惜的是，无论在西方还是中国，传统诗人们在进行诗歌模式创造时，并没有深入探究诗歌形式背后的学理原因，例如在谈及传统律诗的“粘对”时，王力说：“如果不‘对’，上下两句的平仄就雷同了；如果不‘粘’，前后两联的平仄又雷同了”。① 虽然在操作规范上说得很具体，然而王力并没有从学理上说明为什么“前后两联的平仄不能雷同”。这种没有说明学理原因的诗论，均属于“实践操作规范”，而不是“理论”。一般而言，中西传统诗人在诗歌形式上的创造乃是一种自发的“实践性创造”，这使得中西诗歌尽管在形式模式上不断推陈出新，却并无形式理论上的突破，从而在很大程度上局限了传统诗人进一步发掘诗歌的艺术生命力。

和以往诗人们在诗歌模式方面的“实践创新”不同，庞德提出了突破传统诗歌形式的理论创新，——由庞德所发起的意象主义运动，也成为了西方从传统诗歌到现代诗歌的转折点。艾略特也认同这一观点，他说：“人们通常地、便利地认作现代诗歌的起点，是1910年左右伦敦的一个名为‘意象主义者的团体’。”②

---

① 王力：《诗词格律》，中华书局1977年版，第27页。

② 彼德·琼斯：《意象派诗选》，裘小龙译，漓江出版社1986年版，第2页。

在庞德之前，西方就出现了一些非常大胆的“创新性”诗歌实践活动，其中以惠特曼最有代表性。惠特曼的大部分诗歌作品基本没有遵循传统英语诗歌形式规范，不过，由于他没有提出具有影响的诗歌形式理论，而且他的“实践创新”也没有形成潮流，因此，人们一般把他视为现代英语诗歌的先驱，而非起源。惠特曼为 1855 年版《草叶集》所作的序言最为全面地反映了他的诗学思想，可惜这篇序言的主题乃是惠特曼对于美国精神以及伟大的美国诗人的阐释，惠特曼对于诗歌形式仅一笔带过，并没有深入论述。不过，惠特曼所说的“伟大的诗人不会因为任何规则而止步……伟大的诗人自己就是规则的首长”，①还是非常契合后来出现的现代诗歌的自由精神的。

中国古代在诗歌形式模式上经过了多次变革，其中的变化尺度也很大，尤其到了词曲阶段，诗歌模式创新出现了井喷现象。宋词又叫“长短句”，从其外观来看，和现代自由诗几乎没有差别。尽管如此，“长短句”却不能被称为“自由诗”，究其根本原因，乃是因为每一种“长短句”的模式本身都是具有严格的形式规范的。可见，“长短句”虽然在外观上像“自由诗”，不过它却缺乏现代自由诗的“自由”精神，因此它是属于传统诗歌形式范畴的。

人们以“意象主义运动”作为传统与现代诗歌的分野，在于庞德在理论上确定了现代诗歌形式的“自由”特质。中国传统诗论对诗歌形式也有比较详细的讨论，不过，那些讨论都属于“实践规范”，即具体阐述如何按照既定格律来填词作曲，并没有深入讨论诗歌格律背后的学理原因，它们并非诗歌形式理论。西方传统有关讨论也大致类似，基本属于“实践规范”，而非诗歌形式理论。

真正开创性地提出现代诗歌“自由形式”理论的乃是庞德。在其所发起的、在全球影响深远的意象主义运动中，庞德提出了著名的“意象主义三

---

① 原文为：“he [the greatest poet] does not stop for any regulations…he is the president of regulation.” Walt Whitman: *The Portable Walt Whitman*, *Selected and with notes by Mark Van Doren*, Revised by Malcolm Cowley with a Chronology and a Bibliographical Check list by Gay Wilson Allen, Middlesex and New York: Penguin Books, 1977, p.10。

原则”：“1. 直接处理‘事物’，无论是主观的还是客观的。2. 绝对不使用任何无益于呈现的词。3. 在节奏方面，不要按照节拍器的机械节奏，而要根据具有音乐性的词语的序列来进行创作。”①其中的第二条“绝对不使用任何无益于呈现的词”，事实上否定了传统诗歌创作中为了照顾形式规范而不得不“凑词”的做法。在传统诗歌创作中，普遍存在“凑词”现象：为了遵循诗歌形式规范，诗人们有时不得不放弃那些表意最合适的词汇，而使用一些符合格律却“无益于呈现的词”。

庞德第二条主张的要点在于：他将“是否有益于呈现”当成了诗歌创作遣词造句时的最高准则，按照他的这一主张，诗人们不仅“不必”，而且一定“不要”为了照顾某种诗歌形式规范来“凑词”。这颠覆了诗歌“形式规范”对“遣词造句”进行规范的合法性基础，事实上也就是打破了传统诗歌形式规范的刚性要求了。

在第三条之中，庞德进一步将矛头直接对准了传统英语诗歌的形式规范，他说：“在节奏方面，不要按照节拍器的机械节奏，而要根据诗歌语言的音乐性来进行创作。”在他看来，传统格律规范是“机械的”，不仅无助于艺术表现力，而且有害于艺术表现力，因此，我们不仅“没有必要”遵从，而且干脆“不要”遵从。

综合以上两条，庞德彻底否定了传统英语诗歌形式规范的合法性。庞德的意象主义理论提出之后，在诗界产生了广泛而深远的影响，被许多诗人接受并自觉遵从。这样，西方诗界就成功地打破了约束西方诗歌几千年之久的形式规范。后来，意象主义运动的影响还远涉重洋，来到中国，还导致了“中国新诗”暨现代（自由）诗歌的产生。② 多年之后，庞德说：“（现代自由诗歌的）第一步胜利，就是打破五音步格律。”③或许他在当时也没有意识到，这一次“打破”的成功具有如此重大的划时代意义，直接促使中西诗歌

---

① Ezra Pound, A Retrospect[A], T.S.Eliot, Literary Essays of Ezra Pound[C](pp.3-14), ed., Toronto: George J.Mcleod Ltd., 1968, p.3.

② 黎志敏：《西方诗学影响下的中国新诗：起源、发展与本土意识》（英文），西南师范大学出版社 2005 年版。在该书第四章中，作者详细考察了胡适受到意象主义运动的影响之后，在中国发动诗界革命的过程。

③ Ezra Pound, *The Cantos of Ezra Pound*, New York: New Directions Books, 1996, p.538.

进入“现代(自由)诗歌”的新纪元。

三、现代(自由)诗歌的艺术创新诉求

庞德在否定传统诗歌形式的“机械”节奏时,提出了自己有关诗歌形式的“音乐性”原则,即“要根据具有音乐性的词语的序列来进行创作(to compose in sequence of the musical phrase)”。可见,尽管庞德抛弃了传统诗歌形式,然而并没有放弃植根于诗歌起源的“音乐性”本身。

大量诗人积极响应庞德的“意象主义”诗学原则,不断探索在现代诗歌中如何创作“具有音乐性的词语的序列”。艾略特经过实践后总结说:“诗的音乐,可以说,是一种潜藏在同时期的普通语言中的音乐。”[①]也就是说,他主张从日常语言中寻找现代诗歌的“音乐性”。在这一点上,他的主张和胡适提倡的“白话”诗学,以及后来在中西方涌现出的大量的“口语化写作”诗学具有共同的指向。很多现代诗人非常注意观察日常生活中的语言使用,一旦发现具有音乐性的句子,就会想方设法运用到自己的创作之中去。[②]

有这样一个问题:假设在日常英语中有一句话既符合庞德所说的“音乐性”,又符合传统诗歌形式中的“抑扬格五音步”,那么,我们是否可以将它应用到现代诗歌的创作中呢?答案是肯定的,因为现代诗学对传统诗歌形式规范是有所“突破”,而不是“全然否定”;换而言之,现代诗学是在传统诗学基础上的一种有机生长,而不是对传统诗学推倒重来的抛弃。庞德反对以“抑扬格五音步”作为所有诗行的创作规范,不过,他并没有反对“抑扬格五音步”本身。如果某个“抑扬格五音步”的句子恰好符合庞德所

---

① 艾略特:《诗歌的音乐》,转引自黄晋凯等主编:《象征主义·意象派》,中国人民大学出版社 1989 年版,第 117 页。

② 剑桥大学著名诗人 J.H.Prynne 先生是我的博士论文校外导师。他多次给我谈到,他的诗作中的有些句子就是他偶尔在生活中发现的。他有时甚至不管这个句子是否在意义上和诗歌中的其他句子形成连贯的意义逻辑关系,也要将这句话运用到自己的诗歌作品中去。

说的“具有音乐性的词语的序列”的特征，那么庞德当然不会“机械地”拒绝，而会持欢迎态度。事实上，“抑扬格五音步”之所以成为传统诗歌的形式规范，正因为它比其他格律模式更常见于人们的日常语言中，也更具有音乐性的潜能。当然，说它更为常见，也并不意味着人们就应该千篇一律地使用它——庞德所反对的就是在诗歌作品中千篇一律地使用它，他并没有完全拒绝使用它。庞德的诗学主张，更适合人们在日常生活中使用语言的实际状况。

庞德在提出意象主义理论之后，于 1915 年出版了一部诗歌翻译作品《神州集》（*Cathay*），取得了空前的成功：“几乎所有知名现代诗人——包括叶芝（Yeats）、福特（Ford）、路易斯（Lewis）、艾略特（Eliot）、威廉斯（Williams）——都齐声称赞其清新、优美、简洁。尤其福特还评论道，如果这些作品是庞德的原创，那么他无疑就是今天最伟大的诗人。”①因为《神州集》被认为是体现了庞德所提出的意象主义诗学理论的诗歌作品，所以《神州集》的空前成功被认为事实上证明了意象主义诗歌创作理论的正确性，这使得人们对意象主义理论更加深信不疑了。

胡适参照庞德的意象主义理论撰写了《文学改良刍议》②，并以此为宣言在中国发起了“白话诗”运动。胡适也出版了一部诗集《尝试集》，期望以此来印证白话诗运动的正当性。可惜的是，《尝试集》在诗歌艺术上的成绩远不及《神州集》。一百多年来，中国现代诗歌的创作实践发展也远不如英语现代诗歌那样顺利。

传统诗歌具有严格的形式规范，掌握并熟练运用这些规范需要一定的天赋以及较长时间的训练，这将绝大部分人挡在了诗歌创作的大门之外。在现代诗歌打破传统诗歌的形式规范之后，很多人误以为能够随意进行诗歌创作了，这导致市面上出现了大量质量低劣的诗歌作品。对于这种现象，艾略特在 1917 年专门著文《“自由诗”之反思》进行了批评道：“不能将自由诗定义为没有格律的诗，因为即使最糟糕的诗歌也有格律。我们认为没有

---

① M. Alexander, *Ezra Pound's Achievement*, London: Faber & Faber, 1979, p.98.

② 胡适：《文学改良刍议》，《新青年》第 2 卷第 5 号，1917 年 1 月 1 日。

传统诗歌和自由诗歌的分界线,只有好诗、坏诗和遭透了的诗的分界线。”① 艾略特的第一句话是在说传统诗歌:很多传统诗歌作品虽然符合诗歌形式规范,然而其质量却很差。正如前文所指出的那样,符合格律只是门槛,过了这段门槛不一定就意味着具有了高的艺术品质。艾略特的第二句话是在说现代自由诗歌创作,指出很多“自由体”诗歌作品的艺术质量很坏,乃至“遭透了”。美国著名诗人威廉姆斯认同艾略特有关“自由诗”的说法,反对人们在低劣诗作中表现出的那种对现代(自由)诗歌的庸俗理解,并且指出现代诗人们必须用心求索,努力创新,才能实现自己的诗歌艺术诉求。②

就有关自由诗“容易写”的俗见,艾略特还针锋相对地提出:“我只能说,现在看来,我们当前文明中的诗人们必须是‘难的’。……作为一个诗人,必须更加具有洞察力,更加隐晦、更加间接,从而能够迫使(必要时‘打破’)语言,使之得以表达诗人想要表达的意义。”③简言之,诗歌艺术创新从来不是一件容易的事情,现代(自由)诗歌是为了创新而产生的,它必然不会是“容易的”,而会是“难的”。

毋庸多言,现代(自由)诗歌之所以突破传统诗歌的形式规范,正是为了追求诗歌艺术的创新。现代(自由)诗歌在突破传统诗歌的形式规范之后,也为诗歌艺术的创新打开了广阔的空间。

结　　论

中西传统诗歌中所蕴含的共同的诗歌形式规范,反映了人类诗歌的共同起源与基本发展模式,也反映了人类共同的基本诗美直觉。

---

① T.S.Eliot,“Reflections on‘Vers Libre’”,in *To Criticize the Critic*,Faber and Faber,1965,p.189.

② William Carlos Williams,*Selected Essays of William Carlos Williams*,New York:New Directions,1969,pp.280-291.

③ T.S.Eloit,“The Metaphysical Poets”(pp.281-291.),*Selected Essays*(London:Faber and Faber,mcmliv),p.289.

传统诗歌形式规范在一定程度上确保了诗歌的节奏、韵律等音乐性特质，这些特质使得诗歌作品能够更有效地调动读者的认知兴趣，让读者产生共鸣，能够帮助读者更容易地走进诗歌、理解诗歌，并且沉浸于诗歌所创造的艺术美感之中。现代（自由）诗歌突破了传统诗歌“机械”的形式规范，不过并没有放弃诗歌的音乐性特质。事实上，在突破传统诗歌的既定形式规范之后，现代诗歌的自由形式依然能够创造出诗性的音乐美，而且是与传统不同的、比传统更为丰富的音乐美。

传统诗歌形式规范具有“文体构建”的奠基性意义，它为传统诗歌开辟了合法的文体生存空间。现代（自由）诗歌也离不开这一空间：尽管现代（自由）诗歌崇尚创新，然而所有现代诗人都是以“诗歌”的名义、在“诗歌”的文体场域中进行创新的。毫无疑问，作为一种文体的“诗”在过去、现在、和将来都永远是诗人们进行创新的边界。一旦诗人们放弃这一“命名”，他们的作品也就与“诗”无关了，他们的作品也就失去了由浩瀚的历史和当下的诗学与诗歌文本所组成的“意义生成语境”。而且，他们也无权要求读者以阅读“诗歌”的眼光来阅读、欣赏、评价他们的作品了。

现代诗歌之所以要突破传统诗学所确立的一些既定规范，不是为了突破而突破，也不是不承认历史上曾经出现的无数优秀诗歌作品。正如艾略特在《传统与个人才能》中所说的那样：“……没有哪个诗人，或者哪个艺术家能够独立于传统获得自身的意义。他的价值寓于他和过去的诗人和艺术家们之间的关系之中。”①也就是说，传统诗歌乃是现代诗歌的价值与意义生成场，是现代诗人的宝贵财富。而且，也只有以传统诗歌作为背景，才能彰显现代诗歌的创新性及其价值所在；没有传统作为参照，也就无所谓创新了。

现代自由诗歌之所以一定要突破传统诗学规范，只是为了获得更多的创作自由，以便创造出更多的优秀诗歌作品。这不仅在理论上是成立的，而且在实践中也已被证明是可行的了。

---

① T.S.Eliot,“Tradition and the individual talent”, in *Twentieth Century Literary Criticism: A Reader*, David Lodge ed., Longman, 1972, p.72.

第三章 “形式创作”意识:现代诗歌“形式—内容”的融合趋势

在传统社会,诗人们在进行诗歌创作时,一般会“套用”某种既定的诗歌形式,例如某位英国诗人打算创作一首英式十四行诗,就会按照相关形式规范进行创作。或者某位中国诗人打算创作一首五言律诗,就会按照五言律诗的形式规范进行创作。他们不会改变既定的诗歌形式规范本身,更不会追问形式规范的学理基础何在。

传统诗歌形式之存在的基本理由,在于保持从其源头所承袭而来的以节奏为核心的音乐性。不过,一些细节上的形式规范,却并没有可信的学理依据,例如英式十四行诗规定每行诗句必须符合“抑扬格五音步”,那么,我们可以问:如果出现几处非“抑扬格”的音步,可不可以呢?按照英式十四行诗的规范本身来看,这是不可以的。可是,事实上我们经常可以在各种英式十四行诗的作品中发现非“抑扬格”的音步,即便在英式十四行诗的创始人莎士比亚创作的十四行诗中,这样的例子也比比皆是。

这种现象说明,传统诗歌中的很多形式规范要求并不合理,这也是现当代诗歌何以主张打破传统诗歌形式规范的缘由所在。

一、诗歌形式的“音乐性”问题

庞德以意象主义创立现代自由诗歌的“第一步胜利,就是打破五音步格律。”①在其著名的“意象主义三原则”中,庞德提出了诗歌的“音乐性”创作原

① Ezra Pound, *The Cantos of Ezra Pound*. New York: New Directions Books, 1996, p.538.

则,即“在节奏方面,不要按照节拍器的机械节奏,而要根据具有音乐性的词语的序列来进行创作。”①庞德在这里只提出了一条基本规则,即“根据具有音乐性的词语的序列”,他并没有提出诸如英式十四行诗之类的具体操作规范。那么,究竟什么样的诗行才是“具有音乐性的词语的序列”呢? 庞德并没有明说。

事实上,庞德也不可能在操作层面对“具有音乐性的词语的序列”进行具体定义,因为他一旦进行具体定义,就会由此生成具体的、固定的诗歌模式,也就回归到传统诗歌固定形式模式的窠臼中去了。

在传统社会,诗歌形式也存在变迁现象,王国维对中国诗歌的变迁规律总结道:“四言敝而有楚辞,楚辞敝而有五言,五言敝而有七言,古诗敝而有律绝,律绝敝而有词。盖文体通行既久,染指遂多,自成习套。豪杰之士,亦难于其中自出新意,故遁而作他体,以自解脱。一切文体所以始盛终衰者,皆由于此。”②他指出中国传统诗歌经历了“四言—楚辞—五言—七言—古诗—律绝—词”的发展变化过程,不过,他没有指出的是:传统诗歌模式的变化有一个显著特点,即所有传统诗歌模式都具有明确的形式规范,也就是说,传统诗歌形式的变化是以“具有格律规范”作为前提的,换言之,传统诗歌模式的变迁是“从一种诗歌模式走向另一种诗歌模式”的过程。假若庞德通过对“具有音乐性的词语的序列”进行具体定义而创造出一种新的诗歌模式,那么,他就会被归到传统诗歌领域里去了。

庞德只提出了“根据具有音乐性的词语的序列”这条基本创作规则,没有提出具体的操作规范。这样,诗人们可以在这一原则之下自由地创造出各不相同的诗歌模式。如此,才体现出了现当代诗歌与传统诗歌的本质不同,才体现出了现当代诗歌的“自由”形式特征。

对于庞德所提出的“具有音乐性的词语的序列”的原则,艾略特后来将它解释为“潜藏在日常用语中的音乐性”。③ 那么,哪些日常用语具有音乐

---

① Ezra Pound, A Retrospect. T.S.Eliot. *Literary Essays of Ezra Pound*(pp.3-14), ed.Toronto: George J.Mcleod Ltd., 1968, p.3.

② 王国维:《人间词话》,《王国维文学论著三种》,商务印书馆 2003 年版,第 42 页。

③ 艾略特解释说:“诗的音乐,可以说,是一种潜藏在同时期的普通语言中的音乐。”艾略特:《诗歌的音乐》,转引自黄晋凯等主编:《象征主义·意象派》,中国人民大学出版社 1989 年版,第 117 页。

性？如何发掘这些潜藏的、具有音乐性的日常用语呢？艾略特并没有进一步解释。读者只能通过细读他的作品，并从中寻找到答案。例如在他的名作《一位夫人的画像》（*Portrait of a Lady*）中，艾略特借这位夫人之口，创作了大量对话式的日常用语。细细品味，发现艾略特所创作的这位夫人的对话，其妙处主要在于传神地体现了这位夫人一方面要表现自己的上流社会地位，维护自己的矜持，另一方面又拼命想拉近和年轻人的关系的矛盾而且微妙的心态。[①] 例如在"我这个下午就是为你预留的"（I have saved this afternoon for you）一句中，夫人一方面要表现自己地位高，想和自己见面的人很多，自己很忙，另一方面又表现自己"重视"年轻人，希望年轻人能够理解并感激自己，以此拉近和年轻人的关系。至于说夫人的对话中的"音乐性"，从"文学性"角度来看则并没有特别值得关注之处。艾略特只是对这些对话进行了一定的"分行"处理，使之获得了较为一般的音乐性。在这些对话中，并无特别的规律性可循。

以上例子表明，艾略特在做诗时更重视的乃是庞德在"意象主义三原则"中所提出的前二条，即"1.直接处理'事物'，无论是主观的还是客观的。2.绝对不使用任何无益于呈现的词。"[②]换言之，艾略特更注重的乃是诗歌内容的塑造。诗中自然也有一定的"音乐性"，不过它是不是庞德所谓的"具有音乐性的词语的序列"，或者艾略特所谓的"潜藏在日常用语中的音乐性"呢？可以说是，也可以说不是，因为庞德和艾略特都没有提出自己的判定标准。也正因为如此，他们提出的主张在理论上并无意义。

庞德在实践层面跳出了传统诗歌模式的窠臼，不过，他对于现代诗歌形式的"音乐性追求"的强调，则表明他在理论层面还没有跳出传统诗学的窠臼，尽管他所主张的乃是不同于由传统诗歌模式所规范的音乐。这一点，也体现了庞德有关现代诗歌形式的理论局限性。其局限性的关键，在于庞德依然在将诗歌内容和形式分开进行考量，正如他在"意象主义三原则"中以

---

① 黎志敏：《剑桥读诗：现代英语诗歌精选》，高等教育出版社 2018 年版，该诗中英文见第 107—117 页。

② Ezra Pound, A Retrospect[A].T.S.Eliot.Literary Essays of Ezra Pound[C](pp.3-14), ed., Toronto: George J.Mcleod Ltd., 1968, p.3.

前两条论述诗歌内容,而以后一条来单独论述诗歌形式所体现的那样。

二、诗歌形式和内容“相向延伸”

真正在理论层面摆脱诗歌形式的“音乐性追求”窠臼的,乃是美国黑山诗派所提出的诗学理论。黑山诗派的领头羊奥尔森在《投射诗》一文中提出了三点创作原则:其一是“开放创作”,其二是“形式向来不过是内容的延伸”,其三是“一种感知必须快速而直接地导致另一种感知”。① 尤其是第二点,淡化了传统诗歌形式的“音乐性诉求”,转而将诗歌形式和内容紧密地联系了起来,确立了诗歌形式和内容之间的必然“理论联系”。按照黑山诗派的诗学理论,既然诗歌形式乃是内容的“延伸”,那么诗歌形式本身必须具有“内容”品质。——这一点,成为评判现当代诗歌形式创作优劣或者成败的基本原则,也是现当代诗歌和传统诗歌在形式创作方面的根本区别所在。

传统诗人在创作诗歌时,采取的是“套用”既定诗歌形式的方法,而既定的形式本身并不表现内容。在现当代诗歌创作中,没有既定的形式可以套用,诗人必须注意诗歌形式本身的创作。无论诗人创作什么样的具体诗歌形式,都必须让形式本身具有内容表现力,也就是说:现当代诗人的形式创作必须具有明确的艺术理由。而且,这一艺术理由还要与前人不同,否则就容易落入“俗套”。

传统诗人在创作诗歌时,只要让诗歌的形式符合(或者大致符合)相关固定格律规范即可。而现当代诗人在诗歌形式上却不能循规蹈矩,必须进行创作、创新,这就使得现当代诗歌形式的创作非常具有难度和挑战性。没有既定的格律规范,反而对现当代诗歌创作构成了挑战。打破传统诗歌形式规范之后,不是使诗歌创作更为容易了,而是更难了。

传统诗人也会选用某种诗歌模式来表现特定的内容,例如很多传统诗人

---

① Charles Olson, “Projective Verse”. Ralph Maud, *A Charles Olson Reader*. ed. Manchester: Carcanet Press Limited, 2005, p.39.奥尔森将第三点归功于他的好友爱德华·达赫伯格(Edward Dahlberg)。

在表现爱情或者友谊时，会选用十四行诗体，诸如意大利诗人彼特拉克、英国诗人莎士比亚、勃朗宁夫人等都是如此。这样，十四行诗体就被和某种浪漫情调联系了起来。不过，这种联系并不具有排他性，例如也有人用十四行诗体表现不浪漫的内容，并且也写得非常出色，例如米尔顿的著名十四行诗作品《哀失明》（*On His Blindness*）就和爱情、友谊毫无关系。这表明，十四行诗体和某种浪漫情调之间的联系只是由于很多诗人的创作实践使然，这种联系可谓一种"实践联系"。"实践联系"具有非排他性，即十四行诗体本身和爱情或者友谊的诗歌内容并无必然的理论联系。从学理上来看，乃是因为十四行诗体（包括很多传统诗歌模式）主要在于规范诗歌节奏，——节奏可以加强或者减缓诗歌表达的具体情感的强度，不过却和具体情感（即诗歌内容）没有直接关系。

前文指出，艾略特所谓"潜藏在日常用语中的音乐性"的诗歌形式理论并无学术价值。不过，他在实践中却能够创造出具有内容品质的诗歌形式，例如在《一位夫人的画像》中的如下几行：

——这样，对话就划开了
在虚幻的欲望和小心翼翼的道歉声中
在小提琴渐渐微弱下去的音乐声中
和遥远的短号声混杂在一起
开始了。①

诗人在使用几行长句子之后，突然用两个词的短句"开始了"（原文为"And begins"），很好地表现了年轻人其实早已明白夫人想说什么，因此颇不耐烦，却又不得不礼貌地陪聊的微妙心态。可见，尽管艾略特在理论上没有达到黑山诗派的高度，不过在诗歌创作中却有符合黑山诗派诗学理论的实践行为，这是艾略特作为一个诗人的天才表现。

黑山诗派第二号人物克里利（是他最先提出了"形式向来不过是内容的延伸"这一观点）的《疯子》（*Le Fou*）一诗很好地体现了诗歌形式本身的

① 黎志敏：《剑桥读诗：现代英语诗歌精选》，高等教育出版社2018年版，第110页。

艺术表现力:

Le Fou[1]
for Charles
who plots, then, lines
talking, taking, always the beat from
the breath
(moving slowly at first
the breath
which is slow—
I mean, graces come slowly,
it is that way.
So slowly (they are waving
we are moving
away from (the trees
the usual (go by
which is slower than this, is
(we are moving!
goodbye

译文:

疯 子

献给查尔斯

策划,然后,诗行
谈话,踏着节奏,总是来自

① 克里利诗歌原文引自:Robert Creeley, *The Collect Poems of Robert Creeley*, 1945—1975. Berkeley, CA: University of California Press, 1982。

呼吸
(首先慢慢地移动
呼吸
慢慢的—
我是说,美慢慢地来,
就是那样。
这样慢慢地(他们在挥手
我们在移动
离开(树林
平凡(后退
更加缓慢的,是
(我们在移动!
再会①

该诗比较具体地体现了包括"形式向来不过是内容的延伸"等黑山诗派的诗学原则,其独特的诗歌形式本身就在进行着某种艺术言说,生动地体现了诗人进行艺术创作的过程。② 如果说艾略特在《一位夫人的画像》的分行所形成的"开始了"的言外之意是某种语言的暗示,是第二性的,那么克里利的诗行本身就在言说,是第一性的。从这一层面来看,克里利的诗歌形式创作艺术更胜一筹。

语言诗派的领军人物伯恩斯坦在介绍克里利诗学时说:"克里利的第一条原则是:你在你说过程中发现自己不得不说的内容,——诗歌成为了'做东西'(a way of making),而不是'反映什么东西'(representing)"。③ 换

① 黎志敏:《剑桥读诗:现代英语诗歌精选》,高等教育出版社2018年版,第175—176页。中文译文为刘朝晖所译。

② 刘朝晖:《形式是内容的延伸——论投射派诗歌的形式观》,《深圳职业技术学院学报》2017年第2期。刘朝晖在该文中对克里利的《疯子》(*Le Fou*)一诗的形式何以表现内容,做了十分精彩的分析。

③ Charles Bernstein, *Pitch of Poetry*, Chicago and London: The University of Chicago Press, 2016, p.134.

而言之,诗歌作品不是为了"反映"某种既定的东西(在那种反映论中,诗歌语言的价值只是附属性的),诗歌作品是在创作过程中被不断"发现"出来的,它的价值在于它本身。伯恩斯坦指出克里利诗学的第二条原则紧随第一条原则("不是像黑夜紧随白天那样,而是像走路时一只脚紧随另一只脚那样"),——"诗歌不是由意念(ideas)做的,而是由词语(words)做的。"①伯恩斯坦强调诗歌是"词"做成的,就是强调诗歌的物质性,即强调诗歌不依附于"意念"而具有的独立价值。②

黑山诗派提出的"形式向来不过是内容的延伸"原则,在现当代诗学发展中具有里程碑式的意义。他们所提出的这一原则,也为其他现当代诗人广泛接受。语言诗派的中坚人物鲍勃·派勒曼(Bob Perelman)的代表作之一《慢性的意义》(*Chronic Meanings*)的形式非常独特:该诗每行都有而且只有五个单词,很多句子都不完整。这种句子在日常生活中是不存在,因此也超出了艾略特所说的"潜藏在日常用语中的音乐性"的解释范围。

庞德所谓的"音乐性"乃是"具有音乐性的词语的序列",这和传统诗歌形式所追求的诗歌音乐性在本质上是相同的,其内涵一般包含节奏明晰、音节和谐等音乐性元素。而鲍勃·派勒曼的《慢性的意义》则有意地剔除了这些常见的音乐性元素。庞德所主张的诗歌音乐性是指日常用语中的正常语流所形成的某种音乐,而《慢性的意义》中的语言却是完全人为的某种高度艺术化的"非日常用语"。从这层意义上,可以将《慢性的意义》视为一种"反音乐性"的作品。奇妙的是,这种"反音乐性"的作品也能形成一种特异的节奏,而且非常鲜明地表现了一种用任何词语本身都难以表达的内容,即鲍勃对他的一位英年早逝的朋友的扼腕痛惜时所说的:那些不完整的诗行,生动地表现了诗人纵有千言万语,却欲言又止的丰富而细腻的情感体验。③

---

① Charles Bernstein, *Pitch of Poetry*, Chicago and London: The University of Chicago Press, 2016, p.135.

② 这种诗也具有某种音乐性,却不再是庞德层面上的音乐性,而是具有内容实质的音乐性。

③ 参见由语言派诗人伯恩斯坦所主持的诗歌频道"宾大之声",这里不仅有该诗的原文,作者的朗诵,还有作者的解释:http://writing.upenn.edu/pennsound/x/Perelman/chronic-meanings.php。

伯恩斯坦认为奥尔森的《投射诗》一文乃是美国 20 世纪中期最核心的诗学作品。他还指出，虽然奥尔森在《投射诗》中借用了克里利的观点“形式向来不过是内容的延伸”，然而奥尔森并没有完全理解克里利，因为克里利的诗学“推论的结果必然是一个圆环”，即“内容向来不过是形式的延伸”。① 伯恩斯坦的这一论断只有只字片语，不过却具有重大的理论意义，它标志着现当代诗歌的形式和内容从此合二为一。

三、诗歌阅读的“综合性”心理过程分析

从读者的角度来看，诗歌的阅读体验乃是一种“心理过程”，它本来就没有形式和内容的区别之分，可谓庞德所说的“智性和感性的综合物”。② 更为确切地说，读者的阅读体验乃是一种“思维信息过程”，一种包含思维信息编码与思维信息链接两个要点的思维信息过程。诗歌的内容和形式，最终在读者那里体现为它们对读者大脑中的思维信息编码与思维信息链接的作用。尤其值得注意的是：诗歌内容和形式对思维信息编码与思维信息链接所起的作用是“同质”的，这就是诗歌内容和形式合二为一的理论基础所在。

无论所阅读的是传统诗歌还是现当代诗歌，都是一种包含思维信息编码与思维信息链接的“思维信息过程”。先举一个阅读传统诗歌的例子：在阅读李白的《静夜思》时，读者一般会在心中浮现这样一幅景象：某人在静夜时分独自坐在椅子上，仰望着皎洁的明月，心中思念着故乡。其中的“思维信息编码”主要是读者大脑通过对文字的处理，在大脑中形成“意象”的

① Charles Bernstein, *Pitch of Poetry*, Chicago and London: The University of Chicago Press, 2016, p.134.

② Ezra Pound, A Retrospect. T.S.Eliot, *Literary Essays of Ezra Pound*(pp3-14), ed. Toronto: George J.Mcleod Ltd., 1968. p.4. 庞德对意象的定义是：“An ‘Image’ is that which presents an intellectual and emotional complex in an instant of time”，指出意象是“某种智性和情感的综合物”。对这一概念的细读，参见黎志敏：《庞德的“意象”（Image）概念辨析与评价》，《外国文学研究》2005 年第 3 期。

过程。“思维信息链接”则主要是将这些“意象”联系起来,使得各种“意象”得以在大脑中形成“动画”。当然,这只是一种非常简略的说法,实际的心理过程要复杂得多。

在《静夜思》的阅读理解中,同时涉及具体(意象)思维和抽象思维。以上形成“动画”的过程,主要是依赖意象思维所完成的。如果仅有这一幅动画,读者还不能深刻领会该诗所表达的情感,因此还需要抽象思维的参加。中国读者在阅读该诗时,必然会联想到中国传统“家庭”文化,从而理解到诗人不仅是在思念故乡,还是在思念故乡的“亲人”;中国读者还能体会到,这种对故乡亲人的思念,必然十分真挚热切,等等。——使用中国传统文化背景对该诗进行的解读,就是抽象思维的参与过程。不难看出,只有在意象思维和抽象思维的共同作用下,读者才能很好地理解这首诗所传达的思想感情,从而产生感同身受的阅读美感体验。

那么,这首诗歌的形式对作者的阅读美感体验有何贡献呢? 主要有两点:其一,押韵协助“断句”,从而帮助了阅读心理过程中诗歌意象的分组(grouping)以及诗歌意象“动画”的形成;其二,诗歌形式所形成的节奏,有利于加强诗歌所表达情感的强度。

从读者的阅读心理过程来看,现当代诗歌和传统诗歌具有一致性。不过,在现当代诗歌阅读过程中,有更多的智性(即抽象思维)的参与。例如,在阅读鲍勃·派勒曼的《慢性的意义》时,读者不仅会联想到西方文化中朋友之间的真挚友情,还会从每行 5 个单词所形成的戛然而止的句子中寻求到丰富的声音层面和语法层面的语言信息,来深刻解读诗歌所表现的思想情感。这样,读者阅读时所激发的想象也更为开放,所产生的美感体验就更为丰富了。《慢性的意义》的诗歌形式在履行了《静夜思》的诗歌形式的功能之外,还直接参加了读者的抽象思维活动,这是现当代诗歌作品和传统诗歌在形式创作上的重要区别所在。

现当代诗学主张诗歌形式和内容的“相向延伸”乃至互相融合,归根到底在于追求提升诗歌的审美表现力,提升读者阅读诗歌作品时的美感体验。在形式创作方面,它特别强调诗歌形式直接参加到读者阅读时的具体(意象)思维和抽象思维之中去。

结　论

在打破传统诗歌的形式规范之后，不少人以为自此可以不再考虑诗歌形式，可以随意进行诗歌创作，因此炮制出了大量质量低下的作品。事实恰恰相反，正因为没有既定的形式可以套用，创作现当代诗歌时必须用心地进行“形式创作”，而这使得现当代诗歌的创作难度大大高于传统诗歌了。

也有人因为不理解现当代诗歌形式创作的奥秘，感觉无所适从，提出了各种新的诗歌形式规范，例如闻一多针对胡适将传统诗歌形式比喻为“枷锁镣铐”的说法指出：“恐怕越有魄力的作家，越是要带着脚镣跳舞才跳得痛快，跳得好。只有不会跳舞的才怪脚镣碍事，只有不会做诗的才感觉到格律的束缚。对不会做诗的，格律是表现的障碍物；对一个作家，格律便成了表现的利器。”接着，闻一多提出：“诗的实力不独包括音乐的美（音节），绘画的美（词藻），并且还有建筑的美（节的匀称和句的均齐）。”①可见，胡适和闻一多都误以为：现当代诗歌的自由形式就是对形式创作没有任何要求，不明白现当代诗歌的形式创作的难度其实大大高于传统诗歌。

在套用传统诗歌形式进行创作时，诗人们的创造力主要放在诗歌内容方面，而进行现当代诗歌创作，则必须融合内容和形式一起进行创作。诚然，现当代诗歌在形式上是“自由”的，不过，这种“自由”并非为了让做诗更加简单，而是为了方便诗人创作出更为优秀的诗歌作品；这种“自由”，是为了诗歌之美而被赋予的诗人的创作自由。

① 闻一多：《闻一多诗全编》，浙江文艺出版社 1995 年版，第 353、355 页。

第四章　现代诗歌的“理论”品质：理论主导下现代诗歌的三大发展态势

现代诗歌是由庞德的意象主义诗学理论所创立的，具有鲜明的理论基因。① 之后，在现代诗歌的发展过程中，各种诗学理论纷呈迭出，深度介入了现代诗歌的创作与阐释活动，不断地促进了并且仍然促进着现代诗歌的创新与发展，这进一步加强了现代诗歌的理论品质。在现代诗歌领域，即便一首看上去极其简单的诗歌，如果不明白诗人所依据的诗学理论，有时也很难真正读懂。例如庞德的《地铁车站》只有两行，不过如果不明白他所说的“意象叠置”（super-position）理论，阅读时就可能只知其一，不知其二。② 又例如威廉姆斯的《红色手推车》只有短短八行，总共不过 16 个单词，看上去很简单，不过如果不理解威廉姆斯“思想只存在于事物之中”（no ideas but in things）理论，也难以理解这首小诗的旨趣。③

有学者指出：“语言诗与其说是一场运动，不如说是一种由当代北美诗歌的后现代主义倾向中衍生出的、受理论指导的诗歌。”④其实，“受理论指导”不仅是语言诗人的特点，而且是自庞德所发起的意象主义运动以来几

---

① 艾略特也认同这一观点，他说：“人们通常地、便利地认作现代诗歌的起点，是 1910 年左右伦敦的一个名为‘意象主义者的团体’。”见彼德·琼斯：《意象派诗选》，裘小龙译，漓江出版社 1986 年版，第 2 页。

② 参见黎志敏：《庞德的“意象”（Image）概念辨析与评价》，《外国文学研究》2005 年第 3 期。其中，笔者对该诗进行了细读。

③ 参见武新玉：《“恋父”与“弑父”：从庞德的意象派到威廉斯的客体派》，《外国文学评论》2009 年第 1 期；武新玉：《从主体性意象叠加到客体性意象并置——论威廉斯对美国意象派诗歌的发展》，《外国文学研究》2010 年第 1 期。

④ 聂珍钊：*Interview with Charles Bernstein*，《外国文学研究》2007 年第 2 期。

乎所有著名现代诗人的特点。可以说,现代诗歌自其确立之日起,就是以理论为主导而不断发展进步的。

在理论主导之下,现代诗歌出现了以下三种发展态势。

一、诗歌形式从边缘进入中心

传统诗人在创作时采取的是“套用”既定诗歌模式的方法,他们创作的着力点在于诗歌内容,而非诗歌形式。对他们而言,诗歌形式是一种既定的规范性工具,他们无法改变,也无意改变。他们所做的是遵循既定的诗歌形式规范,而不会关注诗歌形式本身的内在学理或者诗歌形式的创新问题。

自庞德发起意象主义运动,打破传统诗歌的固定模式之后,现代诗人越来越多地将注意力转移到了诗歌的形式创新问题之上。1950 年,美国著名诗人查尔斯·奥尔森发表了“黑山诗派”的纲领性论文《投射诗》,明确提出“形式向来不过是内容的延伸”(form is never more than an extension of content)[①]“黑山诗派”对“形式向来不过是内容的延伸”理论的确认与阐释,影响非常广泛,可谓继庞德打破传统诗歌固定模式之后的又一里程碑式的大事件。它一方面进一步夯实了庞德打破传统诗歌形式的理论基础,另一方面还创造性地打破了形式和内容之间的界限。从此之后,人们无论是创作还是欣赏,都不能再对诗歌形式和内容截然分开、单独地进行处理了。

既然“形式是内容的延伸”,这就意味着诗人们在诗歌创作中必须关注诗歌形式本身的表情达意的艺术功效。传统诗人运用某种特定的诗歌形式进行创作时所关注的只是让自己的作品符合形式规范,而不会考虑到这一诗歌形式本身的艺术效果本身。不过,在奥尔森之后,诗人们在创作中就必须严肃地考虑形式本身的艺术效果了。换言之,现代诗人必须想清楚自己为什么采取某种诗歌形式,必须说出其中的理据,例如为什么在这个单词

① Charles Olson,“Projective Verse”,Ralph Maud,*A Charles Olson Reader*,ed.Manchester:Carcanet Press Limited,2005,p.39.奥尔森将这一观点归功于他的好友罗伯特·克里利,坦言是后者最先提出来的。

(字)后面断行,而不是在另一个单词(字)后面断行,等等。如果说传统诗歌所进行的只是“内容”创作,那么,现代诗人所进行的就是“内容—形式”创作。这样一来,诗歌创作的难度就大大增加了。

在庞德打破传统诗歌的固定模式之后,一时间有很多人以为可以随意创作诗歌,并且炮制出大量低质量的作品。对此,艾略特批评道:“不能将自由诗定义为没有格律的诗,因为即使最糟糕的诗歌也有格律。我们认为没有传统诗歌和自由诗歌的分界线,只有好诗、坏诗和遭透了的诗的分界线。”①这段话表明艾略特已经隐约地意识到了现代自由诗的特征决非仅仅是“没有格律”,而应该还有更多的艺术内涵。可惜的是,他未能明确理解到现代自由诗歌打破传统诗歌固定模式的学理乃是为了进行“形式创作”,即使得诗歌形式本身具有艺术表现力。

中西诗学发展的基本规律都是对更高艺术美的追求,打破传统诗歌形式规范显然不是为了鼓励人们“抛开形式,随便来写”,从而制造出很多“糟糕”的作品。从道理上来看,打破传统诗歌模式只可能是为了让人们能够更加自由地运用诗歌形式来进行创作,来增强诗歌的艺术表现力。这固然加大了现代自由诗歌的创作难度,不过也增强了诗歌的艺术表现力。这是符合中西诗学不断追求“更高、更好”的内在创作诉求的。

“形式向来不过是内容的延伸”是奥尔森在《投射诗》一文中提到的第二点。在该文中,他还提到其他两点:第一点是“开放创作”,第三点是“一种感知必须快速而直接地导致另一种感知”。② 根据这三条原则,黑山诗人进行了大量创作实践,例如奥尔森的代表作《翠鸟》(*The Kingfishers*)以及在黑山诗派中影响力仅次于奥尔森的罗伯特·克里利(Robert Creeley)的代表作《疯子》(*Le Fou*),都很好地体现了黑山诗派的创作原则,在诗歌的“形式创作”方面尤其别具一格。

不少读者和诗评家对黑山派的诗歌作品进行了认真解读,并且发表了

---

① T.S.Eliot,“Reflections on‘Vers Libre’”,in *To Criticize the Critic*,Faber and Faber,1965,p.189.

② Charles Olson,“Projective Verse”,Ralph Maud,*A Charles Olson Reader*,ed.Manchester:Carcanet Press Limited,2005,p.39.奥尔森将第三点归功于他的好友爱德华·达赫伯格。

大量解读性的论著，从而使得黑山诗派在“理论—创作实践—解读”的各个环节的作品都十分丰满，形成了一个创作与欣赏的文学现象的圆环。

在20世纪，不仅在诗歌界，而且在整个文学界，文学形式都受到了前所未有的重视。其中，影响最为广泛的是俄国形式主义，他们强调文学作品的文学性、陌生化手法等。俄国形式主义的代表人物雅各布森指出：“文学科学的对象不是文学，而是‘文学性’，也就是说使作品成为文学作品的东西。”①在俄国形式主义者看来，文学作品的“形式”（而不是内容）才是“使作品成为文学作品的东西”。其中，“陌生化”手法最具有代表性。关于“陌生化”，什克洛夫斯基说：“正是为了恢复对生活的体验，感觉到事物的存在，为了使石头成其为石头，才存在所谓的艺术。艺术的目的是为了把事物提供为一种可观可见之物，而不是可认可知之物。艺术的手法是将事物‘奇异化’（即‘陌生化’）的手法，是把形式艰深化，从而增加感受的难度和时间的手法，因为在艺术中感受过程本身就是目的，应该使之延长。艺术是对事物的制作进行体验的一种方式，而已制成之物在艺术之中并不重要。”②

对比一下不难发现，俄国形式主义者和诗歌界对“形式”的定义并不在同一个层面，前者更为抽象，和哲学更为接近，而后者则更为具体，主要指诗歌的音步、押韵、分行、断句等。俄国形式主义者努力将他们的理论打造成脱离具体文学内容的“抽象理论”，而黑山诗派的理论却是指导具体诗歌创作的“实践理论”。

从“形式向来不过是内容的延伸”这一主张来看，黑山诗派仍然承认诗歌内容的重要性，而不是像俄国形式主义那样否定诗歌作品内容的重要性。在黑山诗派看来，形式创新固然重要，不过，形式创新的目的还是为了创造某种“内容”，——这里的“内容”，已经不是“形式—内容”这一组范畴中的“内容”，而是某种已经升华了的、具有艺术感召力的“内容”，恰如在诗歌断行中所引起的“期待感”“新奇感”，等等。在读者那里，这些感觉和诗歌意

---

①　[俄]罗曼·雅可布逊：《现代俄国诗歌》，茨维坦·托多罗夫编选：《俄苏形式主义文论选》，蔡鸿滨译，中国社会科学出版社1989年版，第24页。

②　[苏]维·什克洛夫斯基：《散文理论》，百花洲文艺出版社1994年版，第10页。

象所引起的审美体验难以分割,有时它们会在一定程度上修饰诗歌意象所引起的审美体验,使得读者心目中的意象审美发生变化。可见,诗歌形式的确是“内容的延伸”。

“创新”是文学艺术创作的根本要求,从创新的角度来看,黑山诗派和俄国形式主义具有异曲同工之妙。按照黑山诗派的理论所创作出来的优秀诗歌作品,例如《翠鸟》和《疯子》都很具有创新性,能够带给读者耳目一新的感觉。而俄国形式主义所强调的“陌生化”原则,其实也是艺术“创新”要求的逻辑结果。

二、诗歌形式的视觉美学凸起

在诗歌诞生的初期,还没有书面文字,诗歌作品口口相传,那时谈不上所谓诗歌作品的视觉美学。随着书面文字的出现以及不断发展,尤其随着纸张、印刷技术以及电子媒介的发展,诗歌艺术的视觉美学也不断发展了起来。可见,诗歌艺术的视觉美学经历了一个从无到有,从弱到强的过程。

中国传统诗歌艺术在视角美学方面所取得的成就,远比西方诗歌更为丰富。中国传统诗歌结合书法艺术、绘画艺术,在视觉美学方面达到了很高的水平。中国传统社会中有大量融会了诗歌、书法和绘画艺术为一体的优秀作品,是冠绝全球的艺术珍宝。在这些作品之中,诗歌、书法和绘画艺术相互辉映,融为一体。从诗歌的角度来看,可以将很多诗书画的艺术作品中的书法艺术和绘画艺术都看作对诗歌的阐释,视它们为诗歌的视觉美学的表现形式。

相比之下,西方诗歌在视觉美学方面的成就则十分有限。传统英语诗人运用“花体字母”来誊写诗歌,也具有视觉美感。不过,“花体字母”的艺术表现力十分有限。在诗和画结合方面,比较具有代表性的相关成果要数威廉·布莱克(William Blake)的代表作《天真之歌》和《经验之歌》。可惜的是,布莱克的尝试并未成为一种潮流,少有人模仿。总体上来看,西方诗画结合的艺术创造处于一种浅尝辄止的状态。

20 世纪初期,庞德整理并且发表了费诺罗萨(Ernst Fenollosa)的论著《作为诗歌媒介的中国书写文字》(*The Chinese Written Character as a Medium for Poetry*),①这是他将中国汉字直接运用到英语诗歌创作之中的理论基础。在《诗章》中,庞德所使用的中文汉字的艺术表现力完全来自其外在形式。② 在该书封面的英文标题下面,就有一个大大的汉字"誠"。在庞德看来,汉字的外部形态本身就是一种诗意的欣赏对象。

在《作为诗歌媒介的中国书写文字》一书 1936 年版的封底,编者指出了费诺罗萨和庞德对于汉字的误解:"在远古时代,汉字或许源于图画,不过,除了极少的例子之外,汉字的这种图画性质早已模糊了。在中国人书写汉字时,他们并不在意汉字原初的图画意义。"③毫无疑问,编者的意见是正确的。不过,编者的这番解释也说明了他并不理解庞德的诗歌美学关怀。其实,无论汉语母语使用者如何看待汉字,都并不影响作为英文母语使用者的庞德以及他的读者们从汉字的"图画性"中来发现、创造某种诗性的想象美感。

庞德之后,不少诗人进一步发掘现代诗歌的视角美学,并且提出了一个专有名词即"形体诗"(Concrete Poetry)。在形体诗创作中,卡明斯(e.e. cummings)的《落叶》比较具有代表性:

l(a
le
af
fa

---

① Ernst Fenollosa, *The Chinese Written Character as a Medium for Poetry*, ed., by Ezra Pound. San Francisco: City Lights Books, 1936.庞德在编辑费诺罗萨遗稿的过程中,根据自己的思想对原文进行了取舍,使得该文能够较好地表达他自己的思想,因此,有人认为庞德也是该文的作者之一。参见魏琳:《费诺罗萨还是庞德?——〈作为诗歌媒介的中国书写文字〉的作者问题》,《国外文学》2018 年第 2 期。

② 参见 Ezra Pound, *The Cantos of Ezra Pound*. New York: New Directions Books, 1996, p.486, p.487, p.496。

③ Ernst Fenollosa, *The Chinese Written Character as a Medium for Poetry*, ed., by Ezra Pound. San Francisco: City Lights Books, 1936.封底文字。

ll
s）
one
l
iness①

如果忽略形式，这首诗的全文是“a leaf falls.loneliness”（一片树叶落下。孤独）。很明显，卡明斯将诗歌的外观形式作为了该诗的主要艺术表现形式：纤细且断断续续的诗形，本身就如一片孤零零飘落的树叶一样。②

诗歌的视觉美学，就是以诗歌的视觉要素直接作用于读者阅读时的审美体验之中去，例如书法艺术就能够以或遒劲或绵柔的笔法，直接介入读者读诗时的审美体验。西方的“形体诗”也是如此，它们以诗歌的外形直接介入读者的阅读审美体验之中，引起读者产生某种特别的感受。

可以预见的是，随着诗歌媒介的进一步发展，诗歌的视觉美学必将得到进一步的开拓，例如有的诗人运用现代科技手段在诗集的“装帧”上进行创新，让读者一拿起诗集就自然而然地进入到某种阅读程序之中。③ 有的诗人利用多媒体技术，对诗歌作品进行多维度的动画呈现，颇让人耳目一新。还有诗人在视觉美学中引入“触觉”因素，也颇有创意。可以预见的是，随着现代科技的进一步发展，会有更多的现代诗人尝试运用更新的媒介来进行诗歌创作。现代社会为现代诗歌打开了广阔的未知领域，有待现代诗人们进一步探索与开发。

---

① 李达三、谈德义主编：《康明思的诗》，香港今日世界出版社 1977 年版，第 19 页。大陆地区一般将 e.e.cummings 译为卡明斯。

② 从视角美学对该诗的更多分析，可以参见王红阳：《卡明斯诗歌“l（a”的多模态功能解读》，《外语教学》2007 年第 5 期。

③ 英国当代诗人尼克·瑟斯顿（Nick Thurston）以某种新材料作为诗集封面，使得封面像镜面一样，读者拿起诗集就能见到自己的影子。以这一封面，作者暗示诗集中的文字就是读者自己的灵魂的影子。Nick Thurston：*Of the Subcontract or Principles of Poetic Right*，New York：Information as Material，2013.

三、诗歌语言的“非传统语法”意义开发

在传统诗歌中，诗歌文字本身几乎被视为一种透明的存在，人们想当然地认为它们之所以存在，只是为了根据语法规则来表达意义，换言之，它们本身并无价值。例如，在古希腊的《荷马史诗》或者英国诗歌之父的乔叟（Geoffrey Chaucer）的代表作《坎特伯雷故事集》中，诗歌语言本身并不重要，重要的是它们依据语法规则所表达的意义。在这种情况下，诗人和读者习惯于“得意忘言”，即在明白了意思之后，就可以忘掉具体的语言文字本身了。

不过，现代诗歌却开始关注诗歌语言的“非传统语法”意义，在具体操作上表现为在诗歌作品中打破传统语法规范。庞德可谓第一个实践者，——在意象主义运动中，他不仅打破了传统诗歌的“抑扬格五音步”，而且也率先打破了英语诗歌句子中的语法规范。例如在他著名的短诗《地铁车站》中，就是如此：

Ina Station of the Metro

The apparition of these faces in the crowd;

Petals on a wet, black bough.①

这两行诗句缺乏谓语部分，明显不符合英语语法，它打破了英语传统诗歌对语法规则的尊重。在庞德所翻译的《神州集》以及他的代表作《诗章》中，这样的例子俯拾皆是。

打破语法规范使得西方现代诗人获得了更大的创作自由，很多诗人在现代英语诗歌创作中大量使用“破碎句子”等不符合传统诗歌语法规范的

① 译文：地铁车站/人群中那些脸庞的幻影；/潮湿、黑暗树干上的花瓣。参见黎志敏：《剑桥读诗：现代英语诗歌精选》，高等教育出版社2018年版，第93—94页。

诗句。如果运用得当,这种创作能够提高诗歌的艺术表现力,例如以破碎的句子可以直接而且有力地表现诗人的某种心理状态,或者某种潜意识状态等。不过,和现代诗歌自由形式的应用一样,在现代诗歌创作中打破语法规范必须以实现某种诗歌艺术诉求为前提,否则就会缺乏艺术说服力。

在打破语法的绝对统治地位之后,诗歌语言自身的一些特质凸显了出来。在这种情况下,产生了各种理论,其中尤其值得一提的是对所谓诗歌语言的“物质性”的重视。托马斯在《诗歌宣言》一文中谈道:“我最初想写诗是因为我爱上了词语。我最早接触到的诗歌是童谣,在我会读书以前我就爱上了童谣里的词语,而且仅仅是词语本身。至于词语代表什么,象征什么,是什么意思,对我而言是次要的;……我不在意这些词语在讲些什么……我只在乎它们在我耳朵里制造的声音的形状;只在乎它们投射在我眼睛上的色彩。”①他还说:“首要事情是去感知它们的声音与材质;至于我要拿那些词语做什么,给它们派上什么用场,通过它们去说什么,都退居其次。”②托马斯的这些言论在传统诗人看来是无法想象的,不过,在现代诗坛,很多人都有和他类似的想法,例如祖科夫斯基也意识到“诗中的任何意象都首先是一个物质层面的词语”③。其言外之意,就是要在诗歌创作中充分重视这一点,并且发掘作为“物质”的词语的艺术表现力。

美国语言诗派进一步推进了这一理论发展趋势,更为系统地发掘了诗歌语言自身的艺术表现力。诗人道格拉斯·梅塞里在他主编的《语言诗》的前言中就语言诗派的创作谈道:“语言不是解释或翻译经验的载体,而是经验的源泉。语言是感性认识,是思想本身。”④语言诗派的代表人物伯恩斯坦解释得更为细致具体,他说:

你一定注意到了大约 1980 年以来语言诗作品的一些明显的风格

---

① Louis Simpson, *Studies of Dylan Thomas, Allen Ginsberg, Sylvia Plath and Robert Lowell*, London: The Macmillan Press Ltd, 1978, p.6.

② Jacob Korg, *Dylan Thomas*, New York: Maxwell Macmillan Twayne Publishers, 1992, p.15.

③ Sandra Stanley, *Louis Zukofsky and the Transformation of a Modern American Poetics*. Berkeley, Los Angeles, London: U of California P, 1994, p.119.

④ 转引自张子清:《二十世纪美国诗歌史》,吉林教育出版社 1995 年版,第 835 页。

> 趋势:很多断裂(即一个短语、一行诗或一句话与诗中的其他部分没有明显的逻辑联系),没有简单的抒情话语以表现诗人的情感和主观感受,新奇的结构和形式(自创的形式),诗的形式的构筑感,以及对词语与客观对应物之间、隐喻与表现物之间、真理与逻辑之间的不一致性的探究。但是这中间没有任何一项可以界定语言诗的本质,——也许我们可以说(这种说法也许看似矛盾),缺乏对诗之所以为诗的界定本身就是语言诗的本质。①

1978 年,在和他的朋友创办《语言杂志》时,伯恩斯坦将杂志的名称“语言”(language)这一英语词写成“L = A = N = G = U = A = G = E”,以一种非常形象的手法表明了他们对诗歌语言内在艺术表现力的强烈关注。

伯恩斯坦在诗歌创作之外,写作了大量诗学论文,为语言诗派奠定了坚实的理论基础。他的诗学理论是和 20 世纪在世界影响深远的语言哲学息息相通的,这使得他的诗学理论具有了坚实的哲学基础。

结　　语

为了创新诗歌艺术,众多优秀的现代诗人不约而同地走进了理论领域,使得他们的诗歌作品具备了明显的“理论”品质。这是现代诗歌与传统诗歌的重要区别所在:如果说传统诗歌是“自发实践”,那么现代诗歌则具有鲜明的“理论主导”特质。在现代诗学理论的主导下,现代诗人们在“内容—形式”创作,诗歌形式的视觉美学以及诗歌语言的“非传统语法”意义开发等方面都做出了一定的成绩。不难想见,诗人们将会继续在相关领域进一步深化探索,甚至还会开辟全新的诗歌创新领域,推进现代诗歌艺术的发展。

现代诗学理论对诗歌创作和欣赏的深度介入可以为诗人和读者提供一

① 聂珍钊:*Interview with Charles Bernstein*,《外国文学研究》2007 年第 2 期。

个全新视角,让诗人和读者得以从这个全新视角来感知世界、体悟人生、认识自己。生活世界是多维的,复杂的,如果缺乏理论的引导,很多人就只会以个人的简单的经验视角来观察世界,这样,在他们眼里的世界可能是简单、扁平乃至毫无生趣的。但是,在现代诗学理论的主导下,他们就能够发现一个个全新的世界。在这个过程之中,他们的智性与感性能力能够得到茁壮成长。

传统诗人的做诗过程是以经验为主导的,不少传统诗歌就是诗人对日常生活中的所见所闻、所思所想的较为直观地记录,如李白的《静夜思》就是一例。不过,对于现代诗人而言,运用这种做诗方法越来越难以创造新意,在创作质量上难以超越传统诗歌作品。不过,一旦开发出某种新的诗学理论,现代诗人就能够在诗歌文本中表现出与传统诗歌全然不同的人生体验与诗歌艺术,能够创作出和传统诗歌不同的优秀作品来了。

就如真正伟大的现代诗歌作品并不多见一样,真正优秀的现代诗学理论也只是凤毛麟角。自现代诗歌创立以来,中西方都出现过不少无效诗学理论乃至错误的诗学理论。尽管如此,仍然有少数诗学理论经过了时间的考验,并且流传下来了。可见,所谓“创新”大致可以分为两种类型:第一类是粗制滥造、流于表面的“创新”。这类创新毫无艺术生命力,在很短的时间内就会被别人忘记,可谓“无意义创新”。市面上不乏这些作品,即便喧嚣一时,也会很快被历史所抛弃。第二类是经过当事人深思熟虑、具有明确艺术追求并且能够经得住历史考验的深度创新。这种创新具有长久的艺术生命力,是“有意义创新”。

我们必须学会对各种现代诗学理论进行深度辨析、批评,以求去伪存真,并且在此基础上不断进行探索。

第五章　现代诗歌的“开放性”：理论创新与实践互动

传统诗歌的各种要素及其内涵比较稳定，因此，人们对传统诗歌具有比较明确的认识与定义。在中国，传统诗歌的内涵几千年来基本保持不变，简言之，即“诗缘情”。《诗大序》说：“诗者，志之所之也。在心为志，发言为诗。情动于中而形于言，言之不足，故嗟叹之；嗟叹之不足，故咏歌之；咏歌之不足，不知手之舞之，足之蹈之也。”也有人在“诗缘情”之外提出了“诗言志”的说法，尽管“诗言志”和“诗缘情”稍有差异，然而它们本质上都是“诗言情”。①

西方传统诗歌有不同的流派，而且不同流派对诗歌内涵的理解也不相同，例如英国新古典主义诗人崇尚古希腊、古罗马的艺术规范，强调客观理性；又例如英国浪漫主义诗人强调诗歌的抒情特质，其代表人物华兹华斯认为：“好的诗歌是强烈情感的自发流溢……”②尽管不同的流派对于诗歌有不同的理解，然而每一个流派对于诗歌的认识和定义还是比较明确的。

西方传统诗歌在理论上乃是围绕古希腊时期柏拉图“放逐诗人”的问题所展开的，具体而言就是“哲学（理性）”与“诗歌（感性）”的关系问题。西方传统社会崇尚理性，认为“理性”是人类的本质，是人类与其他生物的区别之所在，因此，强调诗歌作品的理性品质在西方诗歌界一直占据主导地位。即使是强调抒情的浪漫派，在主张“诗歌是强烈情感的自发流溢”之

① 参见曹晓虎：《“诗言志”即“诗缘情”》，《中国社会科学报》2019 年 2 月 19 日。

② WilliamWordsworth, *Lyrical Ballads*. Longman, 1992, p.82.

后，也不忘加上一句“是在激情之后的宁静心态下的回忆”①。可见，英国浪漫派其实也很重视诗歌的“理性”原则，尽管他们强调了诗歌中的情感要素。相比之下，传统中国并没有哲学与诗学之争。中国传统文化一直都是儒家主导的，中国传统诗歌理论也一直是以儒家所主张的“诗缘情”为基础的。中国传统诗歌在理论上具有内在统一性，不同流派之间的差异只存在于技术层面。

一、现代诗歌定义的开放性

和传统诗歌截然不同的是，现代诗歌的各种要素及其内涵一直处于变化之中，难以确定，导致人们对现代诗歌很难进行准确地定义。最初，由庞德所倡导的“意象主义诗歌”还具有比较具体的创作手法，也就是说，意象诗派的创建原则还是符合传统诗歌的构建理念的，即具有比较明确的内涵（包括具体的创作手法）。不过，越向前发展，现代诗歌就越难定义，在回答有关语言诗歌有哪些可资定义的特点（defining qualities）时，美国著名当代诗人伯恩斯坦说道：“矛盾是关键。我所想要的是这样一种诗歌：它自己构建自己的规则，然后它也不服从这些规则。”②这句话有些拗口，其实就是说：他不希望刻意为诗歌制定规则，他刻意让他的诗歌作品自主地呈现出某种规则，不过，他在之后的创作中也不会遵守这些规则。当被继续追问道，语言诗人是否有一些什么“鲜明的艺术特色或者技巧”（the most distinctive artistic features/techniques）时，伯恩斯坦列举出一些语言诗人常用的手法，然后说道：“不过所有这些东西都不具有‘定义’的约束力，或者，非常矛盾地，我们可以这样说：缺乏对于一首诗歌之所以成其为诗歌的假定，就是语言诗歌的定义。”③

---

① WilliamWordsworth, *Lyrical Ballads*. Longman, 1992, p.82.

② 聂珍钊：*Interview with Charles Bernstein*，《外国文学研究》2007 年第 2 期。

③ 聂珍钊：*Interview with Charles Bernstein*，《外国文学研究》2007 年第 2 期。

诸如伯恩斯坦等人的现代诗人们拒绝对诗歌进行明确定义，其实是一种非常高明的创新策略，因为这事实上消除了可能阻滞现代诗歌创新活动的定义障碍，从而为现代诗歌的创新打开了无限的空间。唐纳德·斯托弗曾说："很少有人满意他们自己的诗歌定义……定义越为清晰、精确，越多的诗歌就会被排除在外。"①伯恩斯坦深谙其中的道理，他甚至说："我不喜欢遵循规则——即便是我自己定的规则"。② 这句话有两层意思：其一，现代诗学需要不断地创新，需要提出各种理论规则；其二，不要拘泥于已经提出的理论规则，而要在这些规则的基础上继续创新。

尽管我们无法从具体要素或者内涵的角度对现代诗歌进行明确地定义，然而我们却能够发现现代诗歌具有鲜明"创新"精神。

如果一定要在现代语境中给"诗"下一个定义，或许可以这样来说凡是创作者称为"诗"的作品就是"诗"。这一定义超越了传统对诗歌的定义方法，看似有些荒诞，其实却隐含着一个重要原则："命名不能超越其自身的界域"，从哲学层面来看，这一原则就是亚里士多德所提出的"同一律"原则。换言之，诗歌就是诗歌，而不是其他。在这一定义里面，隐含着诗歌意义的生成路径，即：任何现代诗歌或者诗学作品的创新价值，都是在"诗歌"这一场域生成的，也就是说，以往的诗歌与诗学作品乃是创新作品的意义生成场。正如艾略特所说的那样："没有哪个诗人，或者哪个艺术家能够独立于传统获得自身的意义。他的价值寓于他和过去的诗人和艺术家们之间的关系之中。"③和传统诗歌一样，现代诗歌也是在传统诗歌所开辟的"诗歌"场域中生存发展的。

现代诗歌的开放性使得它得以不断拓展"诗歌"的疆界，为其发展开放了广阔的空间。在短短百余年时间之内，现代诗歌在理论方面所产生的成就已经大大超过了传统诗学几千年的积累。

---

① Donald A.Stauffer, *The Nature of Poetry*, W.W.Norton, 1946, p.ii.

② Charles Bernstein, *Pitch of Poetry*, Chicago and London: The University of Chicago Press, 2016, p.268.

③ T.S.Eliot, "Tradition and the individual talent", in *Twentieth Century Literary Criticism: A Reader*. David Lodge ed.Longman, 1972, p.72.

二、现代诗歌创新理论的生成路径

研究现代诗学理论,首先必须厘清“何谓现代诗学理论”的问题。而想厘清这一问题,必须上升到“理论的理论”高度。西方一般在哲学领域讨论“理论的理论”问题,对于理论的一些基本问题诸如理论是什么,理论的领域,理论的层次等做了较多的探讨。中国传统上并无知识论哲学,导致人们对理论的认识比较模糊。① 对此,冯友兰曾经指出:“就我所能看出的而论,西方哲学对中国哲学的永久性的贡献,是逻辑分析方法。”②他还认为西方的逻辑分析方法比西方的各种现成结论更为重要。③ 冯友兰此言不虚,只要学会逻辑分析方法,善于思辨,则不难理解理论中的各种问题。掌握了逻辑分析方法,也就掌握了“理论的理论”,也就是哲学。所谓“理论的理论”,就是依据逻辑法则所进行的思辨活动。

什么是理论呢?简而言之,所谓“理论”就是“规律”;所谓理论创建,就是使用语言文字对某种“规律”进行揭示并准确地表述出来。在自然科学领域,规律主要指客观世界的客观规律,其要害在于“客观”;例如牛顿、爱因斯坦等人揭示的客观世界的运行规律,就是自然科学领域的基础性理论。在人文社会领域,规律可能是“客观”的,也可能是“人为”创建的;前者例如人的为己本性学说(具有客观性),后者例如语法规则(语言是人为的),等等。正因为如此,自然科学的研究意义在于发现真理(即客观规律),而人文社会科学的研究意义在于:它不一定能够发现真理,却一定能够发现谬误。所谓发现“谬误”,就是发现理论中各种“不自洽”的地方。

无论在自然科学领域还是在人文社会领域,某一理论(体系)是否成立

---

① 参见黎志敏:《“哲学”与“经学”之争:中国传统伦理的历史拐点》,《伦理学研究》2010 年第 3 期。另外,也可参见黎志敏:《知识的“善”与“真”》,人民出版社 2011 年版。在该书之中,笔者比较详细地讨论了本体论、主体论、认识论等相关问题,阐明了中国古代为什么没有知识论哲学。

② 冯友兰:《中国哲学简史》,北京大学出版社 1996 年版,第 282 页。

③ 冯友兰:《中国哲学简史》,北京大学出版社 1996 年版,第 283 页。

的核心标准就看其是否“自洽”。而对于是否“自洽”的判断标准,则是“逻辑”。也就是说,在某一理论(体系)中,各种概念必须是清晰、一贯的,各种结论不能自相矛盾,否则,这一理论(体系)就不能成立。而不同的理论(体系)之间出现概念不一致,结论互相矛盾的情况却是正常的,也是有益的,因为不同理论体系之间可以形成一种张力,能够更好地反映自然以及社会本身的无比复杂性。而且,这些不同理论互相竞争,能够促进它们自身的发展,还能够促进新的理论的创立。

人文社会科学领域的创新,一般有两种可能:其一是在原有理论(逻辑)体系基础上的发展;其二是在发现某一理论内部的“不自洽”现象之后,对于整个理论(逻辑)体系所进行的再造。现代诗学的创新在这两个层面均有突破,前者例如创造新的诗歌押韵技巧与节奏(例如狄金森诗歌作品中的不完全韵,即 slant rhyme),就是在原有诗学体系基础上的发展,后者例如庞德打破传统诗歌形式规范,开拓出以“自由体”为平台的全新诗歌领域,就是对整个诗学体系的再造。

“理论”本身并不神秘,事实上,我们时时都生活在“理论”所界定的各种场域之中,也就是说,我们每天都在和“理论”打交道,尽管我们自己可能并没有意识到。只要适当反思(reflection),追问一下支配我们生活行为方式的理念及理念体系,就不难发现我们的很多行为方式其实受着各种理论或者理论体系的支配。例如我们在春节时克服很多困难也一定要回家和家人团聚的行为,就是受到儒家“家庭”思想理论体系支配的(西方人受到基督教文化体系的影响,一般在圣诞节团聚);我们在车上给老人让座的行为,也是受到儒家理论支配的(在这一点上,西方人和中国人不同,西方人在车上一般给女士让座)。随着社会的发展,我们所接受的思想理论也在悄然发生着变化,例如现在的年轻人在交男女朋友方面,更加独立自主,他们的相关行为后面乃是现代文化有关自由、平等的思想理论体系,等等。

理论包含人类对自然、人性、社会等各方面的规律的认识,而且包含人类在这一认识基础上所总结出来的求得生存、发展的具有规律性的规则。可见,理论是人类认识世界、适应世界的知识成果。凡是没有形成理论(即具有规律性的总结)的认识,都是偶然的,对我们的生活实践也是缺乏指导意义的。随着时代的发展,理论在人类生活中的重要性越来越突出,可以说,在现代社会,我们一刻也离不开各种理论,否则社会生活就容易陷入混乱。例如在经济领域,政府和企业家都是依据各种理论来决定各种决策的,他们看待经济问题的眼光和一般人在生活中按照直觉处理自己的收入问题是很不一样的;如果离开各种经济理论,政府和企业家就无从决策,整个社会经济生活马上就会陷入一片混乱。

理论可以分为不同的领域、层次。从领域上来看,一般分为自然科学领域和人文社会领域。① 从层次上来看,有比较简单的、不成体系的生活化理论,也有比较高深的、具有严谨体系的学术性理论。所有理论都具有两个共同特点:其一,它们都是以人类的智力边界为边界的,原因很简单:因为超越人类认知能力界限的知识,我们无法认知。其二,它们都是以人类生命为中心的,也就是说,我们所有的知识,都是以服务于人类生命自身为皈依的。

诗学理论是人们在对自然、人性、社会规律的认识基础上,所确立的一些有关诗歌艺术的法则。而诗歌理论的创新,乃是人们基于人类对自然、人性、社会规律更为深刻的认识基础上,所确立的有关诗歌艺术的新法则。例如现代诗歌的自由形式之所以能够突破传统诗歌的形式规范,并最终得以确立,乃是因为人们对诗歌形式具有了更为深刻的认识,并且最终从认知层面发现人类具有一种主观节奏能力,使得我们即使不依赖传统诗歌形式的严格规范,也能够形成很好的节奏感。② 20 世纪以来,几乎所有著名现代诗人都在诗学理论上有所创新。如果说诗歌实践创新给诗歌带来的是在代数级别的增长,那么诗学理论创新带来的则是几何级别的增长,因为后者往往能够开创一个全新的诗学境界。

---

① 很多人习惯于在“人文社会”后面加上“科学”二字,其实并不合适,例如艺术创作一般就不被认为是“科学”的。

② 参见黎志敏:《诗歌的节奏理论探索:认知理论与节拍标志》,《汕头大学学报》(人文社会科学版)2009 年第 2 期。

三、现代诗歌理论与实践的互动

现代诗歌的发展是以理论为主导的,具有非常明显的理论特质。现代诗学界有专门从事理论研究的批评家,有既精通理论又勤于实践的理论家兼诗人,也有偏重于诗歌创作实践的诗人。无论是哪一类人,都具有非常深厚的理论功底。以下分别举例说明:

美国著名批评家玛乔瑞·帕洛夫是现代诗学理论界的一位优秀代表,她专门从事理论研究以及诗歌批评,在现代诗歌界具有崇高的声望,她本人并不从事诗歌创作实践。"在近半个世纪的学术生涯中,帕洛夫先后推出了专致诗学研究的专著15部、论文400余篇,其诗学批评基本涵盖了从个体诗人的个案研究到现当代诗歌的纠偏式解读,从先锋艺术、未来主义下的当代诗歌批评到后现代全球语境中诗歌的整体批评范式,从诗歌艺术与其他艺术和大众传媒之间的关系到诗学语言的多维走向及其各自特性,从世纪之交美国诗学的新走向、批评者身份认同与学术批评关系,到诗学研究、诗歌批评与人文危机的拯救等对现当代诗学批评、解读与发展有重大影响的话题。"①帕洛夫的理论功底深厚,将诗学研究和哲学研究很好地联系了起来,她撰写了一本在当代美国诗坛以及维特根斯坦研究学界都颇有影响的专著《维特根斯坦的梯子:诗歌语言和日常语言的奇特性》。② 她的诗学作品,为很多诗人的创作提供了理论指导,她的诗歌评论,帮助很多读者走进了现代诗歌作品。

帕洛夫的好友,美国语言诗派的创始人伯恩斯坦是一个既精于理论,又勤于创作的例子。他著有《诗学》(*A Poetics*,1992)与《我的路》(*My Way*,1999)等多部重要诗学著作,发表了30余本诗集,在《TLS》《批评调查》等众

① 张鑫:《玛乔瑞·帕洛夫诗学批评述评》,《外国文学研究》2014年第5期。

② Marjorie Perloff, *Wittgenstein's Ladder: Poetic Language and the Strangeness of the Ordinary*, Chicago: University of Chicago Press, 1999.

多报刊发表研究论文和书评计500余篇。① 而最广为人知的，则是他与布鲁斯·安德鲁在1978年至1982年间合编的《语言》杂志（*L=A=N=G=U=A=G=E*），美国语言诗派正是以这部杂志之名为名的。② 他的理论与创作对美国现当代诗歌的发展起到了重要的推动作用。美国语言学派的很多理论基础都源于现代语言学的各种理论，他们尤其非常重视维特根斯坦的语言哲学理论，和精通语言哲学的玛乔瑞·帕洛夫具有密切的关系。

还有部分现当代诗人专心创作，较少撰写诗学理论作品。不过，即便是这部分诗人也都具有深厚的理论修养，他们和较少研究诗歌理论的传统诗人如乔叟、莎士比亚等人具有很大差别。在这方面，英国著名诗人蒲龄恩（J.H.Prynne）可谓是一位杰出的代表。蒲龄恩终生在剑桥大学任教，于1962年出版他的第一本诗集《形势的力量》（*Force of Circumstance*），之后一直笔耕不辍，创作了大量诗歌作品。1982年，蒲龄恩出版了第一本诗歌选集《诗歌》（*Poems*），该诗集在1999年以及2005年得以重版，每次重版都新收进蒲龄恩的不少新作。③ 蒲龄恩将主要精力放在诗歌创作之中，很少撰写诗学理论著作，不过他广学博识，具有很深的理论修养，这使得他的诗歌作品具有浓郁的理论品质，对读者具有很高的要求。他的诗歌作品引起了研究者的广泛兴趣，迄今为止学者们已经发表了几十部专著、几百篇论文来研究解读他的作品。2010年10月，英国著名曼彻斯特大学出版社出版了《晚期现代主义诗学：从庞德到蒲龄恩》（*Late Modernist Poetics*：*From Pound to Prynne*）一书，将蒲龄恩和庞德并列。④

总体上来看，现代诗学理论引导着诗歌实践创新，不过也存在一定的实践先于理论的现象，颇值得注意。

诸如庞德、艾略特等优秀诗人具有某种敏锐的诗学直觉，他们能够在理

① 罗良功：《查尔斯·伯恩斯坦诗学简论》，《江西社会科学》2013年第5期。

② 伯恩斯坦私下和笔者多次确认，这个杂志名是他设计的。

③ J.H.Prynne，*Poems*.Northumberland：Bloodaxe，2005.

④ Anthony Mellors，*Late Modernist Poetics*：*From Pound to Prynne*，Manchester：Manchester UniversityPres，1988.

论成熟之前凭借自己的直觉先行进行创作实践。例如,庞德在以意象主义三原则打破传统诗歌形式规范时,尽管也提出了一些创作原则,不过却并不成熟。这时,他的自由诗歌创作实践就构成了实践先于理论的现象。有关现代诗歌自由形式的比较成熟的理论,是由后人从认知角度加以完善的,其中最重要的就是读者"节奏潜能"概念的提出,卢文·车说:"这样一来,诗歌格律的'知觉中心'理论就进行了一场哥白尼式的小小革命。这一理论将研究重点从诗歌结构转移到具有'节奏潜能'的读者的接受性上面来。这一理论认为,节奏能否产生从根本上取决于读者是否有能力、或者是否愿意以节奏的方式来处理诗行。"①在认知理论的基础上,现代诗歌自由形式理论才最终得以完善。②

又例如艾略特在黑山诗派提出"形式向来不过是内容的延伸理论"之前,就能够在诗歌实践中本能地运用诗歌形式的艺术表现力。例如艾略特在《一位夫人的画像》中的如下几行:

——这样,对话就划开了
在虚幻的欲望和小心翼翼的道歉声中
在小提琴渐渐微弱下去的音乐声中
和遥远的短号声混杂在一起
开始了。③

诗人在使用几行长句子之后,突然用两个词的短句"开始了"(原文为"And begins"),很好地表现了年轻人其实早已明白夫人想说什么,因此颇不耐烦,却又不得不礼貌地陪聊的微妙心态。艾略特于1917创作了《一位夫人的画像》,而直到1950年,美国著名诗人查尔斯·奥尔森才发表了"黑山诗派"的纲领性论文《投射诗》,明确提出"形式向来不过是内容的延伸"(form

---

① ReuvenTsur, *Poetic Rhythm: Structure and Performance; An Empirical Study in Cognitive Poetics*, Peter Lang AG, 1998, p.13.

② 黎志敏:《英语诗歌形式研究的认知转向》,《外国文学研究》2008年第1期。

③ 黎志敏:《剑桥读诗:现代英语诗歌精选》,高等教育出版社2018年版,第110页。

is never more than an extension of content）的理论。①

能够在成熟的理论形成之前，凭借自己的敏锐直觉进行诗歌实践创新，正是部分优秀现代诗人难能可贵的地方。他们的创作活动，带动了人们进行解释性的理论研究，从而促成了相关理论体系的发展与成熟。这种现象表明诗歌创作实践和诗学理论创新，具有一种平等互动、互相促进的关系。

小　结

中西传统诗歌具有一定的差异，不过，随着现代诗歌的发展，中西诗歌在“理论主导”以及“理性品质”方面产生了趋同性。之所以如此，乃是因为唯有以理论为主导，现代诗歌才能求得创新，才能深入发展。

古人云：“熟读唐诗三百首，不会吟诗也会吟”，言外之意，只要了解一些做诗的基本实践规范，就可以做诗了。这在传统社会的确是可行的，不过，在现代社会却行不通。由于现代诗歌具有鲜明的理论品质，做一个合格的现代诗人，必须具备深厚的理论修养，否则难以创新，而创新是现代诗歌的灵魂，缺乏创新品质，就难以创作出优秀的现代诗歌作品。

现代诗歌的定义本身具有“开放”性质，这使得现代诗人得以在诗学理论和诗歌创作实践等各个维度不断进行创新，而且，这些创新活动也在不断地重新定义着现代诗歌本身，使得现代诗歌呈现出开放式的无限前景。

---

① Charles Olson，“Projective Verse”. Ralph Maud，*A Charles Olson Reader*. ed. Manchester：Carcanet Press Limited，2005，p.39.奥尔森将这一观点归功于他的好友罗伯特·克里利，坦言是后者最先提出来的。

第六章　现代诗歌的“创新”精神：人类“智性”与“感性”能力的深度拓展

有关诗歌的意义，传统中西学界具有不同的阐释。孔子说：“小子何莫学夫诗？诗可以兴，可以观，可以群，可以怨。迩之事父，远之事君，多识于鸟兽草木之名。”（《论语·阳货》）孔子“兴、观、群、怨”的说法，为中国传统诗学界所尊崇。不过，历代学界对“兴、观、群、怨”的阐释稍有不同，大致可以分为三类：第一种观点认为它在强调诗歌对社会的教化作用，第二种观点认为它在强调诗歌对个人修养的作用，第三种观点认为它在强调诗歌表现人类社会情感的功能。①

在西方古希腊时期，柏拉图认为以荷马为代表的诗人们引诱读者沉溺于情感，有害于理性，因此主张在“理想国”中驱逐诗人。针对这一观点，亚里士多德提出了著名的“宣泄说”理论，其要义在于指出诗歌等艺术形式可以“激发听众情感，并通过对这些情感进行一些温和无害的锻炼（exercise）来释放这些情感，从而使听众的情感反应更为温和，性格修养更为高尚。情感释放的同时带来快乐。”②亚里士多德也承认哲学理性对于诗歌艺术的统治地位，他尝试说明的是诗歌不但无害于理性，恰恰相反还有利于理性的生长。

亚里士多德的分析不无道理，不过他对诗歌培养理性生长的路径阐释

---

① 金洪大、杨东篱：《论王夫之对“兴、观、群、怨”说的独特阐释》，《理论学刊》2005 年第 2 期。

② Aristotle, *Poetics*. trans. by Richard Janko. Indianapolis/Cambridge, Hackett Publishing Company, 1987, p.xix–xx.

并不准确:事实上,诗歌的确可以修养性情,不过其机制并不在于“宣泄”情感,而在于弱化人体的生物“反射链”。通过弱化“反射链”,延缓相关情绪的行为反应,为理性的介入赢得了时间和机会。

西方著名诗人、诗学家锡德尼在《为诗一辩》中将诗歌的功能阐释为:“诗歌的目的是教育与娱乐”(to teach and delight)。[①] 他的这一说法在西方被人们广为接受,成为西方人对诗歌功能最为正统的理解。

对比中西传统学界对诗歌功能的理解:中国传统所谓“社会教化”“个人修养”和西方所谓“宣泄说”“教育”其实是大同小异的;中国传统强调的“表现情感”和西方强调的“娱乐”有共通之处,即都可以实现“交流”的社会功能,例如李白的《赠汪伦》就很好地实现了和好友汪伦的情感交流;西方人也有互相赠诗的活动,也能够起到情感交流的效果。

以上所言,所涉及的乃是诗歌的一般性功能。下面尝试深入到认知层面,进一步发掘现代诗学(诗歌)对于人类“智性”与“感性”能力的深度拓展。

一、现代创新诗学(诗歌)的智性品质

现代诗歌和传统诗歌最大的不同点,在于前者自其诞生之日起就具有非常鲜明的“理论”特质。从认知层面来看,一种新的诗学理论能够为作者和读者开辟一片全新的视域,帮助他们获得对世界的全新认识,并产生相应的审美体验。传统诗学一般从日常视域来体验世界,例如李白、杜甫的诗歌,又例如英国乔叟、莎士比亚的诗歌莫不如此,阅读他们的诗歌,只要具有较为丰富的日常经验,就能充分理解、欣赏。与之不同的是,现代诗学往往以各种创新理论,从超出日常经验的视域来体验世界,从而帮助读者以新的视域来认识世界。理解、欣赏相关作品往往需要理解相关诗学理论,例如我们必须首先读懂了黑山诗派的创作理论,才能理解、欣赏其代表人物奥尔森

---

① Sir Philip Sidney, *The Defense of Poetry*, Boston, Ginn & Company, 1890, p.9.

的《翠鸟》(*The Kingfishers*)和克里利的《疯子》(*Le Fou*)等作品。

现代诗歌的理论特质,使其具有了鲜明的智性品质。伯恩斯坦在《诗歌的黑音》中回忆道:“当我们(围绕着《语言》杂志的一批诗人)当初以非叙事和非声音中心为范式进行创作时,经常被指责为过于智性,也就是说,不够情绪化:太难、太复杂,也太理论化。现在,我不再在意这些标签了;我想最好将他人的否定与羞辱作为自己的荣誉勋章。”①那些指责语言诗派“过于智性”的人,主要是比较传统的那部分读者,他们不理解现代诗歌和传统诗歌的不同品质,期望现代诗歌和传统诗歌一样“亲民”,故而指责语言诗派。不过,他们的意见显然没有被语言诗派所接纳,而语言诗派对“智性”的强调也得到了越来越多的现代读者认可。

有人将智性和感性理解为一种对立关系,认为诗歌作品的智性增多必然导致感性减少。这种观点是不正确的,事实恰恰相反:智性和感性是一种相辅相成的关系,两者可以互相促进,而不是互相减损。缺乏一定的智性(包括理性)深度的人,所表现出来的感性也必然是缺乏深度、缺乏感染力的。伯恩斯坦曾经批评道:“我就不喜欢某些人的陈词滥调——‘我是诗人,我多愁善感,我要表现我的情感’。”②伯恩斯坦所针对的是在西方泛滥的那种肤浅的、多愁善感的作品。在中国,类似的作品也十分常见。中国学者陆建德对这类作品进行了反复批评,他说:“尽管慎重的、本着良心的自我克制被儒家认为是一个君子的基本修养,中国诗人们却没有受此约束,而是被赋予了更大的自由来使用更为野性的形式来表现自我。”③的确,那种缺乏理性约束与引导的肤浅的滥情作品,并不能给人带来高尚的美感体验,而只会让多愁善感像瘟疫一样流行。从这个角度来看,如果柏拉图所主张的不是驱逐所有诗人,而只是驱逐那种沉溺于自己的肤浅情感而不可自拔的诗人,那么,他的驱逐诗人的主张倒是可以理解的了。

---

① Charles Bernstein, *Pitch of Poetry*. Chicago and London: The University of Chicago Press, 2016, p.204.

② Charles Bernstein, *Pitch of Poetry*, Chicago and London: The University of Chicago Press, 2016, p.205.

③ Lu Jiande, “Self-” in F.R.Leavis——And Its significance for Chinese Literature, *The Cambridge Quarterly*, March of 2012.

智性能力的茁壮成长，可以帮助情感能力相应地提升。一个具有高度智性能力的人，其情感往往是热烈而又细腻的，是建设性的而不是破坏性的，是积极的而不是消极的，是促进智力和理性的生长的，而不是蒙蔽智力和理性的。只有这样的情感，才是能够给人带来高尚的美感体验的情感。

中国传统诗学界广泛流传着一个无可考据的故事，据说白居易每做一首诗，都要首先念给邻居家不识字的老太太听，并作相应的修改，直到老太太能够完全听懂为止。认真思考一下，不难发现这个故事并不可信，因为即便白居易的诗歌易懂，也不是一般的“不识字”的老太太们能够理解的。这个故事流传之广，说明了中国传统诗学界对诗歌“通俗易懂”的强烈诉求。可是，究竟“通俗易懂”到什么程度才合适呢？无论如何，以“不识字的老太太能够听懂”作为标准是不合适的。事实上，中国传统诗歌的主要阅读群体是“读书人”这一阶层，那么，中国传统诗歌所谓“通俗易懂”的标准就应该是让一般的“读书人”能够读懂。然后，经过读书人的解释，部分浅显的诗歌作品也能为一般大众所理解接受。

这种将具有一般文字功底的群体（在传统社会可谓“读书人”，在现代社会则包括经历过义务教育的所有人）作为读者对象，不对他们做出更高层面的“智性”与“感性”挑战的创作，可以称为“平行创作”。中西方传统诗歌创作都可谓“平行创作”，例如乔叟的《坎特伯雷故事集》（*The Canterbury Tales*），莎士比亚的戏剧，稍有文字功底的人都能读懂；即便不识字的人，经人稍加解释也能大体看懂。相比之下，弥尔顿的《失乐园》对读者的文字功底的要求更高一些，不过一般的读书人也大体能够看懂。其他的传统诗歌作品也基本如此——它们在“易懂性”上有一定的程度差别，不过一般读书人都能基本读懂。

和传统诗歌的“平行创作”相比，现代诗歌可谓“挑战创作”——许多优秀的现代诗人并没有将自己的作品置于一般人所能轻松地读懂的界限之内，他们刻意挑战读者的理解能力，要求读者通过努力之后才能读懂，例如艾略特的《荒原》、庞德的《诗章》、伯恩斯坦的大量作品都是如此。其用意在于：通过促使读者通过努力读懂他们的作品，来促进读者“智性”与“感性”的能力得到提升。

为了达到这一目的，许多优秀的现代诗人发明了各种诗学技巧，例如所谓“开放式创作”就是一例。美国当代著名诗人林·何吉尼安（Lyn Hejinian）在其著名演说《拒绝封闭》（*The Rejectionof Closure*）之中区别了“封闭文本”（closed texts）和“开放文本”之间的差别，她指出“封闭文本”只能产生一种阐释，而在“开放文本”中，诗歌的所有要素均被最大限度地激发，因此提供了多种不同的阅读与解释的可能性。林·何吉尼安还列出了一些创造“开放文本”的具体技巧，诸如布置与重新布置，重复，等等。这些技巧能够造成一些“空白”，而这些空白必须由读者自己填补。① 可见，“开放式创作”事实上邀请读者也加入到诗歌创作中来，使得读者无法再以“被动”的姿态来阅读诗歌了。这对读者既是一种挑战，也是一种机会。

在传统诗学语境中，诗人被视为某种权威，是主动的“施与者”，而读者则是被动的“受与者”。与传统不同，现代“开放式创作”强调创作是一种“过程”，一种由作者和读者共同参与的“开放”过程。在这种思想指导下，读者的地位上升到和作者平等的文学主体地位。这能够激发读者更为积极地介入诗歌作品，更为主动地迎接各种挑战，从而在智性和感性方面得到更多锻炼、更大提高。

从提升智性和感性能力的认知视角，我们能够更好地阐释诗歌的功能与意义，即诗歌的功能与意义在于拓展人类的智性与感性能力。无论是孔子的“兴、观、群、怨”，亚里士多德的“宣泄说”，还是锡德尼的“教育与娱乐”，根本上都是为了提高人类以智性和感性能力为核心的认知能力。庞德曾经谈到自己在欣赏伟大的艺术作品时，会有一种“突然成长”（sense of sudden growth）的感觉。② 庞德的这种感觉是十分准确的：伟大的艺术作品可以帮助我们的大脑创建新的“思维信息链接”，帮助我们更好地思考、认知，使得我们的知识体系更为合理、更为丰富，从而帮助我们不断“成长”。例如，在我们观看一件美丽的艺术建筑作品时，我们的大脑在艺术作品的启

① Lyn Hejinian, “The Rejection of Closure”, in Paul Hoover, *Postmodern American Poetry* (2nd edition), ed., New York and London: W.W.Norton & Company, 2013, pp.894–900.

② Ezra Pound, A Retrospect.T.S.Eliot.*Literary Essays of Ezra Pound*(pp.3–14), ed.Toronto: George J.Mcleod Ltd., 1968, p.4.

发下能够创建很多有关结构的思维信息链接，让我们产生一种“突然成长”的感觉。越是具有相关专业知识背景的人，就越能够在艺术作品的启发下在大脑中形成更多的优秀思维信息链接，即表现为“越能够欣赏该艺术作品”。相反，一个不愿意思考的文化白丁在价值连城的艺术作品面前，都可能无动于衷。可见，从知识成长的角度，能够很好地解释为什么不同专业背景和知识积累的人，对于同一艺术作品具有区别非常之大的不同审美反应。

二、诗歌艺术“美”的认知属性

济慈在其名篇《希腊古瓮颂》(*Ode on a Grecian Urn*)中提出了著名的断语“美即真，真即美”(Beauty is truth，truth beauty)。[①] 不过，在日常生活中，我们会经常遭遇“真的常常不美，美的常常不真”的各种现象。常人在生活中遭遇到的这些现象，济慈也一定遭遇过。那么，究竟如何更好地理解他的这一著名论断呢？我们可以从认知角度出发这样来理解：真正美的事物必须是以真为基础的，也就是说，只有能够帮助我们的大脑形成切实可靠的思维信息链接(即“真”)的事物，才是美的事物。从这个角度来看，可以发现济慈是在认知层面将“真”和“美”等同了起来，也就是说，济慈的美学思想乃是建立在真理基础上的美学，不是虚幻的美学。那些虚幻的、不可能的东西只会刺激我们的大脑形成一些不真实、不可靠的思维信息链接，这对我们的认知能力的提高毫无益处，这样的东西在济慈看来不是“美”的。

那么，是否可以将所有“真”的东西都视为“美”的东西呢？从艺术角度来看，恐怕不能，否则我们生活中的所有实体都会被赋予“美”的标签。济慈在看到希腊古瓮之后，在他的大脑里面能够形成有关该希腊古瓮的形状、颜色、质地等的切实可靠的思维信息链接，这是他产生“美”的感觉的“真”

---

① John Keats, “Ode on a Grecian Urn”, in Poetry Foundation Website. https://www.poetryfoundation.org/poems/44477/ode-on-a-grecian-urn.

的基础。不过，如果该希腊古瓮的形状、颜色、质地等平淡无奇，没有特别之处，那么济慈也不可能产生美感，否则他为什么不对其他同样为“真”的普通物体产生美感呢？因此，不难看出，济慈之所以对希腊古瓮产生美感，乃是因为它具有特别之处，从而使得它刺激济慈在大脑里面所形成的思维信息链接是一种与众不同的、具有创意的优质组合。这才是希腊古瓮的“美”的基础。

从认知视角出发，我们可以将“美”定义为经得起人类高度发达的智慧检视，而且有助于人类智慧进一步发展的作品的属性。这一作品可以是自然的，也可以是人为的，但它必须能够经得起人类高度智慧的检视。检视的核心标准，第一要看它是否能够帮助人类形成切实可靠的思维信息链接，第二要看这种思维信息链接是否优于大脑里面已经存在的既定的相关思维信息链接。只有满足第二点要求，我们才会产生一种“突然成长”的感觉，我们的智性和感性能力才能够得到发展。

在对“美”定义的基础上，我们可以将“美感”定义为伴随人类感性和智性能力成长的一种心理体验。①

不同人由于年龄、知识储备等的不同，对于具体作品的“美”的评判也不尽相同。其根本原因，就在于不同人的大脑里面的既定的思维链接是不一样的。因此，在一些年轻人眼中很美的作品，可能在一些年纪大的人的眼中并不美；在一些非专业人眼中美的作品，可能在专业人的眼中并不美。真正伟大的艺术作品，是能够经受得住大量专业人士反复检视的作品。运用这样的伟大艺术作品来培养人们的审美水准，可以极大地促进他们的智性与感性能力的成长。西方不少父母习惯将小孩带到艺术博物馆参观，这的确是一种很好的教育方式。

自 19 世纪以来，西方出现的“为艺术而艺术”运动影响十分深远。相关艺术家认为：“艺术不再服务于宗教和道德，正如它不服务于快适感与实

---

① 从“认知”视角来看，哲学和诗歌的区别不是绝对的，而是相对的，哲学作品和诗歌作品一样，也能给人以美感。至于哲学作品和诗歌作品的区别，则主要在于它们的思维信息以及思维信息链接的侧重点不同。参见黎志敏：《知识的“善”与“真”》，人民出版社 2008 年版，第 55—93 页。

用性一样。艺术不是手段,它本身就是目的。”①在这种思想的影响下,美国著名作家爱伦·坡提出了“诗歌为诗歌”的主张,他说:“我们相信,创作一首诗的目的仅仅只是出于诗歌自身的原因,……这首诗本身,它是一首诗,什么别的都不是,我们创作这首诗仅仅是为了这首诗的缘故。”②从历史的角度来看,“为艺术而艺术”的提法是具有进步意义的,因为它使得艺术得以打破当时既定的落后宗教和道德理念的束缚,使得艺术得以自由发展。

不过,艺术本身并不是天外来物,所有人类的艺术必然都是“人类”眼中的艺术,必然不能脱离“人类”这个宏观主体。作为主体的人类,必然具有客观性与主观性的双重属性。恰如济慈所说的“真”一样,也具有客观性与主观性的双重属性。凡是以客观自然为基础所形成的人类意识,就是以客观性为主的;凡是人类自己创造的(例如语言、思想体系)事物作为内容的,则是以主观性为主的。如前文所言,所有的艺术归根到底在于创建“思维信息链接”,这些思维信息链接有可能是以客观为基础的,也可能是以主观为基础的。

艺术毕竟是和人类社会息息相关的,有时不可避免地涉及伦理道德的部分。在19世纪,艺术以“为艺术而艺术”作为口号突破当时的宗教、道德的束缚是值得肯定的,不过,据此将艺术视为一种“独立的”事物,则是不成立的。如果将爱伦·坡“诗歌为诗歌”的主张阐释为:优秀的艺术作品不再被认为“从属”于任何其他学科,而被认为是独立的,那么就是合理的。事实上,艺术不仅不从属于其他学科,而且可以通过创建“思维信息链接”来促进其他学科(例如宗教、道德等社会思想学科)的发展。不过,如果狭隘地按照字面意义来理解“为诗歌而诗歌”,就不能成立了。

奥登在其诗作《怀恋叶芝》(*In Memory of WB Yeats*)中写道:“诗歌什么

---

① John Wilcox,“The Beginnings of L' art pour L'art”,in Journa l of Aesthetics and Art Criticism,1953(6),p.368.转引自周小仪:《“为艺术而艺术”口号的起源、发展和演变》,《外国文学》2002年第2期。

② Edgar Allan Poe:“The Poetic Principle”,in *The Poems of Edgar Allan Poe*,New York:Dover Publications.Inc.2017,p.190.

也做不了。”（For poetry makes nothing happen）。① 他的这种说法，正如哲学家说哲学毫无用处一样，看似谦虚，其实十分自信，甚至有点骄傲。诗歌正如哲学一样，虽然它们并不能为社会带来任何物质财富，然而他们却能够促进创造物质财富的人本身的智性与感性能力的成长。

结　论

时至今天，中西方仍然有一大批诗歌读者喜欢传统诗歌，同时排斥现代诗歌。造成这种现象大约有三方面的原因，其一是因为人们的阅读习惯与阅读惯性使然；其二是很多读者不习惯部分现代诗歌所构成的远超过传统诗歌的智性挑战；其三是很多读者对于现代诗歌创作和阅读的意义了解并不深入。不过，随着时间的推移与社会的发展，尤其是现代诗学与诗歌走进学校课堂，越来越多的人开始了解并且爱上了现代诗歌。

和具有几千年发展历程的传统诗歌相比，现代诗歌依然非常年轻。值得庆幸的是，经过百余年来的不断创造，现代诗歌已经积累了一定的理论基础，并且拥有了一批为广大读者喜爱的优秀作品。与此同时，现代诗歌还形成了与传统诗歌截然不同的精神，即创新。现代诗歌的“创新”精神，直接源于现代诗歌的创始人庞德所提倡的“make it new”（日日新），而庞德的这一口号，则源于中国传统经典《大学》中的“苟日新，日日新，又日新”。②

现代诗歌的发展，明显地受到了其他学科领域的理论驱动，例如现代诗歌的开创人庞德在第一次论及诗歌“意象”的定义时，就明言他所用来定义“意象”的核心概念源于伯纳德·哈特（Bernard Hart）刚刚出版了一本专著《精神失常的心理现象》（*Psychology of Insanity*），他说：“我对‘complex’一

① W.H.Auden，“In Memory of W.B.Yeats”.https://poets.org/poem/memory-w-b-yeats.

② Guiyou Huang，*Whitmanism，Imagism，and Modernism in China and America*，London：Associated University Presses，1997，p.94.

词的使用,和最近一些心理学家们(诸如伯纳德·哈特等)在技术层面上对该词的使用相似。”①换言之,庞德的诗学是以当时的心理学科的发展为基础的。又例如,美国语言诗派就是以西方语言哲学和语言学科的发展作为自己的理论基础的。这些现象表明,现代诗歌的发生与发展具有一定的历史必然性:其他学科在现代社会的迅猛发展,必然会影响到诗歌领域并且促使诗歌从传统向现代转型,同时和其他学科的创新发展结成息息相关、相辅相成的关系。可以说,在现代社会学术创新日新月异的大背景下,即使庞德没有开创现代诗歌,迟早也会有另外的人带领诗坛突破传统诗歌的固有领域,开创崭新的现代诗歌创作领域。

任何创新活动,都必然具有一定的超前性,必然领先于社会大众的习惯和常识,否则也谈不上创新。任何东西在其初期都会显得比较弱小,不过,只要它代表了事物发展的正确方向,那么假以时日,它必然会成长壮大,乃至最终成为主流。人类发展进化的基本规律,在于人类智性与感性能力的不断成长。现代诗歌与诗学的要旨,在于不断地拓展人类的“理性”与“情感”的边界,促进人类的“智性”与“感性”能力不断向纵深发展。

---

① Ezra Pound, A Retrospect. T.S.Eliot, *Literary Essays of Ezra Pound*(pp.3–14), ed.Toronto: George J.Mcleod Ltd., 1968, p.4.

第二部分

现代诗歌个案研究

第七章　狄金森死亡诗歌中的“生命哲学”：将生命意义融入对美的追求

在狄金森一辈子所创作的1789首诗歌中①，涉及死亡主题的作品多达三分之一以上，这在中西诗坛是绝无仅有的。尤其是狄金森死亡诗歌中所体现出的与众不同的对待死亡的“平静”态度，以及这种态度所体现的“生命哲学”，值得深入研究。

一般来说，人类对死亡具有某种本能的恐惧与排斥心理，绝大部分诗人在谈及死亡话题时所持的基本也是这种心理，因此，在他们的诗作中，“死亡”一般是以“负面”的形象出现的，例如：在莎士比亚笔下著名的哈姆雷特独白“生存还是毁灭”中，“死亡”被认为是一个“神秘的国度”，从那里“没有人回来”（The undiscover'd country，from whose bourn/No traveller returns）。可见，莎士比亚对死亡所持的乃是某种恐惧与排斥心理。事实上，也正因为对于死亡的恐惧与排斥，哈姆雷特最终放弃了他想要从事的“伟大事业”而选择了“生存”（to be）（And enterprises of great pitch and moment/ With this regard their currents turn awry，/And lose the name of action）。② 其他许多诗人在他们的作品（诸如雪莱的《死亡》）中，对“死亡”所表达的基本是和莎士比亚同样的感觉与态度。可见，许多诗人对于死亡的理解和一般读者并

---

① EmilyDickinson，*The Poems of Dickinson*.Edited by R.W.Franklin.Cambridge：The Belknap Press of Harvard University Press，2003.该书共收录狄金森诗歌共计1789首。不过，如果将狄金森信件中的某些诗歌作品计入进来，这个数字还会增加。

② 哈姆雷特独白“生存还是毁灭”的中英文。参见黎志敏：《莎士比亚作品导读》，武汉大学出版社1999年版，第246—259页。

无多少差异。

邓恩在《死神莫骄妄》(*Death*, *be not proud*, *Holy Sonnet* 10)中,以轻蔑的语言痛斥“死亡”,貌似在说自己“不怕”死亡,不过给读者的印象恰恰相反:读者感受到的恰恰是作者对死亡的强烈恐惧和排斥态度。在该诗最后,作者说道:“死亡,你死去吧!”(Death, thou shalt die),将作者对死亡的恐惧和排斥的心理表现无遗。从该诗来看,邓恩比莎士比亚更不愿意接受无可避免的个人死亡,在死亡文化修养方面显得更不成熟。

包括莎士比亚、雪莱、邓恩等的西方诗人有关死亡主题的诗歌作品十分有限,他们对相关问题的思考也并不深入,在他们的诗作中表现出的对死亡的认识与态度和一般人大体相同也并不奇怪。不过,狄金森却与众不同,她在其诗歌作品中大量谈及死亡话题,并且形成了具有深刻“生命价值”的人生哲学。

一、狄金森对生活的热爱:“我在生活中发现狂喜”

学界对狄金森的死亡诗歌已有颇多研究了,有的学者在研究狄金森死亡诗歌的时候,按照习惯思维进行了分类研究,例如美国著名狄金森研究专家约翰逊将狄金森的死亡诗歌分为三组,即有关身体死亡的诗歌,有关描述从生到死的那一时刻的诗歌以及悼念死去的朋友和她敬重的人的抒情诗。[①] 中国学者张礼龙将狄金森的死亡诗歌分为五类:1. 描写死亡的过程;2. 对死后世界的想象;3. 从死亡看人和上帝的关系;4. 现实人生的真实写照;5. 生者对死者的感情。[②] 诸如此类的常规分类研究,能够捋清一些基本信息,不过,它们并未触及狄金森死亡诗歌何以对读者产生艺术吸引力这一核心话题。

---

① Thomas H. Johnson, *Emily Dickinson*, *An Interpretive Biography*, Cambridge (Mass.): Harvard University Press, 1955, pp.203-204.

② 张礼龙:《现实与信仰——对狄金森有关死亡诗歌的探索》,《外语与外语教学》2004年第10期。

还有学者探讨了狄金森为什么创作了如此众多的死亡诗歌作品的问题，并从不同角度（诸如作者的生活经历、当时的时代背景等）尝试进行了回答。狄金森的侄女马萨·狄金森·拜安齐对狄金森家族的故事比较熟悉，认为狄金森因为目睹了太多发生在她身边的死亡事件，所以她的心思“永远地被死亡所占据着”①。马萨认为从1878年塞缪尔·鲍尔斯死亡之后，狄金森就失去了对于生活的那种最初的“确切感”，而1879年她父亲的死亡更给了她致命一击，使得她之后“再也无法恢复对于生活的信仰了”。②不难看出，马萨认为狄金森创作死亡诗歌的动机乃是出于一种近乎绝望的负面情绪，在马萨眼中，狄金森创作死亡诗歌乃是因为她对生活不再有信仰了。

由于马萨是狄金森的亲戚较为熟悉狄金森的个人生活背景，因此她的这一断言被赋予了一定的可信度，经常被学界引用。国内不少学者也持类似的观点，例如江枫就认为，狄金森创作死亡主题的诗歌是“因为在她所接触的狭小的天地里，有许多亲友邻人由于疾病、战争（内战和外战）或贫困，先她而相继凋零”③。言外之意，生活不幸使得狄金森产生“绝望”情感，因此她才迷恋上了死亡诗歌。国内学者黄修齐认为狄金森是因为“与外界不融洽，又寻找不到‘逃脱’之路，于是把希望寄托在死亡上。”④类似的研究都将狄金森的死亡诗歌赋予了一种消极意义，认为狄金森的死亡诗歌表明她所持的乃是一种消极人生态度。不过，我们不能因为马萨是狄金森的亲戚，而且亲自接触过狄金森，就相信她真正理解狄金森，即便和狄金森朝夕相处的同胞姐妹们，也不一定能够真正走进狄金森的内心世界，何况马萨只是她的侄女而已。事实上，通过细读狄金森的作品，我们可以得出完全不同的结论。

还有一些比较另类的研究，例如约翰·科迪（John Cody）以弗洛伊德的

① Martha Dickinson Bianchi, *The Life and Letters of Emily Dickinson*, ed. Boston and New York: Houghton Mifflin, 1924, p.83.

② Martha Dickinson Bianchi, *The Life and Letters of Emily Dickinson*, ed. Boston and New York: Houghton Mifflin, 1924, pp.83-84.

③ 江枫：《狄金森名诗精选》，太白文艺出版社1997年版，第9页。

④ 黄修齐：《狄金森诗歌的现代感及死亡主题》，《福建师范大学学报》（哲学社会科学版）1994年第3期。

精神分析理论对狄金森的人生轨迹进行了分析，指出狄金森身上具有多种严重的精神疾病症状①，认为狄金森的人格不平衡不断加剧，在她“二十几岁时就崩溃了”。② 在约翰·科迪眼里，狄金森的众多死亡诗歌都是精神疾病的体现，无所谓诗歌之美可言。约翰·科迪的研究（以及类似的研究）的旨趣不在诗歌研究，而在于他本人所专长的学科领域，——类似研究，对于狄金森诗歌之美研究基本没有价值可言。弗洛伊德的精神分析理论对狄金森诗歌分析之不适用的要点在于：前者是以一般普通人的精神生活为基础所建立的某种“规范”（norm），而后者则是天才的产物，两者具有质的不同。其实，约翰·科迪自己也承认了精神分析理论的局限性，即它“无法解释天资，更不用说天才了”③。既然如此，约翰·科迪狄以此来分析作为一位天才诗人的狄金森本来就不具有学术的合法性。如果以这种精神分析方法来分析天才，绝大多数的天才难免都会被打上“精神病人”的标签。

所谓“有一千个读者，就有一千个哈姆雷特”，又所谓“商人眼中的上帝是商人，强盗眼中的上帝是强盗”，以上研究者都是从自己选择的特定视角、在自己的人生境界前提下来理解和阐释狄金森以及狄金森的死亡诗歌的。换个角度说，将狄金森的死亡诗歌视为“害怕”“绝望”“精神失常”等的产物，乃是研究者们将自己的职业思维习惯或者人生境界局限投射到了狄金森身上，并不是狄金森及其死亡诗歌的真实情况。这种研究成果，由于论者对狄金森及其死亡诗歌的观察，是囿于一种普通人的思维定式所做出的评价，未能发现狄金森的不凡之处，也未能揭示狄金森死亡诗歌的精义所在，因此不能帮助读者欣赏到研究者没能看到的、狄金森高于他们的境界的部分。这种研究成果甚至无法回答这么一个基于客观现实的简单问题：即

---

① John Cody, After Great Pain: *The Inner Life of Emily Dickinson*. Cambridge, Mass, Harvard University Press, 1977, pp.261-262.在这里，约翰·科迪列举了狄金森身上的 12 种主要症状，其中包括“她的心思被死亡所占据着”（preoccupation with death）。换个角度说，如果一个人专注地思考死亡问题，在约翰·科迪看来就是一种“精神病症状”了。

② John Cody, After Great Pain: *The Inner Life of Emily Dickinson*. Cambridge, Mass, Harvard University Press, 1977, p.260.

③ John Cody, After Great Pain: *The Inner Life of Emily Dickinson*. Cambridge, Mass, Harvard University Press, 1977, p.2.

狄金森的死亡诗歌吸引众多读者的诗歌艺术魅力何在？或者说：狄金森何以成为美国现代最为伟大的诗人之一？显然，狄金森诗歌不可能因为他们所说的那些原因而被那么多的读者所喜爱，从而成为美国现代最为伟大的诗人之一。作为一位诗歌批评家，只有在自身的境界达到诗人的境界之后，才能帮助读者领略到诗人的艺术之美；而一位特别优秀的批评家，更能够发现艺术家们本人或许也未能发现的其艺术作品中的独特魅力及其学理原因，从而推动艺术事业的发展。

事实上，狄金森具有非常积极的人生态度：她热爱生活，并且全身心地拥抱着生活。在一次和朋友的对话中，狄金森曾坦言：“我在生活中发现狂喜—仅仅是活着的感觉/就给我带来足够的快乐”（I find ecstasy in living-The mere sense of living/is joy enough）。① 她仅仅因为“活着”就能够感觉到“快乐”，表现了她对于生活的出自本能、根深蒂固的热爱——如果我们认真观察，就会发现具有像狄金森这样的对生活的真挚热爱的人并不多见，绝大多数人会因为“得”而快乐，因为“失”而痛苦。而狄金森却超越了得失，仅仅因为“活着”本身就能感觉到“狂喜”，这表明她从根本上对生活是热爱的，是生活中的任何“失去”也无法剥夺的。

或许和其他人一样，狄金森也曾经有过苦闷乃至痛苦的时候，不过，这些和她对生活的根本热爱相比乃是暂时的、属于技术层面的，是不能够掩盖她对于生活的深入骨髓的热爱与拥抱的。人和人之间的差别或许在于：有的人在生活中的不幸事件的打击之下，如马萨等人所说的产生“绝望”，乃至患上精神问题，而狄金森在经过痛苦的洗礼之后，对生活的爱反而更加坚定、更加热烈，一如她在长期思考之后所宣称的那样：“我的事业就是‘爱’”（my business is to Love）。② 正因为她对于生活的坚定热爱，而且能够以“爱”化解对于死亡的恐惧与排斥，狄金森的生命才出现了升华，她的死亡诗歌才焕发出一种奇妙的生命哲学的魅力。

---

① Thomas H.Johnson, *The Letters of Emily Dickinson*, ed.Cambridge, Mass, Harvard University Press, 1986, p.474.

② Gudrun Grabher, Roland Hagenbuchle & Cristanne Miller, *The Emily Dickinson Handbook*, Amherst and Boston: University of Masachusetts Press, 1998, p.192.

二、狄金森死亡诗歌中的积极人生哲学

正如论者所说的那样，狄金森在其成长的过程中接触到了不少死亡现象，也不可避免地和一般人一样经历过对死亡的恐惧、迷茫、痛苦。不过，她并没有像一般人那样停留于这一层次，否则，她的死亡诗歌作品就没有如此强大的艺术吸引力了。事实上，当一般人面对死亡事件而陷于恐惧与排斥的情绪中无法前行的时候，狄金森却开始了理性的、不屈的思考，并且逐渐走出了对于死亡的恐惧与排斥的情绪旋涡，最终达到了坦然、从容、平静的境界，从而也使得其死亡诗歌作品达到了他人未能达到的人生哲学高度。

在 *I reason, Earth is short*（《我推断，尘世很短》）这首诗中，狄金森冷静地写道：

I reason, Earth is short-
And Anguish-absolute-
And many hurt,
But, what of that?
I reason, we could die-
The best Vitality
Cannot excel Decay,
But, what of that?
I reason, that in Heaven-
Somehow, it will be even-
Some new Equation, given-
But, what of that? (403)①

① EmilyDickinson, *The Poems of Dickinson*. Edited by R. W. Franklin, Cambridge, Mass, The Belknap Press of Harvard University Press, 2003, p.186.

译文:

我推断,尘世很短——
而剧痛—绝对——
还有很多伤害,
但,那又怎么样呢?
我推断,我们会死——
最有活力的
也无法避免腐朽,
但,那又怎么样呢?
我推断,在天堂——
忽然,一切平稳——
被赋予了,某种新的平衡——
但,那又怎么样呢?①

直面死亡,进行冷静的思考,无疑是需要极大的勇气的。或许正因为缺乏这种勇气,很多人无法走出对死亡的恐惧与排斥陷阱。不过,狄金森却不乏勇气,一般人避之不及的“剧痛”(Anguish),被她一句“那又怎么样呢”就轻轻打发掉了。紧接着,“死亡”“天堂”也被她一句“那又怎么样呢”就轻轻打发掉了。

在该诗之中,狄金森确定“我们会死”乃是所有生命的规律,即便“最有活力的/也无法避免腐朽”。“人类必然死亡”乃是人类生命的客观规律,也是狄金森思考死亡的基点所在。人们对于死亡的恐惧与排斥心态,归根到底在于不能理性地坦然接受这一基本客观规律。人类历史上的很多愚昧行为(诸如秦始皇寻找长生不老之药),都出于对于这一客观规律的选择性漠视。狄金森坦然接受了“人类必然死亡”这一生命的客观规律,从而也就具有了走出对于死亡之恐惧与排斥心态的基本立足点。

---

① 该诗为本文作者所译。以下无特殊注解的,均为作者所译。

面对死亡事件，很多人需要依赖宗教信仰来克服自己的恐惧情绪，不过，狄金森却不需要。宗教的方法很简单、很粗暴，也很有效：就是通过神话故事构建一个死后的世界（天堂），直接否定死亡本身，暴力遮蔽人类常识，从而达到根除人们对死亡事件的恐惧与排斥心态的目的。想要在宗教信仰中获得克服死亡恐惧的精神力量，核心在于"认信"，即无条件地放弃对"上帝""天堂"是否存在的理性质疑。也就是说，获得宗教信仰的关键，在于完全搁置自己的逻辑理性（即求"真"的能力和冲动），否则，就很难真正相信"上帝"和"天堂"，也就难以真正在宗教中获得克服死亡恐惧的精神力量。

狄金森从小在具有浓厚宗教文化氛围的家庭和社区长大，她在思考死亡事件时，也不可避免地会想到宗教中的"天堂"，她在《我推断，尘世很短》中说："我推断，在天堂——/忽然，一切平稳——/被赋予了，某种新的平衡"。不过，狄金森显然并不在意宗教所给予的"天堂"的安排，因此她依然以一句"但，那又怎么样呢"将"天堂"轻轻地打发掉了。狄金森的理性具有无比勇敢的品质，她不需要"天堂"的安慰，或者说，宗教所提供的对死亡事件的解释框架并不能给她带来任何安慰。她更不愿意为了天堂而"搁置"自己的理性；她的坚韧的理性品质，已然超越了宗教所能够允许的程度，宗教世界不是她的灵魂的栖身之所。

事实上，狄金森从来就没有认同宗教所构建的那个"天堂"世界。在19世纪50年代她尚小的时候，狄金森全家都加入了阿默斯特第一教会，而她却坚决拒绝成为教徒。她在1846年给女友阿拜亚的信中写道："曾经我差一点就被说服做了一个基督徒。曾经我以为自己再也不会轻率、世俗——在某个很短的时间内，我感觉自己找到了自己的救世主，我可以说在那一刻我感觉到了完美的平静与幸福。可是，我很快就忘记了我的清晨祷告，没忘记时也会觉得那很让人讨厌。慢慢地，我的旧习惯一个一个地回来了，然后我对宗教更加前所未有地漠不关心了。"①狄金森是曾经努力接近宗教的，并且在某一刻曾经认为自己"找到了自己的救世主"，并且因此"感觉到了完美的平静

① Thomas H.Johnson, *The Letters of Emily Dickinson*, ed.Cambridge, Mass, Harvard University Press, 1986, p.27.

与幸福”。不过,她的根深蒂固的理性品质却让她本能地觉得那些宗教教条“让人讨厌”,终于让她对“对宗教更加前所未有地漠不关心了”。可见,即便她愿意努力,也实在无法做到基督教所要求的彻底地“搁置”她的理性,因此,她只好最终放弃皈依宗教了。在 *Those-dying then*(《从前——临死之人》)一诗中,狄金森更是以理性思考直接否定了上帝的存在,她写道:

Those-dying then,
Knew where they went-
They went to God's Right Hand-
That Hand is amputated now
And God cannot be found-
The abdication of Belief
Makes the Behavior small-
Better an ignis fatuus
Than no illume at all-(1581)①

译文:

从前—临死之人,
知道他们去往哪里——
他们去往上帝的右手——
现在那只手已被切断
上帝,找不到了——
抛弃了信仰
行为变得不受重视——
一点鬼火

① EmilyDickinson, *The Poems of Dickinson*, Edited by R. W. Franklin. Cambridge, Mass, Harvard University Press,2003,p.582.

比什么都没有好——

"现在那只手已被切断"一句，表明狄金森认定宗教已经无法给人们提供精神庇护，至少对她是这样的；"上帝，找不到了"一句，表明狄金森根本不相信上帝的存在。有趣的是，她随后还以肯定的语气说"一点鬼火/比什么都没有好——"也就是说，她也认识到了宗教信仰对于规范人们的"行为"的作用，而且愿意从这个角度来肯定它。不过，这种肯定本身是从功利的角度出发的，是以她"不相信上帝真的存在"为基础的。她的用词"ignis fatuus"（鬼火、幻火），本身就有"a false hope"（错误的希望）的意蕴，这一措辞本身表明了她在潜意识中是不信上帝的。

狄金森在信中叙述过她在浓郁的宗教氛围内不断和上帝疏远的过程，鲜明地表现了她坚强不屈的个性，她写道："基督在这里召唤着每一个人，我所有的同伴们都回应了，连我亲爱的妹妹维尼也相信自己真地热爱、信任他（基督）。只有我一人坚持反抗，并对他越来越不在意。"①在那个时代，在那样的环境中，拒绝成为教徒需要极大的勇气，而狄金森却对别人眼中的上帝基督"越来越不在意"，这至少说明了三点：其一，她具有独立思维的可贵品质，决不会人云亦云；其二，她具有清晰的逻辑理性思维能力，能够从逻辑理性的角度清晰地发现基督教有关"上帝""天堂"等概念的不真实性；其三，她具有顽强的意志品质，不会屈服于任何力量。也就是说，狄金森不仅具有清晰的逻辑理性，而且还具有决不妥协的意志品质；她不仅能够辨明"真"，而且还能够捍卫"真"；她不仅具有逻辑思维的能力，还具有逻辑思维的韧性。可以说，正是狄金森这种与众不同的独特个性，才使得她拒绝成为教徒，也才使得她的诗歌作品具有了别具一格的思想与艺术魅力。

狄金森明晰而坚韧的逻辑理性阻止了她委身于宗教，同时也帮助她坦然地直面死亡并且顺利地思考死亡事件。对死亡事件的思考，其意义并不在于能否寻找到所有问题的答案；在死亡事件中，有时"没有答案"本身就

---

① Thomas H.Johnson, *The Letters of Emily Dickinson*, ed.Cambridge, Mass, Harvard University Press, 1986, p.94.

是一种答案。对死亡事件的思考的价值,其基点在于明确死亡的客观性质,坦然地接受无可避免的死亡事件。狄金森无疑做到了这一点,因此,她就从对死亡的近乎本能的恐惧与排斥感中走了出来,也就不再受到死亡事件的情感困扰了。死亡事件是哲学和宗教的核心话题,狄金森通过逻辑理性确认并且在情感上接受了死亡事件的核心事实,使得她的思想具有了相当高度的哲学境界。狄金森的大量死亡诗歌,正是创建于这种哲学境界中的作品,在这里,没有对于死亡的恐惧与排斥,只有坦然的接受和平静的心态,这是狄金森死亡诗歌焕发出独特思想与艺术魅力的哲学根源所在。

在《如果这就是“衰亡”》一诗中,狄金森写道:

If this is“fading”
Oh let me immediately“fade”!
If this is“dying”
Bury-me, in such a shroud of red!
If this is“sleep”
On such a night
How proud to shut the eye!
Good Evening, gentle Fellow men!
Peacock presumes to die! (119)[①]

译文:

如果这就是“衰亡”
哎,那就让我立即“衰亡”!
如果这就是“死去”
那就埋—我,用这样红色的寿衣!

---

① EmilyDickinson, *The Poems of Dickinson*, Edited by R.W.Franklin, Cambridge, Mass, Harvard University Press, 2003, p.62.

如果这就是“睡眠”，
在这样的夜晚
那就骄傲地闭上眼睛！
晚安，各位温柔的亲友！
骄傲的孔雀拥抱死亡！

从“那就骄傲地闭上眼睛！/……/骄傲的孔雀拥抱死亡”这两行诗句中，可以看出狄金森不仅确认了死亡的无可避免的性质，而且将“生”和“死”严格地区分开来：生就骄傲地生，死就坦然地死。在狄金森的世界里，“死亡”事件丝毫也不能影响到“生的骄傲”！不得不说，这是一种非常睿智的哲思：死亡本身并不可怕，可怕的是“感觉可怕”本身，也就是说，客观的死亡事件本身并不能对人们的生活产生负面影响，对人们的生活产生负面影响的是人们对死亡的恐惧与排斥心理。坦然地面对死亡事件，反而有助于我们将“生”和“死”严格地区分开来，事实上有力地保护了“生”不受“死”可能给人们带来的恐惧感的侵扰。由此，我们可以发现狄金森的死亡诗歌具有重大的生命哲学意义与价值，也就是说：狄金森的死亡诗歌后面的驱动力，乃是具有积极意义的生命哲学。

在狄金森的死亡诗歌中，死亡并非生命的终结，它只是生命的另一种形式而已。流俗一般将死亡理解为“生命的终结”，这事实上承认了死亡会对生命造成决定性的影响：这种观念将“死”和“生”对立起来，并且赋予“死”以绝对的负面意义，认定负面之“死”终结了正面之“生”，这是一般人对死亡持恐惧与排斥态度的思想根源所在。而在狄金森的诗歌之中，死亡乃是一种没有正负色彩的“零度”（客观）事实，它不能对“生”的价值和意义造成任何影响，也就是说，生的价值和意义不会因为死亡事件产生衰减——正如音乐中的休止符一样，它本身并不会对有声的旋律产生衰减效果。恰恰相反，作为“休止符”的死亡可以给作为有声音乐的生命提供无穷的延展和生长空间。正是在这层意义上，“休止符”本身就被认为是一种音符，而“死”本身也是“生”的延续。从这个视角，我们才能在逻辑理性上理解狄金森为何不害怕死亡事件，为何在其诗歌中常常将死亡视为“永生”。

死亡是一种客观自然规律,它在其由自然所赋予的权利范围之内存在,它和人类的“生”具有明确的界限,它本身并没有侵犯人类生命的任何利益。如果说有人因为死亡事件而产生负面情绪,那只是因为这些人没有正确认识到,或者认识到了也不想承认“死”的客观存在及其自然权利,所以,这些人才会惧怕并且排斥死亡,并且任由其惧怕和排斥心态给自己的正常生活带来负面影响。简单地说,死亡本身并没有侵犯人类的任何“生”的利益,有人受到死亡事件的影响,只是因为他们自己对“死”的错误认识与错误态度而已。而狄金森死亡诗歌中的积极的生命哲学,则可以从根本上匡正这种错误认识与错误态度。

或许狄金森和常人一样经历过对死亡的恐惧与排斥,不过,她的与众不同之处在于:没有像大多数人那样选择逃避,而是以理性直面死亡事件,并且在经历了痛苦的思考之后,成功地超越了对于死亡的恐惧与排斥心理,达到了常人无法企及的高度,这才是其诗歌艺术的思想与艺术魅力之所在。我们研究狄金森的死亡诗歌,重点不在于她是否在面对死亡时曾经有过纠结、无奈与痛苦,而在于她最终达到了怎样的高度和境界。一个人之所以伟大,并非因为他是否有和一般人一样的弱点,而在于他是否具有一般人所没有的优点。

三、追寻诗歌之美:狄金森生命哲学的核心价值

狄金森自小在基督教文化背景中长大,对基督教有非常深刻的理解,在一封写给苏珊的信中,她说:“……苏珊,你不要去他们的集会,今天早上就和我一起去我们心中的教堂,那里钟声永远常鸣,那里牧师的名字叫爱——他会为我们说情。”①尽管狄金森拒绝皈依基督教,不过,这一段话却表明她其实早已理解了基督教的精髓之所在,即“爱”。其实,很多基督教徒也未尝不怀疑“上帝”和“天堂”的真实性,他们之所以甘愿搁置自己的逻辑理

---

① Thomas H.Johnson, *The Letters of Emily Dickinson*, ed.Cambridge, Mass, Harvard University Press, 1986, p.181.

性,根本原因不在于“上帝”和“天堂”是否真实,而在于基督教所宣扬的“爱”的精神,也就是耶稣为了爱人类而献身的精神。换句话说,真正帮助许多基督徒战胜死亡恐惧感的并非“上帝”和“天堂”,而是基督教所宣扬的基督之爱。正是因为“爱”,才使得许多人主动选择“悬置”理性,皈依了基督教,相信了“上帝”和“天堂”。

狄金森拒绝皈依基督教,却深深地为“爱”所吸引,而且她也意识到:尽管基督教崇尚“爱”,然而,“爱”并不仅仅属于基督教,她可以在拒绝基督教的同时,拥有属于自己的“爱”。在“爱—先于生命—”一诗中,狄金森写道:

Love-is anterior to life-
Posterior-to Death-
Initial of Creation, and
The Exponent of Earth-(980)①

译文:

爱—先于生命—
后于—死亡—
是创世的起因—
尘世的拥趸—

基督教将爱融入了耶稣的神迹故事之中,而狄金森则将爱内化为自己的生命,内化为自己的诗歌作品的精神。在另一首诗中,狄金森写道:Love is like Life-merely longer/Love is like Death, during the Grave/Love is the Fellow of the Resurrection/Scooping up the Dust and chanting" Live"! (287)②

① EmilyDickinson, *The Poems of Dickinson*. Edited by R. W. Franklin, Cambridge, Mass, Harvard University Press, 2003, p.411.

② EmilyDickinson, *The Poems of Dickinson*. Edited by R. W. Franklin. Cambridge, Mass, Harvard University Press, 2003, p.128.

(爱像生命—只不过更久长/爱像死亡,在坟墓之中/爱是复活的那人/捧起尘土,高唱“生命”!)有学者评价狄金森死亡诗歌时说:“(狄金森诗歌中的)死亡具有爱的形式,这是一种创造力的表现。对于狄金森而言,没有爱的生命就是死亡,而在爱中的死亡就是生命。爱成为生命,生命就是爱,死亡因为死亡而获得生命。最终,爱超越生命和死亡达到了永生。”①在狄金森的诗歌中,“爱”是根本。狄金森秉持“爱”的精神,在“求善”的境界中达到了和耶稣同样的高度,尽管他们之间也有不同之处:耶稣将爱融入了神话,而狄金森将爱融入了诗歌;耶稣以“爱”为基石建立了自己的天堂,而狄金森则以“爱”为基石建立了“美”的诗性王国,她选择以“爱”来滋养自己所追求的“美”。

对狄金森而言,无论求“真”还是求“善”,最终都是为了诗歌之“美”。她以强大的逻辑理性认知到死亡的客观属性,这是“求真”;之后,她又将爱融入自己的诗歌,这是“求善”。在求得死亡的真相之后,她坦然地承认并且尊重死亡的自然权利,能够和死亡和平相处,从而赋予其诗歌作品一种具有哲理高度的艺术魅力;同时,她又以“爱”来滋养自己所追求的诗歌之“美”,从而使得在她的许多死亡诗歌中,“死亡”竟然没有一丝阴森恐怖的感觉,例如在 *She slept beneath a tree*(《她长眠在一棵树下》)中,狄金森写道:

She slept beneath a tree-
Remembered but by me.
I touched her Cradle mute-
She recognized the foot-
Put on her Carmine suit,
And see! (15)②

---

① Fatima Falih Ahmed Al-Bedbrani,“The Themes and Motifs of Emily Dickinson's Poetry”, In Gudrun Grabher, Roland Hagenbuchle & Cristanne Miller, *The Emily Dickinson Handbook*. Amherst and Boston:University of Masachusetts Press,1998,p.411.

② EmilyDickinson,*The Poems of Dickinson*,Edited by R.W.Franklin,Cambridge,Mass,Harvard University Press,2003,p.25.

译文：

她长眠在一棵树下—
只有我记得她。
我无声地抚摸她的摇篮—
她听出了我的脚步声—
穿上深红的套装
来看！

在这首诗中，诗人对已经“死”去的好友，依然充满了“生”的感情。她们的相聚，正如好友仿佛还健在一样。不能不说，这种对待亡友的态度，比那种痛哭流涕、不知所为的流俗要高明太多！这种感情，自然也能给读者带来极大的审美感受。

在另一首诗歌 *Because I could not stop for Death*（《因为我不能为死神停留》）中，狄金森写道：

Because I could not stop for Death-
He kindly stopped for me-
The Carriage held but just Ourselves-
And Immortality.
We slowly drove-He knew no haste
And I had put away
My labor and my leisure too,
For His Civility-(479)①

译文：

因为我不能为死神停留

① EmilyDickinson, *The Poems of Dickinson*. Edited by R. W. Franklin, Cambridge, Mass, Harvard University Press, 2003, p.219.

死神慈祥地为我驻足。
马车上只有我们
还有不朽。
我们徐徐而行。他从不着急。
出于对他的礼貌
我收起我的工作
不再编制毛衣。

在这首诗中,死神正如诗人的一位老友,性格温和,礼貌善良,具有绅士风度,让诗人也觉得不“收起工作”就不好意思了。之后,他们像老朋友一样聊天,直至“永生”。国外有论者敏锐地指出:“与其说这组诗是写死亡,还不如说是写永生。”①正如前文所分析的那样,对狄金森而言,“死亡”正如一个美妙的休止符,它不是生命的终结,而是生命的延展与生长。

狄金森在 *I died for beauty*(《我为美而死》)一诗中,清晰地表明了她认为真和美“本来就是一体”,而她的人生信仰乃是“美”——她愿意为之而生,为之而死。这首诗鲜明地表明了狄金森的人生抉择:

I died forBeauty-but was scarce
Adjusted in the Tomb
When One who died for Truth was lain
In an adjoining room-
He questioned softly“Why I failed”?
"For Beauty",I replied-
"And I-for Truth,-Themself are one-
We Bretheren,are",He said-
And so,as Kinsmen,met a night-

① William Galperin,*Approaches to Teaching Dickinson's Poetry*,New York:The Modern Language Association of America,1989,p.113.

We talked between the Rooms-
Until the Moss had reached our lips-
And covered up-Our names-(448)①

译文:

我为美而死—但我
刚进坟墓,就有
一位为真而死的人
被放进毗邻的房间—
他轻声问我:“为何而死?”
“为了美,”我答道—
“我—是为了真,—它们本来就是一体—
我们是兄弟,”他说—
于是,像兄弟一样,在夜晚相逢—
我们隔着房间谈话—
直到苔藓长到我们的嘴唇—
直到苔藓遮盖了—我们的名字—

在他人眼中的恐怖的死亡事件,在狄金森那里却成为了她追求诗歌之“美”的契机。狄金森在其死亡诗歌创作之中,践行着她对“美”的不懈追求。哲学家们通过逻辑理性的求索,也能像狄金森一样坦然接受客观的死亡事件。不过,狄金森与他们的不同之处在于:她是在“诗歌艺术”中直面死亡、拥抱死亡的。狄金森不仅在思想上达到了很高的生命哲学境界,而且比哲学家用抽象语言表达哲思更为可贵的是:她将她的生命哲学以非常细腻的语言、在感觉层面表达了出来,这样就让读者可以直观地

① EmilyDickinson, *The Poems of Dickinson*. Edited by R. W. Franklin, Cambridge, Mass, Harvard University Press, 2003, p.207.

体验到那些抽象的哲学理念给人带来的细腻情感体验了;这样,读者即便不能在逻辑理性上追随她的哲学境界,也能够因为她的诗歌中的那种奇妙的情感体验而爱上了她的诗歌作品,体验到她的哲学境界所能够给人带来的审美境界,而且可能因为爱上这种境界,而开始不懈地追求其哲学境界的高度。

狄金森的诗歌体现了智性和感性的完美结合,体现了真善美的完美结合,这就是狄金森成为美国历史上最伟大的诗人之一的原因所在。

结　　语

狄金森没有借助宗教信仰“逃避”死亡事件,而是以逻辑理性直面死亡,反复地思考死亡事件,并且最终达到了生命哲学的高境界。不仅如此,她还在诗歌作品中真切地感受死亡,并且在坦然地接受死亡、实实在在地破除死亡的恐惧感之后,轻松自然地谈论死亡,像对待朋友一样地对待“死神”,甚至还和“死神”开起了各种玩笑。这是她的死亡诗歌如此与众不同,如此吸引读者之哲学境界以及诗歌美学的原因所在。

狄金森对“真”“善”与“美”的热爱与坚守,激发出了她蓬勃的生命力与创作热情,使得她一辈子完成的诗歌作品达到 1789 首之多。可以说,对“真”“善”与“美”的坚守与热爱,正是狄金森的创作源泉所在,是他的诗歌之美的动力源头。从另一个角度来看,狄金森的伟大成功,乃是“真”“善”与“美”因为她的信仰和坚守赐予她的丰厚回报。在狄金森以及狄金森的诗歌中,我们看到了“真”“善”“美”的完美结合,这正是狄金森之所以为狄金森的根本原因所在。

第八章　伯恩斯坦的“先锋”诗学：向更完美持续“切进”

——基于伯恩斯坦专著《诗歌的黑音》的阅读与思考

我听见了谈话者的谈话——有关开始与结束的谈话，
可是我不谈论开始或者结束。
从来没有比现在更多的开始，
也从来没有比现在更多的少年和老年，
将来不会比现在更加完美，
也不会有比现在更多的天堂或地狱。
——惠特曼《自我之歌》(III)

在《诗歌的黑音》一书的第一章《万众合一：向更完美的发明前进》中，查尔斯·伯恩斯坦提到了“更完美”(more perfect)与“连续弯曲”(curve continuously)两个词语，前者出自美国总统奥巴马的一篇演说，后者来自中国的一条路边提示。对这两个词语的兴趣本身就表明了伯恩斯坦对语言训练有素的敏感性及审美情趣。从语言常识来看，“完美”意味着至高无上。但是，“更加”二字则打破了这一“常识”，开拓出更高的无限空间。这种对语言常规进行“打破”的效果是神奇的，而更神奇的是它所彰显的那种永不停息的探索精神。事实上，正是这种对知识与美的永不满足的渴望在不断地推动着人类向前发展。

“Curve continuously”是对中国路边汉语提示牌“连续弯道”一词的英文误译(国内这种中文提示语的英文误译比较常见)，其正确的英译应该是

“Caution:Road Curves”(小心弯道!)。伯恩斯坦在文中解释说,他对“Curve continuously”这一英文词之所以感兴趣,乃是因为这种中式翻译具有“很强的诗性美”,同时它还体现了中西两种文化间的“接触点”。① 而且,这一中式译文还和他的“回避诗学”(aversive poetics)理念颇为吻合(11)。在“Curve continuously”一词中,单词“continuously”颇为有力,给读者带来诸多联想:这条道路究竟是如何“连续弯曲”呢? 它或许是一条从山脚盘旋而上,直至山顶的道路吧。事实上,伯恩斯坦的确是在中国武当山的山脚发现这一路边提示的。

武当山的道路毕竟是有尽头的,而对于永远“在路上”、永远在追求“更完美”的伯恩斯坦而言,诗歌与诗学的探索之路将永无止境。这其实就是伯恩斯坦“先锋”诗学的精神所在,——他的这种不断地追求创新的精神在他的新著《诗歌的黑音》中表现得尤其明显。伯恩斯坦终其一生,始终在不断地通过创新,向着更完美的诗学与诗歌持续“切进”。

一、永不停息的探索

伯恩斯坦较早就在世界诗坛确立了自己的地位,并且获得了大学讲席教授席位,这让他衣食无忧,稳居中产阶层。不过,优裕的俗世生活并没有消磨他对诗歌创新的强烈渴望,他在《诗歌的黑音》中宣称:“我们的旅程没有结束,我们的事业尚未成功,在我们的诗歌之上生长出了更新的诗歌。‘更完美’是一种方向,一种运动,而不是一种完美的最终状态”。毫无疑问,伯恩斯坦将永不停息地追求更为新颖、更具创新性的诗歌与诗学。

有次在采访伯恩斯坦时,洛克·马里纳希奥问道:“在谈到诗歌权威时,我们都明白:在主流文化语境中,诗歌(尤其是激进诗歌)本身相对缺少权威性。尽管如此,在特定的群体中,你却具有权威。你如何理解这种不一

---

① Charles Bernstein,*Pitch of Poetry*,Chicago and London:The University of Chicago Press,2016,p.11.下文同引此书时,只在正文中注释页码。

致呢?”(187)伯恩斯坦回答说:“这难道不有点像诗人说的:‘一切诗人都是骗子’? 或者说:‘只有骗子才能从不那么真的地方找到真,从不那么蓝的地方找到蓝吗’?”(189)

马里纳希奥的问题很难回答。一方面,在创新诗歌诗学领域,伯恩斯坦是公认的领头羊,这为他带来某种权威,而另一方面,权威往往伴随着一套套规则,而规则无疑会给诗歌诗学的创新形成障碍。在另外一个场合,伯恩斯坦直接否认了他自己的权威性,他说:“矛盾是关键。我所想要的是这样一种诗歌:它自己构建自己的规则,然后它也不服从这些规则。”这句话有些拗口,其实就是说:他不希望刻意为诗歌制定规则,在此前提下,他的诗歌作品自会呈现出某种规则,而且,他在之后的创作中也不会遵守这些规则。他还说:“我不喜欢遵循规则——即便是我自己定的规则”(268)。“探索规则,然后超越”,这是伯恩斯坦的创新诗歌诗学的基本哲学精神之所在,它完全地解放了诗人们的思想,让诗人们远离束缚。也许这样来形容伯恩斯坦更为合适:他是一位在原野探索的带头人,而不是一位舒适地坐在办公室的权威。

尽管伯恩斯坦不愿遵循任何规则,然而我们至少可以从创新诗学的使命中发现这样一条“规则”:不断地扩展诗歌诗学领域的疆界,从而让我们对优秀诗歌获得“更完美”的理解。

在回顾西方诗歌与诗学的发展历程时,伯恩斯坦宣称:“那些自诩为‘传统价值’的代言人们经常忘记这一事实:诗歌在形式与内容上的激进革新乃是西方文学传统的基本组成要素,从布莱克到波德莱尔、从史文鹏到马拉美、从坡到狄金森与麦尔维尔都莫不如此。”(223)事实上,就在惠特曼出版他的第一版《草叶集》时,也曾被一些自诩为“传统价值”代言人的评论家严厉指责,若不是爱默生与其他人的热情支持,惠特曼也许早就灰心丧气地放弃了诗歌创作,从而导致美国文学损失一位伟大的诗人和一种伟大的传统。正如伯恩斯坦所言,任何为“传统价值”代言的人都应该明白,激进创新本身就是文学界的传统之一。无论中西方,都是如此。

伯恩斯坦经常抱怨所谓“官方诗歌文化”,他说:“官方诗歌文化的特点不在于它对诗人的选择,而在于它对左右其判断行为的思想标准的压制”

(246)。伯恩斯坦并没有说官方认可的诗歌就一定不好或者不美，而是表明他反对官方诗歌文化对诗界的冒险与创新活动的压制。伯恩斯坦和他的同伴们一道和官方诗歌文化斗争，而且取得了巨大成功。他写道：“在过去二十余年里，在《语言》(*L=A=N=G=U=A=G=E*)杂志及其同仁的干预下，那种冷战模式诗歌的束缚已经松动，少许的花儿也得以在官方诗歌文化的温室里开放了”(295)。当然，要想让官方诗歌文化认可先锋诗歌挑战艰难、创造意义的那些观念和做法，还有很多工作要做，而这一切都是值得的。

和鼓励诗人们待在舒适的“温室”的官方诗歌文化不同，伯恩斯坦与他的同伴们更乐于在荒野中求索，寻找“与众不同”的诗美并将它们奉献给大众。他说：

> 《语言》杂志所追求的是一种反对条条框框，反对标准化，反对一成不变的形式的诗歌，所赞赏的是怪异、奇怪、语调突然转换、独特、错误以及不合常规等——以残疾开始的诗歌。(见 Davidson's *Concerto for Left Hand*：*Disability and the Defamiliar Body*，2008)我将其称之为“怪异探寻原则”(pataquericalimperative)(这是一个合成词，暗示怪异、野性和危险的抱怨，同时融合了法国早期现代主义者阿尔弗雷德·加里的“怪异哲学”(pataphysics)的探寻方法，——“怪异哲学”是加里有关例外、想象的解决办法、突变等的“科学”)。不和谐当然是一种我们也可以称之为“诡异”现象的信号展示，它与那种和谐、富有节奏感、具有音调美的更为自由的抒情诗完全不同。(76—77)

伯恩斯坦刻意选择了一条无人走过的路，这在早期给他带来了一些负面评论。不过，他对自己所追求的事业充满信心，乃至开心地称自己“自学为白丁”(ix)。他也曾一度有些犹豫，不过，他现在充满了自信，认为“最好将他人的否定与羞辱作为自己的荣誉勋章”(204)。这些调侃式的话语，表明伯恩斯坦对自己所追求的事业的信念已然坚不可摧。

对于那些缺乏想象力、缺乏智性品质的人来说，诗人都是疯子，而伯恩斯坦与他的伙伴们或许就是疯子中的疯子。但是，对那些思想开放的人而言，伯恩斯坦与他同伴们所追求的乃是一种崇高的事业，应该受到广泛尊重。诗人从来没有毁灭“理想国”，相反，他们是在不断地拓展“理想国”的疆界——不是地理上的由士兵守卫的疆界，而是人们的情感与智性的疆界。

当论及诗歌之美时，伯恩斯坦说：

> 逃离情感之美，就像放弃身份或者表现一样，这既是对已经被接受的美或情感之肤浅的回应，也是一种追寻那些尚未掉入陷阱或者尚未被驯化的美与情感的标志。如果你认为我所发现的美毫无价值，那么我就可以说我拒绝美，但那只是我认识到了人们对美的定义已经将你麻醉，使你无法真正体验到美了。对有些人来说，只有拒绝美时，美对他们才成为可能。对于那些哀叹我们如此排斥情感之美的人而言，那些热烈地称赞其回归的人而言，不会也不可能理解剧本之外的世界，不会也不可能理解什么是死亡（就如同他们的感觉已经死亡一样），不会也不可能理解美被遗忘了什么（这种美在他们的道德观里是无法想象的）。（312）

由此可见，那些对“美”持墨守成规的看法的人将伯恩斯坦视为疯子是不足为奇的。但是，如果某人能够挣脱自己身上的束缚，开放眼睛和思想，那么他（她）一定会认识到原来有无数种类的不同的美，有些美不一定像传统的人们所想像的那样温和、甜美。当人们开始学会欣赏不同的诗歌之美时，他们的审美趣味将得到提升，思想会变得开阔，也就更能理解伯恩斯坦的诗学理论了。

一般来说，走在尚未开垦的地方，失败往往多于成功。因此，探索者应该得到大众更多的关注、鼓励和支持，可惜事与愿违，伯恩斯坦和他的伙伴们经常遭遇到的是忽视与打击。所幸的是，伯恩斯坦与他的同伴对自己所追求的事业坚定不移，不会屈服于任何压力。在荒野探索、创新的人们或许会经历许多失败，不过，他们的任何成功都可能具有开创性的意义，都可能伴随着一块全新的处女地诞生。与之相反，那些在十分安全、已经成熟的领地工作的人们，即便成功，也最多只能算是一个好的收成而已。

二、组织诗学

《诗歌的黑音》收录了一篇丹尼尔·本杰明对伯恩斯坦的访谈,在该文中,伯恩斯坦说道:“对我来说,‘组织’乃是一种诗歌实践——在我的余生,我还会持续地投入这一工作”(241)。这句话很容易被读者忽略,不过,它对先锋创新诗歌与诗学的生存与发展来说,其实意义非同凡响。

在一篇关于罗伯特·克里利的评论文章中,伯恩斯坦提到,“在克里利去世几天后,查尔斯·亚历山大曾将克里利称为‘我们诗歌的联结体’”(135)。事实上,伯恩斯坦也堪称“我们诗歌的联结体”,因为他评论过许多诗歌作品,编辑过许多诗歌杂志,发起组织过许多诗歌项目与组织。在这方面,我们很难在当代英语诗歌界还活着的诗人中找到另一个人能够和他相提并论。在已经去世的诗人中,庞德在这方面也做过大量工作,他曾鼓励过一些有才华的诗人,并想办法让他们的作品引起大众关注,可惜的是,他后来将自己精力转移到为法西斯效力,这严重损害了他作为“现代诗歌的联结体”的荣光。

在官方诗歌文化体系中,那些担当“诗歌联结体”的人只是将诗人拢在一起的纯粹组织者。然而,在先锋诗歌领域,伯恩斯坦等“诗歌联结体”所从事的则是拯救生命一样的工作:让优秀诗人避免沉沦、放弃,让优秀诗歌作品避免被忽视乃至消失。伯恩斯坦坦言:“我不认为最好的诗作会随着时间的流逝而呈现出来,相反,我认为很多作品都被丢失了、埋没了,许多作品都被毁了,很多最优秀的艺术家都因为失望而放弃了。批评介入虽然不能创造最优秀的艺术家或者艺术作品,不过,在最好的情况下,却可以创造空间,让诗歌创作得以进行,让诗歌作品被人们听到”(195)。伯恩斯坦此言不虚,如果不是爱默生的鼓励,惠特曼就很可能已经放弃诗歌创作,他的作品也很可能被埋没掉。同样,如果不是艾略特的强烈推荐,我们今天可能就不知道约翰·邓恩以及其他玄学派诗人的作品。同理,如果不是庞德的支持与鼓励,艾略特可能不会在现代诗歌与诗学领域取得如此大的成就。

诚如伯恩斯坦所言："对许多诗人来说，生存、出版诗作、获得读者一直都很难"（202）。在《诗歌的黑音》里，伯恩斯坦共收录了18篇用来推介其他先锋诗人的文章，几乎占了整本书的三分之一，而且有些诗人很少有人知道。伯恩斯坦一辈子都充满热忱地来推介那些缺乏知名度的诗人们。而伯恩斯坦的评介也非常值得一读，因为他和很多其他评论家不同，他自有一套经得起时间考研的、具有冒险色彩的独特的欣赏品味。他说：

> 我对诗歌的品味很特别，并不包容，不过我的确喜欢许多当代诗人，而他们中的大多数人的作品甚少乃至没有受到关注。我希望自己能尽可能地帮助他们，让更多的读者了解他们，为他们寻找出版资助，因为有许多作品值得关注。与此同时，有许多潜在的读者也因为"服务不周"（正如我们教育商业化中所说的那样），而缺少了解那些优秀作品的渠道。（191）

具有讽刺意味的是，在富足的现代社会，人们热切地拥抱着各式庸俗的商品，却对先锋诗歌的挑战毫无兴趣。的确，人类在本质上是懒惰的，往往只喜欢送到手头的东西。资本主义的精英们洞察到人类的这一缺点并加以充分利用，将绝大多数现代人变成了被动的接受机器，这样，他们一般也就不愿去欢迎读诗（尤其是先锋诗歌）时可能遭遇的智力挑战。吊诡的是，也正因为如此，现代诗歌（尤其是先锋诗歌）对现代社会具有特别重大的意义，因为诗歌能够挑战并且激活人们的智性，帮助人们在智性上更加独立。从这一角度，我们可以更为深刻地理解伯恩斯坦作为"我们诗歌的联结体"的价值所在。

有人议论说，现在已经有了太多诗歌，对此，伯恩斯坦尖锐地回应道："不可能会有'太多诗歌'的情况出现！散文会太多吗？音乐会太多吗？……我们尤其缺乏那种超越现有诗歌的诗歌作品，缺乏那种改变人们对诗歌定义、告诉人们诗歌可以怎么样的诗歌作品，缺少那种可以拓展读者与非读者的意识境界的诗歌作品"（275）。现代世界物质极度丰富，不过在精神方面的进步却十分滞后，在很多人看来，诗歌对于社会或许就像室内一束作为装饰的鲜花一样，可有可无。正因为如此，很多人（甚至包括一些诗人）都会同意“已经有了太多诗歌”的说法，而意识不到这种说法背后的偏见。然而，伯恩斯坦却为诗歌的正当权益进行了坚定的辩护，在伯恩斯坦的带领下，很多人或许会重新认识这一问题，或许会发现诗歌在现代社会的重要性或者正如其在中国传统社会一样——它们不是点缀，而是文化的核心之一。

在谈及语言派诗歌时，保罗·胡弗说：“这一流派的大多数批评理论和组织工作都是由伯恩斯坦所完成的。伯恩斯坦的许多著作诸如《诗学》（*A Poetics*，1992）与《我的路》（*My Way*，1999）最为有效地表达了这一流派的思想。”①的确，正是由于伯恩斯坦、克里利与许多其他人的组织作用，先锋诗歌与诗学近年来发展良好，如胡弗所自豪地宣称的那样：

> 在本书第一版的序言中，我们说过：“根据这一推理，可以断定表演诗歌和语言诗歌等近期发展起来的后现代美学将在未来几十年内影响到诗界主流。”事实证明，我们的预计还过于低调了。现在，语言诗派最好的诗人们在最好的大学里拥有了讲席教授职位，他们的影响已经具有了历史性，以至于在进入21世纪之后，批评家将新生一代的诗人们称为“后语言诗派”的一代。随着各种创意写作的研究生课程的兴起，以及各种（学界称之为）“学科”越来越职业化，局外人和各种先锋们也可以觅到教职了。②

笔者也从伯恩斯坦的组织诗学中受益良多，并被他高效的工作所吸引。每次笔者有求于他，他都在第一时间提供最准确的信息并给予最坚定的支持。他是用什么特殊物质做成的呢：

---

① Paul Hoover, *Postmodern American Poetry*（2nd edition）, ed., New York and London: W.W. Norton & Company, 2013, p.xlvi.

② Paul Hoover, *Postmodern American Poetry*（2nd edition）, ed., New York and London: W.W. Norton & Company, 2013, p.xxxiii.

什么样的臂膀，什么样的工艺
能拧成你心脏的筋肌？
什么样的锤子？什么样的链条？
什么样的火炉锻造了你的大脑？
……
（引自“The Tyger”，by William Blake）

三、不断扩展的语言诗派家族

伯恩斯坦最广为人知的组织贡献表现为他与布鲁斯·安德鲁在 1978 年至 1982 年间合编的《语言》杂志（$L=A=N=G=U=A=G=E$）。该杂志标题是伯恩斯坦设计的①，也是他过去以及现在的诗学观的直接体现，——在“language”一词的八个字母间嵌入七个等号，刹那间就将封锁该词生命力多达数千年之久的思维惯性给打破了——那些等号宛如一位巨人以强劲有力的胳膊与腿，撑开了“language”一词，给它带来了无限的新的可能性，似乎有一种神奇的力量，将一个没有生命力的符号（a dead symbol）变成一个不断生长的生命，一个不断孕育新生命的生命。仅仅这一个词所构成的视觉诗学，就大大延伸了现代诗歌与诗学视域。某种意义上，它代表了西方诗学的一个转折点，从此以后，在诗歌领域里那些不重视语词本身的诗意可能性的做法，都可能被认为落伍了。

庞德首先发明了“视觉诗学”，在他编辑并出版的厄尼斯特·费内罗萨的论文《作为诗歌媒介的汉字》中，庞德突出了汉字字形的诗学功能。在其代表作《诗章》中，庞德将不少汉字插入其中，以汉字的字形作为英语诗歌的表达手段。有趣的是，尽管庞德成功地将人们的注意力吸引到了语词的“视觉诗学”上面，然而无论是费内罗萨还是庞德自己对汉字本身的理解都并不准确。事实上，中国读者通常只将汉字作为一个语义单位，而不会当作

---

① 伯恩斯坦和笔者多次确认，这个杂志名是他设计的。

一幅图画来对待，因为经过几千年的演变，汉字早已进化为一套语言的象征符号，失去了它们在图像层面的意义。许多汉字的意义与它们的结构元素所表达的意义很不一样，有些甚至完全相反。在现代中国，简化后的汉字失去了更多的图像意义。事实上，只有书法家们才会偶尔注重汉字的视觉品质，并有意地在他们的艺术创作中加以利用，这可能是汉字字形在艺术领域会被重视的唯一一种情况。

尽管庞德并不太懂汉语，然而他却创造性地开辟了一块全新的艺术领地，并且将“视觉诗学”的全新美学实践引入到了西方诗学界。这种美学后来被卡明斯、威廉斯及许多其他诗人加以应用、发展并拓宽，使得英语的“视觉诗学”不断成熟，并最终在伯恩斯坦创造的“L=A=N=G=U=A=G=E”一词中达到巅峰。

《语言》杂志的成功有诸多因素，但其中最重要的有三点：第一，该流派享有绝对的创作自由；第二，该流派对不断开拓先锋诗歌诗学具有无比的热忱；第三，该流派的许多诗人与批评家具有杰出的才能。

在《拓展了的语言诗派疆域》(60—77)一文中，伯恩斯坦对语言诗派所追求的事业进行了详细的回顾与展望。伯恩斯坦从未停止他的追求，他一直努力地开拓着语言诗派的疆域，甚至将边界延伸到当代中国诗歌的版图中。和庞德时代相比，这无疑为更新诗学理论的发明创造了更好的条件。在《语言》杂志之后数十年，“语言”诗派更为宏大开放，已经从过去的“L=A=N=G=U=A=G=E”发展成为了“=L=A=N=G=U=A=G=E=”。

语言诗派主要是以《语言》杂志为中心聚集起来的诗人群体，作为该杂志的两位主编之一，伯恩斯坦被大多数人视为该群体的代言人。伯恩斯坦在《诗歌的黑音》中回忆道：“当我们(围绕着《语言》杂志的一批诗人)当初以非叙事和非声音中心为范式进行创作时，经常被指责为过于智性，也就是说，不够情绪化：太难、太复杂，也太理论化。现在，我不再在意这些标签了；我想最好将他人的否定与羞辱作为自己的荣誉勋章(204)。联想到当代中国诗歌，其主要问题之一可能就是“不够智性”，如果能够“更难一点，更复杂一点，更理论化一点”，可能会走得更远。伯恩斯坦还说：“对我来说非常重要的一点是：诗歌不要那么情感外露(我就不喜欢某些人的陈词滥调——‘我是诗人,我多愁善感,我要表现我的情感’)。”(205)伯恩斯坦的这一观点不仅是对西方诗人的极好忠告,也是对中国诗人的极好忠告。

尽管提出过很多好的诗学理论,然而伯恩斯坦却一再强调他反对任何一成不变的原则。他说:“我的作品不遵循任何原则,尽管不是没有某种独特的美学、可以觉察到的敏感,以及显而易见的意识形态的无知。没有原则就是原则。我的诗学原则是依情况而定的、是诱导而发的,——我的强烈愿望是,不断发掘语言的潜能,一件事、一件事地尝试,努力创造最为强烈的美学体验。”(268)他随后又补充说:“我不喜欢遵循规则,——即便是我自己定的规则。”(268)如何理解伯恩斯坦的这一自相矛盾的说法呢?也许伯恩斯坦在战术层面是需要“原则”和“规则”的,不过在战略层面却需要绝对的自由。在伯恩斯坦的诗学中,自由永远胜过“原则”和“规则”,尽管后者在有些时候也是必要的。

谈到语言诗派时,伯恩斯坦反复重申,“语言诗并不存在……我一直在说,不存在有什么语言诗。……或许可以这样理解:语言诗是一种社会构建,一种表演,而不是本质”(224)。在《拓展了的语言诗派疆域》一文中,伯恩斯坦对这一问题进行了更为细致的阐释:

> 《语言》杂志只是一处场所,人们在那里讨论一些重要问题,发表不同意见,不过不一定要求解决问题或者分歧。我们的讨论和当时的官方诗歌文化具有截然不同的价值标准,——不仅在关于诗歌是什么,做什么,如何做等方面,而且在对群体的责任以及通过对话形成团体方面,莫不如此。《语言》杂志以及围绕它所产生的那些诗歌、诗学是在争议中产生的,而且一直处于争议之中,——把那些人聚集在一起的并非一套大家公认的美学原则,而是出于对当时主流诗歌的保守教条的摒弃。尽管没有共同的规则,然而在这一名称下面的各种活动却具有家族相似性——借用维特根斯坦的一个术语。无论诗歌还是诗学,都是和当时获奖的那些诗歌是完全不同的。(61)

对先锋派诗人来说,拥有这样一个群体是非常幸运的,它们可以在获得温暖的支持的同时拥有完全的创作自由，可以专注于自己的诗歌创新理念，以追求“更完美”的诗歌。

小　　结

在阅读《诗歌的黑音》时，读者或许不会完全同意伯恩斯坦的一切论说，不过这并不妨碍读者在该书中获得灵感。有时，伯恩斯坦会绕一个大圈子来说明一个问题，有时还会显得自相矛盾（这是他的言说技巧之一），这使得他的文章有时和他的诗歌作品一样，并不容易懂。伯恩斯坦的文章具有一种非常独特的风格，和他的诗歌有许多相同的特质。他似乎要将论文的清晰辨析文风和诗歌的浓郁情感力量融合在一起，而不是将二者分离。

伯恩斯坦有时故意说一些让人困惑的观点，或者直接留下空白，这样，读者无法看到一副清晰、完整的画面。对他来说，现代诗学的完整画面或许本来也并不存在。在回答采访问题时，伯恩斯坦并不追求“彻底地”回答任何问题，他意识到他的回答不可避免地会诱发更多的问题，他曾说：“在接受采访时，我并不回答问题；我把接受采访当作用来创作一些对话体作品的机会。不过，那也制造出一些问题：我的解释需要我的更多解释”（284）。因此，当我们在阅读伯恩斯坦的文章遇到问题时，不必急于求解，因为伯恩斯坦自己也可能没有答案，我们完全可以运用济慈的“消极能力”，将问题留待日后思考并解答。当然，前提是我们必须采取细读的方法来认真阅读《诗歌的黑音》，并且认真地思考遇到的问题，否则我们无法发现真正的值得留待日后慢慢思考的问题。

伯恩斯坦在哈佛大学读本科时所学的是哲学专业，他的文章也具有很强的哲思品质。在论及道德与伦理之间的差异时，伯恩斯坦说：“道德告诉你思考什么，如何正确地思考；而伦理所探讨的则是我们为什么认为某件事情是正确的，对谁来说是正确的，在什么情况下是正确的。”（249）在阅读《诗歌的黑音》时，我们必须采取“伦理式”的思考方式，经常问问“我们为什么认为某件事情是正确的，对谁来说是正确的，在什么情况下是正确的”等问题，这样，我们就能够更为深刻地理解伯恩斯坦的先锋诗学，而伯恩斯坦先锋诗歌与诗学的要义，则正如本文标题所示，向更完美持续“切进”！永不停息！

第九章　蒲龄恩独特的诗学特征及其作品评析

蒲龄恩(Jeremy Halvard Prynne,1936—)于1957年至1960年间在剑桥大学耶稣学院(Jesus College)英语专业学习,毕业之后到美国哈佛大学进修一年,之后回到剑桥大学,并在1962年开始任职于剑桥大学冈维尔与凯斯学院(Gonville and Caius College),直到退休。他于1969年结婚,育有两女。蒲龄恩于1962年出版他的第一本诗集《形势的力量》(*Force of Circumstance*),之后一直笔耕不辍,创作了大量诗歌作品。1982年,蒲龄恩出版了第一本诗歌选集《诗歌》(*Poems*),该诗集在1999年以及2005年得以重版,每次重版都新收进蒲龄恩的不少新作。[①] 2005年之后,蒲龄恩仍有新作陆续问世。

自其第一部诗集开始,蒲龄恩就选择了"先锋诗歌"作为自己的创作方向。迄今为止,在英语现代诗歌界,蒲龄恩可谓在先锋诗学上走得最远的诗人之一。蒲龄恩强调开放的诗歌形式,理性的诗歌情感,尤其追求诗歌语言美的拓展与创新。蒲龄恩在诗歌中表现身体、物质消费、垃圾、语言、欲望、医药、经济以及生态等主题,他关注意识中的自我和物质世界以及文化体系之间的关系,他是第一批在诗歌中引入电脑以及信息科技的诗人。他以严格的道德智慧指导自己的诗歌想象力,探索人类欲望形成之前以及之后的轮廓。

① J.H.Prynne,*Poems*,Northumberland:Bloodaxe,2005.

蒲龄恩是英国当代“非主流诗歌”的代表诗人。① 有学者评价说:“从某种角度来看,蒲龄恩的诗作是自艾略特之后的最重要的英语诗歌作品。”②蒲龄恩对语言的处理别具一格:他常常将语言作为一种探索性的工具来使用。他对于英语语言的实验性使用,达到了前所未有的诗学高度。1987 年 12 月 3 日,《泰晤士报》(*The Times*)刊文指出:“蒲龄恩毫无疑问是当前英格兰最有学养也最有造诣的诗人,他单枪匹马改变了英语词汇的表达方式。”2010 年 10 月,英国著名的曼彻斯特大学出版社出版了《晚期现代主义诗学:从庞德到蒲龄恩》(*Late Modernist Poetics*:*From Pound to Prynne*)一书,将蒲龄恩和庞德并列。③ 近年来,蒲龄恩的大量诗作已经被译成德语、法语、意大利语等多种语言。

蒲龄恩喜爱中国以及中国文化,并且多次到访中国。受到庞德等人的影响,蒲龄恩很早就对中国诗歌产生了浓厚的兴趣。在 20 世纪 60 年代,蒲龄恩的诗作之中就出现了中国的影子。④ 他后来的很多诗歌作品之中的中国特色更加明显。⑤ 1991 年,蒲龄恩来到中国,这段时间,蒲龄恩结识了车前子等中国诗人。⑥ 蒲龄恩回到剑桥大学之后,还组织力量将车前子等人的诗作译介到西方诗坛,受到西方读者的欢迎。之后,蒲龄恩还多次到访中国。

---

① 汉语词组“主流”是对于英语单词“Main Stream”的直译。不过,值得注意的是:“主流”在汉语语境之中很有褒义的色彩,而“Main Stream”在英语语境之中却常常具有贬义的色彩。在蒲龄恩等英国先锋诗人看来,当代英国“主流”诗人的诗作基本都十分平庸。

② Veronica Forrest-Thomson, *Poetic Artifice*: *A Theory of Twentieth-century Poetry*, Manchester: Manchester University Press, 1978, p.142.

③ Anthony Mellors, *Late Modernist Poetics*: *From Pound to Prynne*, Manchester: Manchester UniversityPres, 1988.

④ 参见(1)L.E.R.Picken, “Secular Chinese Songs of the Twelfth Century” (pp.125-172), *Studia MusicologicaAcademiaeScientiarumHungaricae*, 8, 1966, pp.144-145; compare Prynne's more free and “orientalised” reworking of Picken literal translation, published in *Collection*, 1 (March, 1968), pp.43-44, (2) Birgitta Johansson, *The Engineering of Being*: *An Ontological Approach to J.H. Prynne*, Uppsala: Swedish Science Press, 1997, p.192。

⑤ 参见 Birgitta Johansson, *The Engineering of Being*: *An Ontological Approach to J.H.Prynne*, Uppsala: Swedish Science Press, 1997, pp.187-188。

⑥ 参见 Birgitta Johansson, *The Engineering of Being*: *An Ontological Approach to J.H.Prynne*, Uppsala: Swedish Science Press, 1997, pp.187-188。

一、蒲龄恩诗学与诗歌的独特性

在西方学术界，将蒲龄恩归为后现代派的学术观点最为流行。[①] 也有学者认为蒲龄恩的诗歌属于“新现代主义”。[②] 还有学者简单地径直将他归类为现代派。[③] 有趣的是，蒲龄恩本人既没有公开声称自己属于什么派，也没有公开否定自己不属于哪一派。其实，有些西方学者习惯于将诗人“类化”理解的行为本身就反应了他们思维的“简单化”倾向——这种简单化的做法有利于记忆，但常常会忽略诗人之间的差别，从而导致误解。最优秀的诗人往往是放任不羁、别具一格、不能被简单归为任何“流派”的诗人。因此，我们大可不必一定要将蒲龄恩划归什么流派：蒲龄恩就是蒲龄恩。

有西方学者评价蒲龄恩的诗歌作品时说：“蒲龄恩的诗异常难解。蒲龄恩的诗明显地排斥读者，并且以此迫使读者更加努力。不过，无论读者如何努力，都无法以一种非诗的方式来解读蒲龄恩的诗歌作品。读者必须意识到：他所应该注意的是这些诗句，而不是它们之外的任何东西——他必须艺术地在这些诗句本身之中来获得美感。”[④]蒲龄恩一直坚持认为：为了欣赏诗歌，读者自己必须做出努力，并以此来培养自己的综合审美能力——包括智力、想象力、道德判断力、诗歌鉴赏力，等等。这是蒲龄恩不愿意写作“简单”诗作的重要原因之一。艾略特在多年前也说：“我们只能说，我们现在的诗人可能必须难懂才行。我们当前异常多样化、异常复杂的文明，在敏

---

① N.H.Reeve and Richard Kerridge, *Nearly Too Much*: *The Poetry of J.H.Prynne*. Liverpool: Liverpool University Press, 1995, p.2.

② Birgitta Johansson, *The Engineering of Being*: *An Ontological Approach to J.H.Prynne*. Uppsala: Swedish Science Press, 1997, p.5.

③ Dennis Keene, “In Extenso”, review of, *int. al.*, J. H. Prynne, *Poems* (Edinburgh and London, 1982), *PN Review*, 30 (Vol.9 No.4) (1982), 63–67. p.65.

④ Veronica Forrest-Thomson, *Poetic Artifice*: *A Theory of Twentieth-century Poetry*, Manchester: Manchester University Press, 1978, p.48.

感的诗人那里,必然产生多种多样的、复杂的结果。因此,诗人们必须更具有包容性、运用更多典故、措辞更加间接,以此来迫使语言形成意义——如果有必要,还可以打乱语言的固定规则来创造意义。”①

蒲龄恩的诗作极好地体现了艾略特的这一主张。在很多方面,蒲龄恩比艾略特走得更远。比较一下蒲龄恩和艾略特的诗歌作品,我们不难发现:蒲龄恩的诗歌措辞更多地打破了英语的固有语法结构。有时,蒲龄恩甚至被认为相当极端。因此,即便是英国学者,也常常陷入蒲龄恩的诗歌语言森林,找不到任何意义的线索。不少英国学者坦言:蒲龄恩诗歌之中的单词他们都懂,不过蒲龄恩的诗句,他们一句也弄不明白。蒲龄恩自己也说,真正能够读懂他的诗歌的人,全球也不多。

尽管如此,蒲龄恩的诗歌立场,却得到很多学者的理解。学界一般公认:“蒲龄恩做出了很多的尝试,以提高英语的表现能力。”②阿克诺义德进一步解释说:“蒲龄恩不愿意成为一个轻易被接近、被理解的诗人。他坚持认为:再也不能将诗歌视为一座可爱的思想和感觉的展览馆了。因此,他正努力创造一种全新的、具有表现力的语言。”③蒲龄恩如何提高英语的表现能力呢? 有西方学者认为:“蒲龄恩将语言作为一种探索工具,用它们将那些不能言说者包围,使不能言说者的轮廓显示出来。蒲龄恩的语言在人类认知能力和那些能够被感觉却不能言说者之间架起了一座桥梁。”④

其实,一些“读不懂”蒲龄恩诗歌的读者,依然可能直觉地感受到蒲龄恩诗歌中所蕴藏的诗歌魅力。正因为如此,蒲龄恩的诗歌才吸引了很多读者锲而不舍的探索。多年以前,当汤姆生女士(Veronica Forrest-Thomson)在阅读蒲龄恩的诗作“快乐的火”之时,就遇到了不少困难。她说:“这首诗

---

① T.S.Eloit,“The Metaphysical Poets”(pp.281-291.),*Selected Essays*(London:Faber and Faber,mcmliv)p.289.

② N.H.Reeve and Richard Kerridge,*Nearly Too Much:The Poetry of J.H.Prynne*,Liverpool:Liverpool University Press,1995,p.1.

③ David Trotter,*The Making of the Reader:Language and Subjectivity in Modern American,English and Irish Poetry*,London:The MacMillan Press Ltd,1984,p.242.

④ Elizabeth Cook,“Prynne's Principia”,review of J. H. Prynne,*Poems*(Edinburgh and London,1982),*London Review of Books*,Vol.4 No.17(16 September to 6 October 1982),15-16,p.16.

非常难懂，只有八分之一能够得以解读。”①不过，根据汤姆生女士所进行的解读来看，她其实已经接触到蒲龄恩诗歌的美。如果她没有将欣赏诗歌等同于传统的主题意义解读，她应该更加自信。事实上，越来越多的学者已经意识到诗歌可以反对被以传统的方式被解读，正如苏珊·桑塔格所说：“当代针对诗歌欣赏趣味所发生的最新革命，反对对于传统意义上的诗歌内容的解读、不耐烦看到现代诗歌成为热情的解读者的猎物。”②运用传统思维方式对于蒲龄恩的诗歌进行解读，其实在很多时候是不可能的。

在阅读某些难诗时，必须首先改变对于“阅读”概念的看法：有时我们不能将“阅读”简单地等同于理性的解读，而应该将阅读理解为美感所引起的共鸣，可以采取一种“直觉阅读法”，即阅读前腾空大脑，然后让诗中的字句自由穿梭其间。在这一过程之中，读者将会感受到语言格律、看到诗歌意象——而这一切将会激发读者产生某种情感反应，一旦情感反应得以激发，读者就能体会到诗歌之美了。当然，也许有读者无法产生任何情感反应，但这并不要紧——他完全可以去读另外一首更简单易懂的诗，而有阅读难度的诗的作者也并不会因此而感到遗憾。

二、蒲龄恩作品文本细读示例

如果一首诗完全不能阅读，这首诗也就没有任何价值。蒲龄恩的诗歌虽然难读，但也并不是不能读，重要的是掌握阅读的方法。以下以文本细读的方法尝试解读蒲龄恩的一首短诗《听清楚》，该诗是蒲龄恩 1987 年创作的组诗《缠绕喉咙的丝带》（*Bands Around the Throat*，1987）中的一首，从中我们就能很好地窥探到蒲龄恩的一些诗学风格。

① Veronica Forrest-Thomson，*Poetic Artifice：A Theory of Twentieth-century Poetry*，Manchester：Manchester University Press，1978，p.48

② Susan Sontag，“Against Interpretation”，David Lodge，*20th Century Literary Criticism*，London：Longman Group Limited，1972，p.658.

Listening to All①
As must, as will, intent upon this
night air twice over you say too,
the albedo white with shock. So still
and quiet, in deep discount at offer
of itself consenting, the living day
block its truth to the same: the sound
of its own name in the byword, very still
and quiet, the bond of care annulled.

译文：

听 清 楚

今夜的月光惊人地白，
夜风一次次吹来，你也说，
今夜必须，今夜就会，拿定主意。
如此安静寂寥，在深深的疑虑中
满意，白天一样
拒绝真实：音乐一样
只是某种代名词，如此安静，
寂寥，关怀的誓言终结。

正如有人指出的那样："蒲龄恩的诗歌作品，明显地继承了英语抒情诗歌的传统。"②"听清楚"具有明显的抒情品质。

这首诗中只明确出现了一个人物，即"你"(you)；而且，"你"有"说

① 诗歌文本引自：J.H.Prynne. *Poems*. New Castle: Bloodaxe Books Ltd, 1999。译文为笔者所译。

② Alan Halsey, "Prynne Collected", review of J.H.Prynne, *Poems* (Edinburgh and London, 1982), *PN Review*, 31(Vol.9 No.5)(1983), 76-79, p.77.

话”,至于究竟是对谁说话,诗中并未交代——可能是对“我”说,也可能是对“他”说,也可能是自言自语。

诗中发生了什么事情呢？我们先看看诗歌意象:从“夜晚的空气”(night air)我们知道是晚上;从“惊人地白”(the albedo white with shock),我们知道有月光;“如此安静寂寥”(So still/and quiet),表现的是氛围——究竟是怎样的“安静”呢？我们从“关怀的誓言终结”(the bond of care annulled)不难看出这并非一种怡人的安静,而是一种让人窒息的安静。“关怀的誓言终结”可谓本诗的“诗眼”,为全诗设定了一种基本情绪,以这种基本情绪为向导,我们就可以很好地对全诗进行阐释了。从该诗的“诗眼”,我们大致明白发生了什么。至于究竟发生了什么,该诗并没有讲明。这其实也是蒲龄恩诗歌的特点之一,他在诗歌中一般都不会将一件具体事情讲清楚。在阅读他的诗歌时,读者不必执着于弄清楚一个故事,或者追寻到某种深刻的观点。如果读者希望了解他的故事或者观点,不妨去阅读他的散文或者论著。

蒲龄恩所尝试的是通过诗歌创作创新语言的诗性张力,在阅读他的诗歌时,我们尤其需要注意他对英语语言本身的创造性使用——这也是很多具有深厚英语功底的读者非常喜欢阅读他的诗歌的原因所在:他们能够欣赏蒲龄恩的创新,以及这种创新所创造的美及其价值。我们都生活在语言之中,多数语言都是人们几千年来所逐渐构建而成的,一位伟大的文学家的贡献归根到底往往在于对其所使用的语言的贡献。从语言使用的角度,我们才能充分地领略蒲龄恩的诗歌魅力所在。

在《听清楚》一诗中,蒲龄恩开篇的用词就打破了常规:“As must, as will”。严格地说,这种表达方法并不符合英语语法,as 可以做连词、副词或者介词,无论做什么词,它后面都不能直接接一个助动词。可是,我们应该明白,诗人和语言学家的区别就在于:前者创造语言,后者描述语言,前者是第一性的,后者是第二性的。如果诗人都听语言学家的,那么,世界上很多优美的诗歌就不会产生了。“As must, as will”尽管不符合语法,可是却诗味十足,不仅读起来具有抑扬格的乐感,而且具有强大的表现力。

接下来的一句“intent upon this/night air twice over you say too”也颇耐

人寻味。诗人在“this”后面分行非常老到:美国宾大著名诗歌学者阿尔·菲尔利斯在其网上公开课程《现当代美国诗歌》(*ModPo*)中就多次谈到,他觉得现代英语中“this”一词最具有诗味。它的诗味在哪儿呢？就在于“有所指,却又不挑明”！在《听清楚》一诗中,“this”可以单独存在,也可以和后面的“night air”形成一个词组。由此足以可见蒲龄恩对诗歌分行艺术的把握已经达到了炉火纯青的地步。后面的“So still/and quiet”,“in deep discount at offer/of itself consenting”,“the sound/ of its own name in the by-word”几处的分行也十分巧妙,创造出了别具一格的诗歌之美。

三、蒲龄恩长诗《是——珍珠,是》评析

蒲龄恩的诗作《是——珍珠,是》是一首较长的组诗,诗歌原文与译文全文可以参见《蒲龄恩诗选》。①

蒲龄恩十分注重诗歌的音乐美感。不少西方评论家都认为:“蒲龄恩对于诗歌的韵律和节奏十分敏感。并且他常常在诗歌之中用奇怪的方法表现一种奇特的听觉美感。”②说“奇怪”,其实也不太奇怪。例如,一般英语诗人注重的只是“全韵”,而蒲龄恩却不但注意“全韵”,而且还注重半韵、四分之一韵,等等——英语传统诗学对于诗歌押韵的规定比较生硬,而蒲龄恩却常常大胆地突破这些僵硬的规定,而从听觉和谐本身出发,来安排诗句。这样,《是——珍珠,是》组诗之中的有些诗句即便从传统诗学来看并不押韵,读来却也十分和谐。另外,蒲龄恩也十分注重诗句的节奏。不过,他也并不一味依从英语传统诗学所标榜的“音步”进行节奏安排。例如,在《是——珍珠,是》之中,他有时有意地将有些诗句安排成两个明显的节奏片段,这些诗句从传统诗学的角度来看似乎没有章法,但读

---

① 区鉷主编:《蒲龄恩诗选》,中山大学出版社2010年版。

② Patrick McGuinness,“Going Electric”,*London Review of Books*,Vol.22 No.17(7 September,2000),pp.31-32,p.31.

来语音异常优美。①

传统西方学者一般将散文比作走路，而将诗歌比作跳舞。② 当读者在阅读蒲龄恩的诗歌之时，这种感觉异常明显。这一方面和蒲龄恩十分注重诗歌的音乐性有关，另一方面还和他诗歌之中的意象有关。“蒲龄恩的诗歌充满表现思想过程的画面。”③正是这些画面，在蒲龄恩的诗歌之中构成了眩目的意象，表达出跳跃的诗情。很早以前，艾略特就说：“通过艺术形式表现情感的唯一办法，就是找到‘客观对应物’。所谓客观对应物，即指能够触发某种特定情感的、直达感官经验的一系列实物、某种场景、一连串事件。一旦客观对应物出现，人们的情感立即被激发起来。”④艾略特的这种说法，主要针对的是维多利亚诗人无病呻吟的滥情诗歌作品。这段话的核心意义，就是不要直接抒情，而要运用“客观对应物”（其实就是庞德所说的客观意象）来表现情感。蒲龄恩在《是——珍珠，是》之中，避免直接抒情，创造了大量鲜明的客观意象。读者尽可以在对于这些客观意象的审视之中，体会到一种奇特的诗歌美感。

不少学者认为蒲龄恩的诗歌难懂，主要是从“寻找意义”的角度出发所做出的结论。那些习惯于对于诗歌进行叙事结构分析的学者，在读到蒲龄恩的诗歌之时尤其难免失望，因为“读者不可能在蒲龄恩的诗歌之中发现任何叙事结构”⑤。在蒲龄恩看来，任何一个字词都是一个“历史生命”——也

---

①　对于这些语音特点，读者必须从原文之中去体会。笔者在译文之中也注重诗歌的音乐性，但所运用的技巧和蒲龄恩的技巧并不相同。庞德在 1917 年谈到《神州集》（*Cathay*）的翻译时说：“主题是中国人的，但译文是我的——我想。”（Ming Xie.*Ezra Pound and the Appropriation of Chinese Poetry*：*Cathay*，*Translation*，*and Imagism*，New York and London：Garland Publishing，Inc.，1999，p.218.）笔者深以为然。

②　参见 Paul Valéry，“Poetry and Abstract Thought：Dancing and Walking”；David Lodge，*20th Century Literary Criticism*，London：Longman Group Limited，1972，p.253。

③　Ian Patterson，“‘the medium itself，rabbit by proxy’：some thoughts about reading J.H. Prynne”，*Poets on Writing*：*Britain*，1970－1991，ed.by Denise Riley.London：MacMillan Academic and Professional Ltd，1992，p.234.

④　Eliot，T.S.，“Hamlet and His Problems”.*The Sacred Wood*：*Essays on Poetry and Criticism.* London：Methuen，1967，p.100.

⑤　Birgitta Johansson，*The Engineering of Being*：*An Ontological Approach to J.H.Prynne*，Uppsala，Swedish Science Press，1997，p.19.

就是说:任何一个字词不仅表现其在现代语言之中的义项,在它的身上还不可避免地具有一种历史文化沉淀。① 也正因为如此,蒲龄恩诗歌之中的字句往往都不能进行一维的意义解读。在《是——珍珠,是》之中的不少字句都可以作多种的解读。还有些字句,只做出表示意义的姿态,不表示一种确定的意义,而同时表示几种意义的可能。

其实,很多现代诗歌作品本身就并不是以“表达意义”作为其所追求的最高目标的,读者在阅读《是——珍珠,是》时,更应该注意的是语言之美。

《是——珍珠,是》的英文题目 *Pearls That Were* 源于莎士比亚的戏剧《暴风雨》第一幕第二场中的一行诗“Those are pearls that were his eyes”。蒲龄恩信手拈来,掐头去尾做了该诗的题目。除了题目之外,该诗和莎剧关系不大。作为该诗题目,*Pearls That Were* 可以阐释为:该组诗内的每一首诗都像一颗珍珠,既能独立成篇,又能串在一起交相辉映。这组诗继承了西方抒情诗的传统,同时也糅合了现代诗歌的表现技巧,刻画了眩目的意象,表达了跳跃的诗情。正如作者的知识十分渊博那样,这组诗所包容的内容十分广泛。和《听清楚》一样,很多句子扑朔迷离,可以从不同的角度做出不同的解读。这首诗并非围绕一个传统的核心命题展开,而包含较多自由的发挥。也和《听清楚》一样,阅读该组诗不必执着于它“讲了什么”,而要关注它“如何在讲”,也就是将注意的焦点集中于其语言的使用。

该组诗的引子是一小段散文,语法结构容易辨认。即便在这段诗人用作“小引”的文字里,我们也能发现其意象非常优美,诗意非常浓郁,——或许在诗人眼里,这组诗就像河岸边斜照的夕阳下温柔地颤抖着的闪光的蛛网薄纱一样动人吧。

蒲龄恩知识渊博、想象奇诡。如果说很多现代诗人所主张的“开放”诗歌主要是诗歌结尾的开放(open-ending),那么蒲龄恩所实践的开放诗歌则是诗歌文本本身的开放。蒲龄恩诗中的很多字句只做出表示意义的姿态,并不表示一种确定的意义,而同时指向几种意义的可能。如果我们按照传

---

① 蒲龄恩在这首诗中大量引用了前人的诗歌作品之中的精华——在组诗的题目《是——珍珠,是》之中,他把它们比作“珍珠”。

统“寻找思想”的方法阅读蒲龄恩的诗歌，就会常常感觉很难理解，而如果我们调整阅读的关注点，则能够读得兴致盎然，为蒲龄恩诗歌中的许多妙词妙语妙用击节称赏。

阅读蒲龄恩的诗歌，让我们意识到：诗歌语言并非仅仅为了达意，诗歌语言本身就具有美学价值，值得深入发掘；借用符号学的术语，可以这样说：诗歌语言的“能指”并非“所指”的附庸，相反，能指本身具有脱离“所指”而存在的独立价值。在说理性的论文中，语言的能指必须绝对服从所指的需要，而诗歌艺术必须注意发掘语言本身的美。诗歌艺术的价值不以其是否表达了某种思想作为唯一评价标准，诗歌的艺术美具有自立自足的艺术价值。

小　　结

蒲龄恩学识渊博，尤其熟悉各种现代诗歌作品。他一辈子在剑桥大学教学、研究并进行诗歌创作，他深厚的学养赋予了其诗歌作品丰富的智识内涵。蒲龄恩的语言能力很强，不少听过他的讲座的人感叹：只要将他的讲座一字不落地记录下来，就是一篇很好的文章了。他的散文作品用词精准，音乐性强，在英语世界属于上乘之作。

蒲龄恩的诗歌作品正是建立在他渊博的学识以及对英语语言的熟练运用基础之上的，并且具有独特的诗学特征。蒲龄恩诗歌的重心，不在于“说什么”(what to say)，而在于“怎么说”(how to say)，事实上，几乎所有优秀诗歌作品之所以优秀，也关键在于在“怎么说”上面所取得的成功。蒲龄恩的独特之处在于：他在对“怎么说”的探索中走到了前人所从未尝试过的境地。

蒲龄恩诗歌最大的特点在于“难懂”。剑桥大学博士生凯斯盾(Keston Sutherland)①研究蒲龄恩诗歌作品多年，也表示读不懂老蒲的某些诗作。

---

① 凯斯盾毕业之后，在英国萨塞克斯大学(University of Sussex)英文系任教，并且凭借其卓越的诗歌才能，很快就成为教授。

2005 年夏天，他听说老蒲给笔者讲过他的最新作品“Blue Slides At Rest”，就向笔者询问其中的秘密。① 其实，这些“秘密”也并不重要，因为正如“作者已死”的理论所主张的那样，读者本来就可以抛开作者的创作意图，根据文本本身来进行解读。凯斯盾向我打听所谓“秘密”，只是为了丰富自己的理解而已。尽管凯斯盾表示对蒲龄恩的某些诗歌不太理解，不过，他事实上却是全世界最理解蒲龄恩诗歌的读者之一。

2005 年，蒲龄恩曾经在广州大学担任一个学期的外国专家。有次他推荐一位本科学生的诗歌习作给我看。这首诗很短，不足二十行。蒲龄恩赞不绝口，我看了之后却不知所云，于是请教他诗中写的是什么。他微笑着回答说：“我也不知道。”我思考片刻，立即明白了他的意思，产生了一种“顿悟”的体验。我们之所以经常觉得某首诗很难，不好理解，其实源于我们对“理解”本身的“理解”过于狭隘。在传统上，我们习惯从“主题”视角来解读诗歌，并且撰写有关“主题”研究的学术论文。正是因为这种解读习惯，让我们难以走进一些现代诗歌作品。其实，诗歌“主题”在老蒲以及很多其他现代诗人的作品中已经不像在传统诗歌中那么重要。

现就职于加拿大多伦多大学的谢明博士一直关注老蒲诗歌。2007 年，他说：蒲龄恩诗歌中的很多诗行非常美。此言不虚。注重于诗歌语言本身的美，正是我们在阅读蒲龄恩诗歌以及很多其他现代诗歌的重点之一。事实上，蒲龄恩也非常注重诗歌措辞，尤其注重诗行的音乐性，即诗歌语言的“物质性”。有一次笔者向蒲龄恩请教他诗歌中某个单词的意义，他回答说：“不知道。”然后他请我朗读那句诗行。通过反复阅读，我才领悟到了这个单词的诗美价值并非在于“表意”，而在于增强诗行的音乐美。

蒲龄恩并不反对“意义”本身，他反对的是那种陈腐的意义表达方式和落入俗套的诗歌阐释窠臼。在他有话要说时，他总能用一种出人意料的方式把自己的思想生动地表现出来。他似乎总能找到“话语”的最佳切入点、

---

① 老蒲愿意向中国朋友透露他诗中的一些秘密，方便中国朋友理解、翻译。对于以英语为母语的人士，他则坚持要求他们依靠自己的努力去理解。

找到“话语”的最佳运行轨迹。

蒲龄恩的诗歌作品具有鲜明的“创新”特质，因此他的诗歌常常带有年青人特有的激情与激进，常常会让熟悉他的读者也大吃一惊。蒲龄恩也一定乐于看见别人“吃惊”。

第三部分

中西现代诗歌的交融与发展

第十章　以“无定式”为式:中国现代诗歌的“分行”美学

有关中国传统诗歌变迁的规律,王国维有一段论述颇为有名,他说:“四言敝而有楚辞,楚辞敝而有五言,五言敝而有七言,古诗敝而有律绝,律绝敝而有词。盖文体通行既久,染指遂多,自成习套。豪杰之士,亦难于其中自出新意,故遁而作他体,以自解脱。一切文体所以始盛终衰者,皆由于此。”①他的这一说法,得到了学界的广泛认同。

中国传统诗歌变迁有一个显著特点,即都是“从一种诗歌模式走向另一种诗歌模式”,也就是说,无论如何变化,所有传统诗歌模式都具有明确的格律规范,所有的变化都是以“具有格律规范”作为基础的,都是在“格律层面”进行变化的。这体现了中国传统诗歌形式美学思想的最基本原则,即“规范”。

很多人在评价中国现代诗歌时,不合适地运用了中国传统诗歌形式美学思想的基本准则作为评价标准,例如朱光潜就曾批评新诗(即早期中国现代诗歌)时说:“旧形式破坏了,新形式还未成立。”②朱光潜所说的“新形式”,就是像传统诗歌一样具有某种明确格律规范的诗歌模式。他批评中国新诗“新形式还未成立”,就是以“是否具有某种固定形式”作为评价新诗的前提的,而这种前提本身就是错误的。也有诗人秉持和朱光潜同样的思维定式,尝试为新诗构建出某种模式,例如闻一多就曾提出所谓“三美说”,

---

① 王国维:《人间词话》,《王国维文学论著三种》,商务印书馆2003年版,第42页。

② 朱光潜:《现代中国文学》,《文学杂志》第2卷第8期,1948年1月1日。

他说:“诗的实力不独包括音乐的美(音节),绘画的美(词藻),并且还有建筑的美(节的匀称和句的均齐)。”[①]其中“音乐的美(音节)”和“建筑的美(节的匀称和句的均齐)”,都涉及诗歌形式问题。可惜的是,按照闻一多的理论所进行的实践结果是所谓“豆腐块”,它缺乏美学价值,艺术生命力不够强。

闻一多为了构建所谓“音乐的美”,提出了“字尺”概念,其后,何其芳提出了“顿”的概念,孙大雨与叶公超等人提出了“音组”概念,林庚提出了“字组”概念,等等——这些概念在技术层面有所不同,不过在实质上都是一样的,是为了构建某种格律“规范”而被创造出来的概念。王光明说:“何其芳所说的‘顿’与闻一多说的‘字尺’、孙大雨与叶公超等人说的‘音组’、林庚说的‘字组’,意思大致相近,指的是词在音节上的单位,但又与该词作为意思的单位相关。”[②]可惜的是,闻一多的“格律”理论指导下的实践作品被戏称为“豆腐干”,林庚的“五四体”九言诗、何其芳、卞之琳等所提倡的“现代格律诗”也被认为是失败的。[③] 龙清涛认为中国新诗的形式探索还没有得出什么公认的成功经验。[④] 他们之所以没有成功,归根到底在于他们尝试像传统诗歌那样建立某种固定模式的方向是错误的。如果不纠正这一错误的努力方向,那么,将有更多诗人和学者把自己的时间和精力浪费在尝试建立诗歌“规范”的徒劳无益的尝试中。

针对各种“新形式还未成立”的批评,郭沫若曾辩解说:“我要说一句诡辞:新诗没有建立出一种形式来,倒正是新诗的一个很大的成就。……不定型正是诗歌的一种定型。”[⑤]郭沫若的说法貌似诡辩,而且,他并未能从学理上进行深入阐释,不过,他的观点却符合现代诗歌的基本“自由”精神。事实上,中国现代诗歌的基本特征乃是“自由”形式,其形式美学思想的最基本原则是“无定式”。在这一点上,中国新诗和传统诗歌的形式美学规则不

① 闻一多:《诗的格律》,见《闻一多诗全编》,浙江文艺出版社 1995 年版,第 355 页。

② 王光明:《形式探索的延续》,《中国现代文学研究丛刊》2004 年第 1 期。

③ 王光明:《形式探索的延续》,《中国现代文学研究丛刊》2004 年第 1 期。

④ 龙清涛:《新诗格律探索的历史进程及其遗产》,《中国现代文学研究丛刊》2004 年第 1 期。

⑤ 郭沫若:《沫若诗话》,四川人民出版社 1984 年版,第 316 页。

在同一个层面,两者是截然不同的。

一、胡适白话诗学中的“形式美学”缺失

中国现代诗歌运动起源于胡适所发起的白话文运动,最初的新诗也称为“白话诗”。胡适的《尝试集》是中国的第一部新诗集,他在“自序”中说道:

> 因此,我到北京所做的诗,认定一个主义:若要做真正的白话诗,若要充分采用白话的字,白话的文法,和白话的自然音节,非做长短不一的白话诗不可。这种主张,可叫做“诗体大解放”。诗体大解放就是把从前一切束缚自由的枷锁镣铐,一切打破:有什么话,说什么话;话怎么说,就怎么说。这样方才可有真正白话诗,方才可以表现白话的文学可能性。①

胡适所发动的“诗体大解放”运动,可谓中国现代与传统诗歌的分水岭:凡奉行“诗体大解放”的诗作,即为新诗也即中国现代自由诗。

胡适的《白话文学史》可谓他有关“白话诗学”的最重要理论阐述,其核心思想有:“简单说来,自从《三百篇》到于今,中国的文学凡是有一些价值有一些儿生命的,都是白话的,或是近于白话的。其余的都是没有生气的古董,都是博物馆中的陈列品。”②胡适期望以《白话文学史》从学理上来证明其在《尝试集》中所提出的“诗体大解放”运动,从而确立他所提倡的“有什么话,说什么话;话怎么说,就怎么说”的白话诗在学理上的合法性。

可是,如果认真辨析,就会发现《白话文学史》中存在一个严重的逻辑漏洞:胡适将诗歌措辞和诗歌形式混为一谈。在《白话文学史》中,胡适所

---

① 胡适:《尝试集·自序》,《胡适文集》第9卷,北京大学出版社1998年版,第81页。《白话文学史》(1928年)是在《尝试集》(1920年)之后出版的。

② 胡适:《胡适文集》第2卷,北京大学出版社1998年版,第46页。

引用的证明材料，都是诗歌措辞，而不是诗歌形式。换句话说，即使我们认可胡适所列举的材料和观点，也最多只能得出这样的结论：自从三百篇到今天，中国的文学凡是有价值、有一些生命力的，其措辞都是白话的，或是近于白话的。也就是说，胡适没有证明传统诗歌形式“都是没有生气的古董”。恰恰相反，胡适列举的大量的他所赞成的“白话诗”，都是传统诗歌模式规范下的作品。既然胡适肯定这些诗歌，那么这恰恰“证伪”了他的“诗体大解放”运动。

胡适以很猛的火力抨击“骈体文”，乃至直接骂它为“杂种”。① 可是，胡适的学生唐德刚却举《今古奇观》之中《乔太守乱点鸳鸯谱》之中乔太守“乱点鸳鸯”的判词为例，指出这段骈体文“掷地有声”“铿锵之至”，其实是很美的。② 唐德刚以此一例，就可以推翻胡适对“骈体文”模式的一概否定。

这里涉及如何评价一种文学形式的问题。一种文学形式是否有价值，关键看它是否能够产生好的作品。只要某种文学形式能够生产好的作品，那么这种文学形式就是有价值的。如果有人用同样的文学形式生产出了糟糕的作品，只能证明这个（些）人还不能够很好地驾驭这种文学形式而已，而不能以此说明这种文学形式没有价值——因为这种文学形式的价值已经为其拥有的优秀作品所证明。只有不能产生任何优秀作品的文学形式，才是毫无价值的。可见，胡适通过列举几篇糟糕的骈体文来证明骈体文形式本身的“腐朽”，是缺乏说服力的。唐德刚的一个例子，就可以证明骈体文能够生产好的作品，也就证明了骈体文这种文学形式的价值。胡适所举的例子最多只能证明：要写出优美的骈体文是不容易的，或者说，骈体文这种文学形式是很难掌握的。显然，我们不能因为某种艺术形式难以掌握，就要放弃它，因为往往越是优秀的艺术越是具有挑战性的。

1957 年，毛泽东在写给臧克家的信中谈到自己的作品时说：“这些东西，我历来不愿意正式发表，因为是旧体，怕谬种流传，贻误青年；……诗当然应以新诗为主体，旧诗可以写一些，但不宜在青年中提倡，因为这种体裁

---

① 胡适：《胡适文集》第 1 卷，北京大学出版社 1998 年版，第 429 页。
② 胡适：《胡适文集》第 1 卷，北京大学出版社 1998 年版，第 439 页。

束缚思想,又不易学。”[①]毛泽东提出不主张在青年中提倡旧诗的原因之一是传统诗歌体裁“不易学”。有趣的是,尽管毛泽东在信中赞成新诗,不赞成旧诗,然而在现实生活中,他从不以新诗形式创作,而是以旧诗模式创作。多年之后,毛泽东在给陈毅的信中说:“但用白话写诗,几十年来,迄无成功。”[②]可见,毛泽东所持的标准应该和王国维、朱光潜一样,是以中国新诗是否确立了某种固定的诗歌模式作为成功与否的标准的。当然,这种传统诗歌形式美学标准是不适合用于判断新诗的。

毋庸置疑,由胡适所倡导的白话文运动取得了伟大的成功,它推动中国从“文言文”阶段来到了“现代语文”阶段,为中华民族的伟大复兴做出了巨大的历史贡献。不过,也必须清醒地认识到:胡适在《白话文学史》中并没有说清楚为什么中国诗歌需要突破传统诗歌的固定模式规范,进行“诗体大解放”运动。不仅胡适没有讲清楚,林语堂、毛泽东等一大批文学界、政界的精英人物,都没有说其中的学理原因所在。

尽管胡适没有弄明白现代诗歌自由形式的学理原因,然而他的尝试却取得了巨大成功,使得中国新诗一举取代传统诗歌成为了诗坛主流。这一成功的事实本身说明胡适的“诗体大解放”的确是符合中国诗歌的发展方向的。这可谓一个“实践先于理论”的例子。在胡适发动“诗体大解放”运动的几十年之后,学界才从学理上逐渐阐明了现代诗歌为什么必须而且可以打破传统诗歌模式的问题。

胡适在打破中国传统诗歌模式并尝试新诗创作时,不动声色地引进了西方诗歌的“分行”形式。中国最早的新诗现身于1918年《新青年》的第四卷第一期。共有九首,第一首是胡适的《鸽子》。发表时的文字是竖排,后来文字改为横排:

云淡天高,好一片晚秋天气!

---

① 毛泽东1957年1月12日致臧克家的信,刘汉民:《毛泽东谈文说艺实录》,长江文艺出版社1992年版,第117页。

② 毛泽东1965年7月21日致陈毅的信,见《诗刊》1978年1月号。

有一群鸽子，在空中游戏。
看它们三三两两，
回还来往，
夷犹如意，
忽地里，翻身映日
白羽衬青天，十分鲜丽！

中国现代诗歌与传统诗歌不同的最显著形式特征就在于“分行”。有趣的是，尽管胡适从西方引进了“分行”形式，不过，他却从未论及新诗为什么要采用“分行”形式。

其实，白话诗之所以很快得到认可，“分行”形式起到了关键的作用。如果没有分行形式的支撑，恐怕人们即便想要支持胡适的白话诗，也会因为无法分清哪是散文、哪是“白话诗”而苦恼。例如：周作人的白话诗《小河》，曾经被胡适认为是白话诗的楷模。但是，假使周作人不是以“分行”的形式来支撑《小河》，又有多少人能够识别《小河》是一首“诗”呢？

“分行”形式不同于传统诗学中的任何模式，它本身具有很大的可塑性。它是现代诗歌的文体特征，同时也是一种文学技巧的载体和平台，具有独特的美学价值。

二、西方诗歌的“分行”美学

自古希腊的《荷马史诗》起，西方诗歌就以“分行”形式排列书写。“分行”使得西方诗歌得以在形式上明显区别于其他文体，可谓西方诗歌的基本形式特征。“分行”形式具有的美学价值，一般来说可以实现如下三类美学功能：

1. 韵律美学。中西诗歌都经历了一个从口头创作向书面创作的发展过程。在书面语言产生之前，诗歌通过人们的口头创作、加工、流传。例如，中国的《诗经》和西方的《荷马史诗》在被以文字形式记载下来之前，都是口语诗歌。口语诗歌在被记载下来之前,已经存在了相当长的一段时间。为了便于记忆、传唱和吸引听众,口语诗歌形成了韵律感极强的特点,这是《诗经》和《荷马史诗》中的诗歌具有很强韵律特征的原因所在。

随着人类社会的发展进步,诗人们开始以书面形式来进行诗歌的创作、加工,从而推动了书面诗歌不断发展。书面诗歌继承了口语诗歌的韵律特征,并在此基础上形成了自己的格律模式,例如中国传统的格律诗和西方的十四行诗都有非常严格的模式规定,以确保诗歌的韵律特征和音乐性。

中国传统诗歌主要通过对一首诗歌所包含的诗句数目、每个诗句所包含的字数、每个字的平仄以及韵式的规定,来构建诗歌的固定格律模式。而西方传统诗歌则主要通过对节奏(rhythm)和押韵(rhyme)的规定来构建诗歌模式,即以“行”为计数单位,规定每个诗行单位内的“音步数目”和每个音步的“格”,以及行末的韵式。

西方现代诗歌放弃了对节奏和韵式的要求,不过,诗行这一基本形式却得以保存下来。无论传统还是现代,“分行”本身都具有很强的韵律美学功能,有西方学者指出:“分行最为明显的功能是节奏性的:它能够标识人们的思维在知觉中跳动时,在一个个词语间的微弱却又富有意义的犹豫。这种犹豫在语法的标点符号中是无法体现的。”①可以说,“分行”形式自带某种诗意的韵律之美,它赋予了诗歌其他文体所不具备的乐感形式优势。

2. 意蕴美学。书面诗歌是以口语诗歌为基础发展而成的,书面诗歌形成之后,逐渐发展出了自己的一些艺术诉求。和口语诗歌相比,书面诗歌的格律特征不断减弱,同时更追求意义表达的准确与丰富。

在英语诗歌的发展过程中,素体诗(blank verse)放弃了韵式要求,使得意义的表达获得更大的自由,也成就了以莎士比亚为代表的一批伟大文学家。其后,自由诗歌进一步放弃了行内的节奏要求,使得诗人们获得更大的

---

① Denise Levertov,“On the Function of the Line”.in Donald Hall, *Claims for Poetry*, ed.Ann Arbor:The University of Michigan Press, 1982, pp. 265 – 272, p. 266. 原文为:The most obvious function of the line-break is rhythmic:it can record the slight(but meaningful)hesitations between word and word that are characteristic of the mind's dance among perceptions but which are not noted by grammatical punctuation。

意义表达自由。

借用“分行”形式，诗人可以通过“断行”的艺术手法创造诗句语法意义之外的意义，获得超乎言语本身的微妙暗示，例如可以创造强调意义，获得艺术张力，营造空白艺术，等等。①

3. 形态美学。书面诗歌在书面上的形态也是一种美学表现手段。不少诗人利用“分行”形式，创造出了一些具有形态美学的作品。

有的诗人对其作品的整体外观进行了艺术化的处理，使之表现出某种艺术效果。例如法国诗人阿波利奈尔（1880—1918）有一首诗作《心》，其内容是“我的心啊宛如一朵颠倒的火焰”。这首诗的整体外观像一颗正放的心脏，同时又像一束倒置的火焰。诗人通过这首诗的外观，加强了诗的意义表达。又例如：美国诗人卡明斯（e.e.cummings，1894—1962）发表过一首诗《1(a》。这首诗的内容很简单，即：“一片叶子孤独地落下来。”作者通过非常具有创意的分行设计，让诗行的外观直观地表现出一片落叶下落的过程，生动地刻画出一种孤寂的情感体验。

通过诗歌分行外观设计表现诗歌艺术美一般所遵循的基本原则——诗歌外观所表现的意义必须契合诗歌内容意义，从而使得二者在意义表达上起到互相加强的作用与效果。

三、中国现代诗歌的“分行”美学探索

胡适在引进西方诗歌的“分行”形式时，并没有对它进行研究。不过，还是有中国现代诗人凭借自己的诗歌天赋本能，在一定程度上发现并运用了分行美学特征。

1. 韵律美学。在中国新诗诗人中，闻一多对新诗韵律用心最多，是中国新诗格律派的代表人物，他结合“分行”形式，提出了所谓“二字尺”“三字尺”等概念。闻一多在《诗的格律》一文中说：“我觉得这首诗（指《死

① 黎志敏：《诗歌的“断行”艺术》，《诗刊》（上半月刊）2004年第4期。

水》——笔者注）是我第一次在音节上最满意的试验。……这首诗从第一行……起，以后每一行都是用三个‘二字尺’和一个‘三字尺’构成的，所以每行的字数也是一样多。”①不难看出，闻一多格律理论的核心是“字尺”。按照闻一多的方法，《死水》第一节的节奏如下：

这是/一沟/绝望的/死水，
清风/吹不起/半点/漪沦。
不如/多扔些/破铜/烂铁，
索性/泼你的/剩菜/残羹。

不难看出，闻一多是在参照西方诗歌的“音步”概念来尝试构建中国新诗的格律模式。不过，“字尺”和“音步”也有差别。“音步”包含两方面的因素：第一，该音步中的音节数目；第二，每个音节的轻重（或者长短）特征。音步的这两方面的因素，共同决定了某个音步的性质（即是什么“格”）。如果某个音步包含两个音节，前一个音节是轻读音节、后一个音节是重读音节，那么这个音节的性质就是“抑扬格”（或者说“轻重格”）。如果这两个音节的轻重读秩序颠倒，那么，这个音步就是“扬抑格”（或者说“重轻格”）。闻一多的“字尺”概念只包含音步概念的第一个方面，他所说的“二字尺”就是指这个“字尺”里面有两个字。至于发音之轻重长短，由于汉语和西语的差别，则无从论及。梁宗岱就曾说：“中国的字有平仄清浊的区别，除了白话中的少数虚字，却很难区分哪个是重音哪个是轻音。”②

从《死水》的情况来看，闻一多是以自然的词语（词组）结构来作为划分“字尺”的标准的。闻一多以“字尺”作为中国新诗的最小节奏单位来构造诗歌格律，在方法上是成立的。不过，这种创造未能取得任何诗歌艺术成就。在中国传统诗歌中，事实上也是以“字尺”作为节奏的基本单位的。换而言之，除了提出一个新的概念，闻一多的格律理论并无实质创新。而且，

---

① 闻一多：《诗的格律》。见《闻一多诗全编》，浙江文艺出版社1995年版，第358页。

② 陈太胜：《梁宗岱的形式主义新诗理论》，《文艺理论研究》2004年第5期。

从《死水》来看,闻一多所追求的“建筑的美”即节的匀称和句的均齐,其实就是追求每行的“字尺”数量相等。这使得其诗歌作品比较呆板(甚至比古诗词中的杂言和“长短句”更为呆板),缺乏变化,因此被人嘲笑为“豆腐块”,最终归于失败。

2. 意蕴美学。尽管中国诗歌没有分行传统,中国诗人对于诗歌的“分行”形式美学不太熟悉,然而还是有部分天才诗人依靠敏锐的直觉,在他们的诗歌作品中捕捉到了“分行”美学效果。例如:卞之琳的《小别》之中有以下几行:

你不要忘记
最好黄昏里回来
轻轻的推开了房门,
走到炉边
谈尽了天的
两三个朋友的身边
冷不防在哪个的肩上
一敲
敲散了我们的迷茫。

卞之琳将“一敲”两个字单独断开,列为一行,强调突出了“一敲”这个动作,使得这个动作所表现的那种亲密无间的友谊得以完全释放出来,大大加强了这首诗的诗美效果。

可惜的是,由于缺乏相关的理论指导与理论自觉,这种天才般的诗歌“断行”艺术在中国新诗人的作品里面并不多见。

3. 形态美学。中国新诗中有一种“宝塔诗”。所谓“宝塔诗”,就是外观形态像一座宝塔一样的诗。不过,如果一首诗的“宝塔”外观和它所表现的内容没有实质联系,那么,这种“宝塔诗”的形态就算不上是一种诗歌艺术表现手法,而只能算作一种文字游戏。中国新诗之中还有一种所谓“楼梯诗”。楼梯诗的诗节看起来像倒置的楼梯,其始创者是俄罗斯诗人马雅科夫斯基，在中国新诗坛的代表人物是贺敬之和郭小川。楼梯诗的诗节以其层层缩行，可以表达感情的层层递进关系，是一种比较直观的诗歌艺术表现手法。不过，如果在诗歌感情并无层层递进的关系时使用所谓楼梯体，那么就是毫无意义的。

穆木天在其名作《苍白的晚钟》中，很好地运用了形态美学中的“艺术空白”的诗歌创作手法。该诗打破了习惯的文字书写格式，几乎在每个词语之间都留下空白，大大延缓了语速，从而创造了一种凝重的氛围，加强了作品的诗歌艺术美学效果。那些断断续续的诗语，还将诗人所听到的那种断断续续的钟声，直观地呈现到读者眼前，使读者如临其境，如闻其声。下面仅举《苍白的晚钟》的第一节为例：

苍白的 钟声 衰腐的 朦胧
疏散 玲珑 荒凉的 蒙蒙的 谷中
——衰草 千重 万重——
听 永远的 荒唐的 古钟
听 千声 万声

以上几个例子只是为了说明：从总体上来看，“分行”形式在西方诗歌中的诗歌美学功能在中国新诗中都能得到相应的体现。不过，由于中西语言的不同特点，“分行”形式的美学功能在中西诗歌中的表现方式、表现程度会有所差异。

可惜的是，由于中国新诗人对“分行”美学缺乏理论上的认识，因此也缺乏自觉的深度探索。有的人甚至误以为“分行”形式毫无艺术表现力，因此干脆弃之不用。例如徐迟在自编的《徐迟文集》中就放弃了“分行”形式，将自己早年以“分行”形式创作的新诗作品全部改成了不分行的散文形式。① 徐迟在《徐迟文集》的序言中还辩解说：中国诗歌本来就是不分行的。②

① 参见徐迟：《徐迟文集・诗集》，长江文艺出版社 1992 年版。

② 参见徐迟：《徐迟文集・诗集》，长江文艺出版社 1992 年版，第一卷诗歌卷“序言”。

结　论

直到 20 世纪 80 年代,著名学者唐德刚先生仍然认为中国现代诗歌还未成功,“至少还未脱离‘尝试’阶段”。① 而唐德刚先生做出这一判断的理由,和前文提到的朱光潜等学者在根本上是一致的,即以中国传统的“规范”诗学的思维定式来评价中国现代诗歌,从而得出中国现代诗歌尚未成功的结论。殊不知,中国现代诗歌的根本精神是“自由”,它在形式上乃是以“无定式”为式的。正确地认识中国现代诗歌的形式问题,必须打破以中国传统诗学模式来评价中国现代诗歌的思维定式。这一任务看似简单,其实实现起来非常艰难,因为不少学者的这种思维定式已经深入骨髓。

中国现代诗歌的形式问题,至今仍是学界的研究热点之一。例如张桃洲教授就撰文指出,“由于现代汉语的特点和自身体式的限制,自由体新诗在建立格律时,更多地趋于一种内在的旋律。”并且随后概括总结了自由体新诗“格律”的四点基本轮廓和特点。② 张桃洲的研究颇为深入,不过他还是有意无意地在尝试寻找中国现代诗歌的某种独立于内容之外的形式特点即某种程度上的“规范”。

有关现代自由诗歌形式理论的核心,乃是 1950 年由美国“黑山诗派”的领军人物查尔斯·奥尔森在《投射诗》一文中所提出来的,即“形式向来不过是内容的延伸”③(form is never more than an extension of content)其要义在于,诗歌形式必须具有艺术表现力。至此之后,现代诗人不能再像传统诗人那样轻松地“套用”既定的诗歌模式,而要自己创造出一种具有表现力的,契合诗歌内容的诗歌形式。这事实上使得现代诗歌的创作比传统诗歌

---

① 唐德刚对胡适诗集的批注,见胡适:《胡适文集》第 1 卷,北京大学出版社 1998 年版,第 327 页。

② 张桃洲:《内在旋律:20 世纪自由体新诗格律的实质》,《文学评论》2013 年第 3 期。

③ Charles Olson,“Projective Verse”,Ralph Maud,*A Charles Olson Reader*.ed.Manchester:Carcanet Press Limited,2005,p.39.奥尔森将这一观点归功于他的好友罗伯特·克里利,坦言是后者最先提出来的。

要更加具有挑战性了。以这一标准来衡量胡适和很多其他新诗人的作品，就会发现他们的诗歌作品在形式上并不符合要求，因此并不是成功的现代诗歌作品。

中国现代诗歌的形式理论不应追求任何独立的诗歌形式模式（类似于古诗的那种能够独立于内容的诗歌形式模式），而应该以“诗歌形式必须具有内容的艺术表现力”的宗旨。也即是，只要“诗歌形式和内容的艺术表现相得益彰”，在现代诗歌中也可以使用五言、七言等古诗模式；而如果缺乏艺术表现力，即便再分行、再自由也是毫无意义的。这一点至关重要，可谓中国现代诗歌形式理论的立足之点。

第十一章　诗歌的“断行”艺术①

“断行”概念源于西方诗歌艺术，它的英语对应词组是“Line-breaking”。所谓“断行”，就是将一个句子结构打断，用“行”的形式排列起来，以达到一种诗美效果。西方诗歌具有“分行”传统，诗人对“断行”艺术具有很强的自觉性，相比之下，中国诗歌没有“分行”传统，中国诗人是在新诗创立之后才开始模仿西方诗歌进行分行的，对“断行”艺术较为陌生，因此中国诗人有必要了解一些“断行”艺术的基本技巧。

一、西方诗歌的“断行”艺术

“断行”是西方诗人写诗的基本功，同时也是一门高深的学问。西方的小学生都会在写诗时“断行”，但只有优秀的诗人才能在断行时断出诗味、断出诗美。“断行”艺术是西方诗人表达精微意义的一种有效手段，已有人指出：“在我们可用的工具中，没有哪一种比‘断行’更加重要，能够比它表达更为微妙、精确的效果，——如果我们能够正确地理解‘断行’的话。”②

① 在本文中出现的译文，如无特别说明，则均为本文作者翻译。“断行”艺术一般需要在原文之中欣赏，译文仅供参考。

② Denise Levertov：“On the Function of the Line”，inDonald Hall，*Claims for Poetry*.ed，Ann Arbor：The University of Michigan Press，1982，(265-272)，p.265.原文是：Yet there is at our disposal no tool of the poetic craft more important，none that yields more subtle and precise effects，than the line-break if it is properly understood。作者在该文中对断行在诗歌朗诵方面所起的效果也非常关注，并说：But the most particular，precise，and exciting function of the line-break，and the least understood，is its effect on the melos of the poem.p.267。

西方优秀诗人对于“断行”艺术多有妙用，不过西方诗学对于“断行”艺术并无系统的理论归纳，本文仅就西方现代诗人常用的两种“断行”艺术作一介绍：

1. 强调意义。西方诗人常常会利用“断行”艺术达到一种强调的效果。最常见的方法是通过断行处理，将需要强调的词语置于行首、行尾。有时，诗人还会将一两个单词乃至一个字母单独排为一行，加以突出强调。例如：在艾略特（T.S.Eloit，1888—1965）的名作《一位夫人的画像》（*Portrait of a Lady*）之中，有如下几行：

--And so the conversation slips
Among velleities and carefully caught regrets
Through attenuated tones of violins
Mingled with remote cornets
And begins.

译文：

——这样，对话就划开了
在虚幻的欲望和小心翼翼的道歉声中
在小提琴渐渐微弱下去的音乐声中
和遥远的短号声混杂在一起
开始了。①

原文的最后一行只有一虚一实两个单词，实词“begins”的意义得以强调突出，在诗中造成一种突兀的、极不和谐的语音感，暗示男主人公对于那位喋喋不休的夫人的难以言表的不耐烦情绪。

① 原文与译文均可参见黎志敏：《剑桥读诗：现代英语诗歌精选》，高等教育出版社2018年版。

又例如,英国当代著名诗人拉金(Philip Larkin,1922—1985)的诗作《别离的诗》(*Poetry of Departures*)之中有如下几行:

Yes,swagger the nut-strewn roads,
Crouch in the fo'c'sle
Stubbly with goodness,if
It weren't so artificial①

译文:

是的,在布满坚果的路上仰首阔步,
在弥漫着刺人的善意
的水手前舱里蜷缩,如果
这一切并非那么虚伪

《别离的诗》是一首诀别诗,表达了诗人对于过去舒适,然而却极其虚伪的生活的憎恶,和诗人追求新的生活的决心。以上四行之中的前三行形象地描绘了诗人过去所处的生活状态:舒适却让人感觉郁闷。第四行一针见血地揭示了这种生活的本质——虚伪。"if"(如果)是衔接前三行和第四行的关键词。按照正常的句法结构,"if"应该在第四行的最前面。然而,诗人却刻意将它与第四行分开,把它单独放在第三行末尾,从而使它的意义分外突出,大大加强了诗人对于"虚伪生活"的憎恶之情的表现。

有时,诗人还会将一两个单词,乃至一个字母单独排为一行,加以突出强调,创造一种诗美效果。例如:美国诗人卡明斯(e.e.Cummings,1894—1962)在其诗作《印象》(Impression)之中,就打破了单词的固定结构,将全诗的最后一个字母"S"单独排成一行。而这一行还单独构成一个诗节。

通过"断行"艺术取得强调效果一般遵循的原则是:将需要强调的意义

① Philip Larkin,"Poetry of Departures",https://allpoetry.com/Poetry-Of-Departures.

部分置于醒目的位置，诗人对于部分意义的强调往往包含某种暗示意义。

2. 艺术张力。诗人有时将本来可以在一个诗行单位表述的意思分为两行、三行、多行来表达，可以创造一种艺术张力，一种超越语言本身的艺术效果。例如，在英国当代著名诗人休斯(Ted Hughes，1930—)的名作《马》(*The Horses*)之中，有一处断行如下①：

Slowly detail leafed from the darkness.Then the sun
Orange，red，red erupted.
Silently，and splitting to its core tore and flung cloud，
Shook the gulf open，showed blue，

译文：

渐渐地，这里的一切清晰起来。接着太阳
橘色，红色，红色爆发出来。
一声不响地，从中间劈开，撕破云朵，
震开山谷，现出蓝色的天空，

如果诗人将“erupted”(爆发)和“Silently”(静静地)并置，那么，这两个词的意义效果会相互抵消。于是，诗人将这两个词断开，分置于两个诗节的一尾一头，使得两个词的意义都得到充分彰显，使得在“erupted”(爆发)和“Silently”(静静地)两个词语之间更形成一种强大的矛盾张力，表现出初生的太阳在晨曦中“静静地怒放”的奇观。

3. 空白艺术。在阅读诗歌时，如果我们将注意力从诗歌语言切换到诗行文字之外的空白之处，就会发现书面诗歌中的“空白艺术”。所谓“空白艺术”，是指诗人通过对于诗歌文字之外的排版空白的艺术处理，创造诗美

① 原文与译文均可参见黎志敏：《剑桥读诗：现代英语诗歌精选》，高等教育出版社2018年版，第196—200页。

的写作方法。休斯的《马》在排版之后，呈现出大量的空白，体现出一种非常安静的氛围，烘托出一种静穆的气氛，从而也极好地表现了晨曦中那群野马的超然与伟岸，这是空白艺术在整首诗中运用的例子。此外，也可以在一首诗的个别地方运用空白艺术，例如，英国著名作家劳伦斯(David Herbert Lawrence,1885—1930)的名作《蛇》之中有这样几行：

He sipped with his straight mouth,
Softly drank through his straight gums, into his slack long body,
Silently.

译文：

他以笔直的口啜饮，
轻松地透过整齐的牙床，将水咽进长长的、松软的身体，
静静地。

《蛇》讲述了诗人和一条蛇偶遇时的经过和感受，表现了诗人对于自然之中某种神秘力量的敬畏之情。以上三行描写的是那条蛇饮水时的情景，三个诗行之中的第二行很长，第三行却只有“Silently”(安静地)一个词。这种安排使得“Silently”之后呈现出了大量的空白，大大加强了“安静”的效果，使读者感到出奇的静，乃至产生一种神秘的幻觉。

二、中国现代诗人对“断行”艺术的把握

中国新诗产生于新文化运动的大背景。新诗倡导者们运用“分行”的形式来写作新诗，不过他们没有提出运用“诗行”形式创作新诗的理由。新诗对于诗行的应用应该不是有意的选择，而是下意识地对于西方诗歌形式的照搬。尽管中国诗歌没有“分行”的传统，一般人对于诗行的“行美”难以

找到感觉，可是，少数优秀新诗诗人依靠敏锐的直觉，还是在诗歌作品之中捕捉到了“断行”艺术。例如：戴望舒的名篇《雨巷》的开头一节是：

撑着油纸伞，独自
彷徨在悠长，悠长
又寂寥的雨巷
我希望逢着
一个丁香一样地
结着仇怨的姑娘

诗人在“独自”之后断行，将“彷徨”置于第二行行首，使“独自”和“彷徨”的意义双双得以彰显，突出表现了那种孤独、寂寞的心情。如果按照我们一般的语法习惯，将“独自”置于第二行行首：

撑着油纸伞，
独自彷徨在悠长，悠长
……

那么，“独自”和“彷徨”两个词组所能引起的“注意度”都会大大降低，诗美也会因此而减少一大截。

可惜的是，由于中国新诗诗坛对于诗歌的“断行”艺术基本没有研究，导致大量进行“分行”创作的新诗诗人对于诗歌的“断行”写作技巧毫无觉察。尽管他们是在进行所谓“分行”写作，在他们的诗作之中却找不到丝毫“行美”的痕迹。

三、中国传统诗歌与“断行”

“断行”是基于西方诗歌“分行”形式的一种写作技巧。中国传统诗歌不“分行”,“断行”艺术在中国传统诗歌领域自然也没有立足之地。不过,自从新诗创立以来,人们似乎已经下意识地把“分行”当成了诗歌的当然特性。他们常常将中国传统诗词也以诗行的形式呈现到读者面前。例如,唐朝诗人崔颢的《黄鹤楼》常常被排列成:

黄鹤楼

昔人已乘黄鹤去,此地空余黄鹤楼。
黄鹤一去不复返,白云千载空悠悠。
晴川历历汉阳树,芳草萋萋鹦鹉洲。
日暮乡关何处是,烟波江上使人愁。

或者:

黄鹤楼

昔人已乘黄鹤去,
此地空余黄鹤楼。
黄鹤一去不复返,
白云千载空悠悠。
晴川历历汉阳树,
芳草萋萋鹦鹉洲。
日暮乡关何处是,
烟波江上使人愁。

乍一看,似乎没有问题。或许有人还会以为这样排列着更整齐、更美观呢?不过,细细品味,就会发现不少问题。其一,崔颢在写作《黄鹤楼》之时没有“分行”的考虑,因此,《黄鹤楼》和分行形式之间并无逻辑联系。其二,以“分行”形式排列《黄鹤楼》,表面上看来的确是更整齐了,不过,“整齐”并非等于“艺术”。中国书法家抄诗,总是力求变化,力求在变化之中表现诗歌的感情实质。如果中国新诗诗人喜欢僵化的整齐外观,就不会笑话闻一多发明的诗节为“豆腐块”。外观整齐也并非不能够成为艺术手段,但是,整齐的外观必须要和艺术作品的内在实质相和谐,并且有助于内在实质的表达才有可能成为艺术手段。而《黄鹤楼》表现的是一种起伏的诗意、跌宕的感情,因此,僵化的“整齐”排行反而会损害原作起伏、跌宕的诗美实质。以为整齐就是“美”,显然是十分幼稚的。其实,诗歌的感情一般都不“整齐”。其三,对于《黄鹤楼》的“分行”排列,还破坏了原诗韵味的流畅。崔颢在原作的前三句(这里的“句”,指的是传统的“断句”单位)连续三次使用“黄鹤”一词,使得原文读来十分流畅、音律感极佳。尤其在第二句尾部的“黄鹤楼”和第三句开头的“黄鹤”之间还会产生一种美妙的回音感,使得第二句向第三句的过渡显得十分自然、流畅。“分行”形式将每一诗句重新开始排列,从视觉上将这些诗句割裂开来,大大损害了原作那种流畅的诗美。抄诗总要“转行”。不过,高明的书法家抄写传统诗歌,一般选择在诗句中间转行,如此可以做到“气顿而意连”。“分行”形式总是选择在句末转行,就会造成了“气断意也断”的负面效果,损害原作的流畅诗美。

有时,对于传统诗词的“分行”排列还会诱发一些“非法”效果。例如,如果对于苏轼的《水调歌头》的下半阙进行“分行”排列:

转朱阁,
低绮户,
照无眠。
不应有恨,
何事长向别时圆?
人有悲欢离合,
月有阴晴圆缺,
此事古难全。
但愿人长久,
千里共婵娟。

原作语感流畅,“分行”之后的语感支离破碎;原诗的韵味浑然一体,分行之后荡然无存。这和《黄鹤楼》分行排列的后果是一样的。更为严重的是:分行之后,部分词语得到了"非法"强调。例如:"转朱阁,低绮户,照无眠。"三句在原诗之中主要起的是一种铺陈作用,语气较轻。三句之中的核心词是"无眠",吟诵时语气稍重。在分行之后,这三句得到了突出强调,原词整体的和谐因此也受到破坏。另外,"转、低、照"三个字也在"分行"形式中受到非法强调,从而掩盖了"无眠"的核心地位。这显然大大损害了原作诗意的传达。

中国传统诗歌本来就不是以"分行"形式创作的,将它们进行"分行"排列一般无助于增强原诗的表现力。在绝大多数情况下,"分行"排列都会对于原作的诗意造成损害。由此看来,对于中国传统诗歌的分行排列,实在是画蛇添足,有害无益。

不过,如果在深刻领会传统诗歌诗美,并且深谙诗行"行美"艺术前提下,不妨也可以尝试"创意地"对于一些传统诗歌进行"分行"处理。有时候还可以在不"断句"的地方"断行",以求创造一种与原诗不同的诗美。必须说明的是:这种尝试不是对于原诗的简单"分行"呈现,而是一种诗歌艺术的再创造。评价这种分行的尝试,也不以是否改变了原诗的诗意为原则,而是以是否创造了新的诗美为标准。

小　　结

新诗的"分行"形式来自西方诗歌。少数优秀的新诗诗人以其敏锐的直觉,在诗作之中捕捉到了"断行"艺术。可惜,由于诗歌"分行"形式理论的缺位,新诗评论者都无一例外地忽略了对于新诗"断行"艺术的欣赏与讨论。这反过来促使有些新诗诗人放弃了对于"行美"艺术的追求。著名新诗诗人徐迟在晚年甚至将自己早年"分行"创作的新诗以不分行的形式结集出版了。①

---

① 参见徐迟:《徐迟文集》第1卷,长江文艺出版社1992年版。

诗歌“断行”艺术的研究，可以为分行写作的新诗诗人提供理论参考，也可以为新诗评论提供理论依据。了解了“断行”艺术，还可以使我们避免将“分行”形式强加在中国传统诗歌之上的错误。

“断行”艺术的原则可以归纳为：“断行”必须为“诗美”效果服务。

第十二章　节奏潜能与节奏美学:以《只是想说》的文本细读为例

“节奏”是中西诗歌的共同特征。什么是节奏呢？卢卡奇转引毕歇尔的话说:“我们总是把具有同一强度和在同样时间内运动的规则性重复看作节奏。”①例如,乐队鼓手就是以同样强度、规律性地敲击来确定乐队节奏的。类似现象在生活中比比皆是,卢卡奇等人对节奏的理解就是建立在对相关生活现象进行观察的基础之上的。不过,他们对于节奏的理解并不全面。

卢卡奇等传统学者认为形成节奏的关键之一在于“间隔时间相等”(isochrony)。可是,现代科学家通过实验证明,试验者在听到可以用机械测量数值差别的间隔时间不等的电子铃声时,也会报告自己听到了“有节奏”的声音。② 伊丽莎白·库珀库伦对此解释说:“从客观的角度来看,节奏中的‘间隔时间相等’是不可能的;而从感知的角度来看,这却是一种实实在在的现象”。③ G.彭斯·库珀指出:“(各种实验)表明节奏感知过程是一种主观乃至阐释性的活动。”④在严格科学实验的基础上,现代学者认识到了节奏的“主观性”特征,这是现代节奏研究区别于传统节奏研究的

① 卢卡奇:《审美特性》,中国社会科学出版社 1986 年版,第 208 页。

② Elizabeth Couper-Kuhlen, *An Introduction to English Prosody*, Max Niemeyer, 1986, p.52.

③ Elizabeth Couper-Kuhlen, *English Speech Rhythm: Form and Function in Everyday Verbal Interaction*. J.Benjamins, 1993, p.12.

④ G.BurnsCooper, *Myterious Music: Rhythm and Free Verse*, Stanford University Press, 1998, p.18.

标志性成果。

节奏并非纯粹客观的存在,而是主客观互相作用的产物。声音节奏的形成,必然经历这么几个过程:(1)发声体发出声音;(2)通过媒介传播;(3)为人类感觉器官感知;(4)被人类认知,并且在人类大脑中形成"节奏感"。现代学界尤其重视人类的主观节奏认知能力在"节奏感"形成中的关键作用。G.彭斯·库珀认为:"人类一生下来就在心跳、吃奶、呼吸等生理层面表现出节奏感。而且还有一种学习走路、说话甚至音乐的节奏潜能。"①人类依赖自身在千万年的进化过程中拥有的节奏潜能,能够对外界刺激进行节奏化的处理(即形成节奏感)。理查德·卡尤顿也说:"节奏经验是人脑的一种自在能力的产物。我将人脑的这种能力称之为'节奏潜能。'"②正因为人类具有节奏潜能,所以我们才能将不符合"间隔时间相等"的声音也进行"节奏化"处理,并且形成节奏的感觉。

理解人类的"节奏潜能"以及节奏的主观性特征,并在此基础上研究现代诗歌的自由形式与节奏美学,能够让我们看到一幅全新的诗学图景。

一、认知机制视角下的节奏美学

从认知视角出发,可以更好地理解中西诗歌中的节奏问题,包括节奏的划分、诗行的长度、诗歌和哲学文本的不同特征等。诗歌中的节奏,归根到底是为人类的认知服务的,具体而言,诗歌节奏的目的在于突出意义效果,增强情感表达,从而促使读者产生更好的认知效果。

中西诗歌节奏的构成要素并不一样,在汉语诗歌中,最小的节奏单位是"字"暨一个音节。在以单音节词为主的传统诗歌中,一个汉字就可以读为一拍。而英语诗歌中最小的节奏单位是一个音步,至少包括两个音节,例如抑扬格、扬抑格、扬扬格等。

---

① G.BurnsCooper, *Myterious Music:Rhythm and Free Verse*, Stanford University Press, 1998, p.3.

② Richard D.Cureton, *Rhythmic Phrasing in English Verse*, Longman, 1992, p.119.

汉语发音和英语发音很不一样，其中最大的差别在于汉语有声调，而英语没有。汉语的一个声调相当于英语的一“格”（即一个音步）。现代汉语普通话四声包括阴平、阳平、上声、去声，赵元任以五度记音制将它们的调值分别标记为55、35、214和51；从音高变化上来看，我们可以以汉语的四声对应英语的扬扬格、抑扬格、抑抑扬格和扬抑格。汉语中还有一种“轻音”，不过其数量极少，在此不讨论。

在汉语中，比单音节词更大的节奏单位是双音节和多音节词。古代汉语以单音节词为主，而现代汉语以双音节词为主，因此，中国现代诗歌的主要节奏单位是双音节词。在以双音节词为节奏单位的现代诗歌作品中，每个双音节词的发音时值大致相等。不过，双音节词中所包含的两个汉字的发音时值却并不一定相等，有时更重要的那个字会被重读，而且占据更多发音时间，以此更多地吸引读者认知机制的注意。

在汉语诗歌中，节奏的基本单位都是具有意义的“词”，不论是单音节词、双音节词还是多音节词。下面以徐志摩的《再别康桥》为例做一简单的节奏分析：

轻轻的/我/走了/，
正如/我/轻轻的/来；
我/轻轻的/招手，
作别/西天的/云彩。

汉语诗歌以“意义单位”作为节奏单位，符合人类认知机制的要求。在对“轻轻的/我/走了/”这句话的认知过程中，我们的大脑（1）先单独处理“轻轻的”、“我”、“走了”三个片段信息；（2）然后再综合起来处理这句话的意思，从而完成对整句话的信息处理。在信息处理的过程中，节奏的作用是（1）在“轻轻的”、“我”、“走了”三个词的后面分别造成些微停顿，便于我们的认知机制分别处理这三个词的信息；（2）然后在这个句子末尾造成更长一些的停顿，便于我们有充分的时间从容地处理整句话的信息。

对于“轻轻的我走了”这句话，显然不可能这么断句：“轻轻/的我/走了”，——因为“轻轻/的我”会给我们的认知造成麻烦。有趣的是，英语诗歌中的节奏划分却常常出现这种“打乱意义单位”的情况：英语诗歌不是按照“意义单位”而是依据“音步”来划定节奏单位的。例如莎士比亚戏剧中最为著名的“哈姆雷特独白”，其节奏如下所示：

|-　′　|　-　′|-　′　|-　′　|　-　′　-　|

| To be, | or not | to be: | that is | the question: |

|　′　-　|-　′|　-　-|-　′　|-　′　-|

| Whether |'tis no | bler in | the mind | to suffer |

|　-　′　|-　′　|-　-|　-　′|　-　′　-　|

| The slings | and ar | rows of | out ra | geous fortune, |

|--|　′　′　|　-　′　|-　′　|-　′　-　|

| Or to | take arms | against | a sea | of troubles, |

|--|-　′|　-　′　-　|

| And by | oppo | sing, end them? |①

在这一小节中，很多节奏线（例如“'tis no | bler in”，“and ar | rows of”，“out ra | geous fortune”，等等）都处于单词的中间，不可能造成有益于认知的些微停顿，也就是说，这里的节奏线是“虚的”，在实际诵读中不会停顿。其中最后一行“| And by | oppo | sing, end them? |”中的第三个音步事实上并不成立，因为这一行中最大的停顿应该是在“opposing”和“end them”之间的逗号处。因此，第三个音步是破碎的，或者说是不成立的。一个正常的音步应该在这一音步结束之后稍作停顿，如果这个音步在中间的停顿反而比在这一音步结束之后的停顿时间更长，那么这个音步就是破碎的，不成其为一个真正的音步。

传统英语诗歌中意义停顿和节奏停顿的不一致现象，表明传统英诗格

① 孙大雨：《莎士比亚的戏剧是话剧还是诗剧》，《外国语》1987年第2期。孙大雨先生是国内著名莎士比亚研究专家，他的“读法”具有一定的代表性。

律体系具有较大的瑕疵，这是后来庞德打破“抑扬格五音步”格律模式的合理性之所在。[①] 在打破抑扬格五音步的同时，庞德提出“在节奏方面，不要按照节拍器的机械节奏，而要根据具有音乐性的词语的序列来进行创作。”[②]这样，诗人们就可以按照语言意义单位来建立诗歌节奏，从而尽量规避意义停顿和节奏停顿不一致的现象了。

以上从认知角度所谈的是诗行内部的节奏划分问题，同样地，我们也能从认知角度很好地解释诗行（诗句）的长度问题。事实上，诗行的长度是由人类的认知处理能力所决定的，同时也和诗歌的载体（口语还是书面语）相关。中西诗歌都源于口语诗歌，在口语诗歌时期，为了方便记忆以及理解，诗句（诗行）一般比较简短，例如中国的《诗经》大多为四字一句，而英语民谣（Ballad）中每节是由二个四个音步诗行和二个三个音步诗行交叉构成的。这些诗歌作品中的诗行比较简单，容易为人类大脑记忆、理解，有利于口头流传。

在传统汉语诗歌中，四言、五言、七言最为常见，原因就在于它们较为简短，利于读者认知。孔子说：“言之无文，行而不远”（《左传·襄公二十五年》）。那么，什么样的文字可谓“言之有文，行之远矣”呢？答案很简单，其实就是有利于读者认知，能够给他们留下比较深刻记忆的文字。从反面来看，传统汉语诗歌中极少出现 11 个字以上的诗句，原因就在于 11 个字以上的诗句太长，读者的认知机制处理起来比较困难，不容易留下深刻记忆。

同样道理，传统英语诗歌中最常见的是三音步、四音步、五音步，其原因在于它们较为简短，利于读者的认知。有一种有趣的现象：有的中国译者将莎士比亚十四行诗原文中的每行十个音节对等翻译为十个汉字，这种翻译方法在表面上看是“对等”的，实质上却并不对等，原因在于：一个汉字的发音时长长于一个英语音节的发音时长，从音调变化的视角来看，一个汉字的发音等同于英语诗行中的一“格”（即一个音步）。因此，将十四行诗的一行

---

① 庞德说：“（现代自由诗歌的）第一步胜利，就是打破五音步格律。”见 Ezra Pound：*The Cantos of Ezra Pound*，New York：New Directions Books，1996，p.538。

② Ezra Pound，A Retrospect.T.S.Eliot，*Literary Essays of Ezra Pound*（pp3-14），ed.Toronto：George J.Mcleod Ltd.，1968，p.3.

十个音节翻译成为十个汉字，事实上大大加长了该诗行的发音时间，增加了译文读者的认知处理难度，因此并不合适。从认知角度来看，将十四行诗的一行十个音节翻译为汉语的 5 到 7 个音节较为合适，更具有实质意义上的“对等”。

有没有诗行很长的作品呢？也有，不过十分少见。其中比较著名的例子是美国垮掉派代表人物之一艾伦·金斯堡的代表作《嚎叫》。如果说传统诗歌中的一句（一行）可以称为“一读”（即读完一遍就能理解），那么，《嚎叫》中长长的诗行则需要“几读”。这种诗行较长的诗歌作品具有更多书面诗歌的成分，需要更多智性成分的参与，和传统更为口语化的诗歌具有显著区别。从认知角度来看，这种诗歌的成功，需要特定的前提：(1)读者必须熟知诗歌内容，从而比较容易理解长长的诗句（诗行）；(2)诗歌内容是社会热点，容易引起读者的兴趣；(3)诗歌措辞准确，具有散文的描述性特点。第(1)点和认知直接相关，第(2)、(3)点可以吸引读者阅读，以通过多次阅读的方法帮助认知机制完成认知过程。历史上以长的诗句（诗行）形式创作的诗歌作品成功率较低，乃是因为同时满足以上三个前提条件的作品并不多见，因此在诗歌市场不具备吸引力。

最后，我们还可以从认知角度简单比较一下哲学思想类和诗歌艺术类作品的不同特点：哲学思想类作品着重于意义的表达，擅长表达曲折、复杂的各种思想，它并不强调语言的节奏。相比之下，诗歌作品追求节奏美学，它表达的意义相对简单，不过力度却更强大。好的诗歌节奏能够帮助诗歌作品中的特定字词在读者大脑那里获得更为充分的认知注意，从而使得它们在读者认知中留下深刻而强烈的印记。而哲学思维更为精密，而诗歌语句更有力度，更有冲击力。

二、诗歌节奏对诗歌内涵的彰显：以《只是想说》为例

威廉姆斯的名作《只是想说》（*This Is Just to Say*）只有三十个单词：

“This is just to say I have eaten the plums that were in the icebox, and which you were probably saving for breakfast. Forgive me! They were delicious: so sweet, and so cold.”(只是想说:我吃了冰柜里的李子。也许,你打算拿它们当早餐。请原谅:太好吃了!真甜,真爽。)这是一张便条,其内容本来稀松平常,不过,威廉姆斯通过“分行”处理,在赋予其诗歌节奏之后,就创作出了20世纪英语诗歌世界里的一篇经典作品。

This Is ’Just to ’Say①
I have’eaten
the’plums
that’were in
the’icebox
and’which
you were’probably
’saving
for’breakfast
For’give me
they were de’licious
so’sweet
and so’cold

在这首诗中,威廉姆斯彻底摆脱了传统英诗格律的束缚,不再按照“音步”,而是按照“重音”来划分节奏,是一首“重音诗”(accentual verse)。重音诗的特点是以重音数目来计算诗行节奏,即一个诗行有几个重读音节,就读为几个音步。这首重音诗符合按照“意义”划分节奏的做法,没有出现“破碎”的节奏现象。而且,这首诗是一首非常特别的重音诗,即每行都有而且只有

① 原文与译文均可参见黎志敏:《剑桥读诗:现代英语诗歌精选》,高等教育出版社2018年版,第72—73页。文中以“’”作为重音标记,表示它之后的音节重读。

一个重音。

全诗一行标题，三个诗节，每个诗节四行，共十三行。从语法上来看，标题和前两节共九行是一个句子单位。威廉姆斯通过对这个句子进行诗歌节奏化处理，将它切割成了九个语义单位，延缓了句子意义在读者大脑认知机制中的显现速度，使得读者能够充分地观照每个字词的意义，从而加强了它们的显示强度。

诗歌和哲学的差别之一在于后者的文本结构是比较纯粹的"意义结构"，因为哲学的首要目标在于追求"意义的明晰"；而前者的文本结构不仅具有"意义结构"，还具有"情感结构"，有时"情感结构"的重要性甚至超过"意义结构"，——诗歌不仅需要表意，更需要抒情。在《只是想说》一诗中，作者的主要目的不是"表意"（即不是为了说自己"吃了李子"这件事情），而是想找一个话头（即诗歌内容只是一个无关轻重的"话头"），以一种幽默风趣的语气，和妻子进行日常情感沟通，在平凡的日常生活中创造诗意之美。作者通过对便条内容进行"分行"处理，加强了诗歌文本的显示强度，引导读者的注意力超越文本的"意义内涵"，因而得以充分地体味文本中的"情感内涵"。

以下尝试以语词为单位，分析《只是想说》一诗的诗意形成过程。在标题中包含这样几个单词："This"（代词），"is"（系动词），"just"（副词），"to"（小品词），"say"（动词）。在第一次阅读中，读者在认知上倾向于理解这几个词所构成的"意义内涵"，会感觉其意义平谈。

该诗第一节包含这样几个单词："I"（代词），"have"（助动词），"eaten"（动词），"the"（定冠词），"plums"（名词）。这一诗句的意义"我吃了李子"也比较平淡。接下来是"that"（关系代词），"were"（系动词），"in"（方位介词），"the"（定冠词），"icebox"（名词）。从意义上来看，依然比较平淡。

该诗第二节包含这样几个单词："and"（连词），"which"（关系代词），"you"（代词），"were"（系动词），"probably"（副词），"saving"（动词），"for"（介词），"breakfast"（名词）。单独地看第二节，其意义比较平谈。不过，如果将第一节和第二节联合起来看，就会发现一对矛盾：即"我"吃了"你"留下的李子，而这对矛盾构成了某种艺术张力。

该诗第三节在措辞上和第一、二节大不相同。“Forgive me”这个词的情感内涵大大超越其意义内涵，具有较强的道歉情感色彩。“delicious”一词在意义上表示“可口”，不过同时具有明确的情感内涵即表示“愉快”。“so sweet”和“so cold”中的“so”一词具有强烈的情感内涵，而“sweet”和“cold”二词中的情感内涵的重要性也超越了其意义内涵。尤其是“cold”一词，其本义表示“冷”，其情感内涵本来是“不愉快的”，不过，在这一特殊的诗意语境中，其情感内涵已经转化为“非常愉快”了，——在一首诗中，某个（些）语词的情感内涵发生改变的现象，往往可以视为这首诗歌成功的重要标志之一。所谓的“诗意”，在这种现象中表现得最为明显。

下面对本诗中的两个核心词语“sweet”（甜）和“cold”（冷）的诗意形成的认知过程，进一步进行阐释。“甜”的所指意义是指糖分对于人类味觉器官的刺激所引起的感觉反应，具体地说，就是指李子里面所含的糖分对于“我”的味觉器官的刺激所引起的感觉反应。“甜”的这一所指意义是一种客观存在，因为糖分对于任何人的感官刺激都会产生同样的感觉反应结果，即甜。“甜”的这一所指意义本身不带任何“情感”倾向，是完全中性的。尽管糖分对于不同人的感官刺激会产生同样的感觉反应结果，然而，不同人对于这种感觉反应结果所产生的情感体验却大不相同。例如，当一个不喜欢“甜”食的人吃到“甜”食（或者听到“甜”食）时，他在认知心理上会产生一种“不快”的情感体验。相反，当一个喜欢“甜”食的人吃到“甜”食（或者听到“甜”食）时，他在认知心理上就会产生一种“愉快”的情感体验。这是一种刺激条件反射。刺激物是“甜”食（或者“甜”食这个语词），反应是一种“不快”或者“愉快”的情感体验。

在本诗之中“甜”的所指意义，是诗人的味觉器官对于糖分的感官感知。诗人在进行这种感觉感知之时，其情感体验如何呢？在这首诗之中，“甜”是对于“delicious”（可口）的进一步解释说明。“可口”直接表明诗人喜欢李子的味道，由此可见诗人喜欢“甜”。也就是说，当他尝到李子的“甜”味的时候，他的情感体验是愉快的。因此，当他说李子“甜”的时候，也是在表达一种“愉快”的心情。于是，语词“甜”在该诗之中就具有了双重内涵：其一是指一种“甜”的感官感知；其二是指一种“愉快”的情感体验。现行语言学研究的对象,只是“甜”的意义内涵,而在诗歌研究中,我们还要充分重视“甜”的情感内涵——因为诗歌在很大程度上乃是一种“言情”的文学艺术。在该诗之中,当语词“甜”从一种感官感知的指代上升到一种情感体验的表达的时候,即当它拥有了确定的“情感内涵”的时候,它就从一个一般的语词变成了一个充满情感的诗意语词,我们称为诗歌语词。

在该诗之中,语词“cold”的意义内涵是指人类感官对于低温的感知。一般来说,“冷”会刺激人产生一种“不快”的情感体验。不过在该诗之中,“冷”和“甜”并置,都是对于“可口”的解释,因此,“冷”的情感内涵不是“不快”,而是一种爽快、一种兴奋。“冷”和“甜”的意义内涵不同,不过它们的情感内涵却是类似的:都是一种“愉快”的情感体验。因此,“甜”和“冷”在诗中的先后出现,就产生了一种“愉快”情感的叠加效果,加强了诗作的感染力。

人们在阅读自己所喜爱的诗歌作品时,往往在“一读”之后,还会进行“二读”“三读”,直到烂熟于心。在“二读”“三读”时,会超越诗句的前后语法逻辑关系,以一种“共时”的方式来进行,换句话说,就是读者进一步超越诗歌的意义内涵,而将注意力更加集中于情感内涵。在对《只是想说》进行多次阅读之后,我们对它的意义内涵(即诗人偷吃了李子这件事情)越来越不在意,却对它的情感内涵(即诗人对他的妻子所表达的那种“甜蜜”)感觉越来越深刻。从情感内涵出发,我们发现整个诗歌的文本不是一种线性的语法关系,而是一种“共时”的存在,诗中的所有因素都围绕着一个语词(即甜“sweet”)在起作用。

任何语言都有很多表示不同程度感情的词语,例如开心、高兴、狂喜,等等。不难看出,当人们对于某事某物的感觉程度变化到一定阶段时,人们就会创造一个新词来对应它。不过,通过造词的方法来表现不同的心境,其可操作性毕竟是有限的。有些心境,通过造词没有办法实现,只能通过语篇来呈现,就如《只是想说》中的那种“甜蜜”,通过造词的方法无法表现。唯一的办法,就是写一首诗。从这一角度来看,诗歌的价值的确是独特的、无可取代的。

小　　结

传统诗学界误以为诗歌节奏是完全客观的,因此他们所构建的传统节奏美学主要体现为种种严格的格律模式。现代学者通过科学实验发现了节奏的主观特性,发现人类天然具有节奏潜能,能够对并不完全符合"间隔时间相等"的客观刺激做出节奏处理。在此基础上,也形成了基于人类认知机制的现代节奏美学。

人类天然的节奏能力是在千万年的进化过程中获得的一种求生本能,它可以帮助人类在认知世界万物时降低能耗,提高效率,有益于人类的生存与发展。事实上,人类天然具有将认知对象进行"节奏化"处理的倾向,例如小孩吃奶,吃顺之后就很有节奏了;又例如我们走路,走顺之后就走出节奏感来了;再例如学生们在将一篇课文读熟之后,就自然而然地读出节奏感来了……现代诗歌在打破传统诗歌的严格格律模式之后依然具有节奏感,就是因为读者自身具有节奏潜能,能够主动地对诗行进行节奏化处理。①

人类的节奏潜能是语言进化的核心动力所在。例如汉语在进化的过程中产生了大量四字成语,就是人们对语言进行节奏化处理的结果:四字成语最具有节奏感,最符合人们的节奏偏好。此外,古代很多朗朗上口的诗句走进人们的日常用语,从诗界的小众语言变成了普罗大众的语言,也是人类的节奏偏好使然。同样道理,一些缺乏节奏感的语句,会因为"言之无文,行之不远",逐渐淡出主流语言体系。

一方面,人类的节奏潜能赋予了语言节奏之美;另一方面,诗人们也有义务创造出具有优美节奏感的诗篇,反过来进一步强化人类的节奏潜能。人们的节奏潜能有层次差别,一般来说,通过专业训练的诗人、音乐家的节奏能力要比一般人强得多,他们创作的优美的艺术作品,可以帮助普罗大众提高节奏感知能力。节奏能力是一种重要的智力要素,一般而言,音乐、诗

---

① 黎志敏:《英语诗歌形式研究的认知转向》,《外国文学研究》2008 年第 1 期。

歌教育越是普及的国家，其国民智商的平均水平也就越高。

诗人们利用人类的节奏能力规律，可以创造出丰富多彩的节奏美学，其中最有效的做法是以诗行形式来引导读者的认知注意力，通过节奏划分让部分诗歌语词在读者大脑中得到凸显，激发读者领悟到奇妙的诗歌之美，正如威廉姆斯在《只是想说》中所做的那样。

第十三章　中国新诗对于十四行诗体的尝试

中国新诗①产生于21世纪初在我国出现的声势浩大的"白话文"运动。不少新诗诗人为了寻找适合新诗发展的形式,做出了艰苦卓绝的努力与尝试。在这种情况下,西方的十四行诗体(sonnet)进入他们的视野。

十四行诗起源于意大利,后来流传到英法,并在形式上产生了少许变化。例如,意大利十四行诗体的韵式为:abba,abba,cde,cde;而英式为:abab,cdcd,efef,gg;产生这一差异的客观原因是英语里押韵的字词比意大利语少。尽管西方十四行诗体在生成过程中产生了少许变化,然而某种具体模式一旦确立之后,则比较稳定。在西方,十四行诗体的基本特征包括每行有固定音节,有固定音步,行末有固定的韵式,等等。如果某位诗人要以某种十四行诗体的模式进行创作,那么一般就要遵从其相应的规范。西方也有不符合固定形式的十四行诗作品,不过数量很少,属于"离格"范畴。

一、中国诗人对十四行诗体的尝试

中文十四行诗的第一次创作热潮由闻一多发起,继而有徐志摩、梁宗岱等著名的新诗倡导者在《新月》《诗刊》上鼓吹十四行诗。在他们的带领下,

① "新诗"称谓是针对"传统诗歌"而形成的,新诗也就是中国现代诗歌。"中国现代诗歌"的称谓更为中立,更为学术化。

《现代》《文艺杂志》《文学》《青年界》《申报·自由谈》及《晨报·文艺周刊》等一批当时有巨大影响的报纸杂志都开始发表中文十四行诗，从而在20世纪30年代形成了一种相当具有声势的用中文创作十四行诗的局面。

这一阶段中文十四行诗创作最明显的特征是“尝试”。尝试者们刻意模仿意式或者英式十四行诗体，追求形式的工整，例如孙大雨的作品就因为格律严谨而得到大家的赞许。

冯至于1942年出版了中国第一部中文十四行诗集《十四行集》①，这标志着中文十四行诗的创作进入第二阶段。由于以闻一多为代表的许多诗人在仅仅尝试写作了二三首中文十四行诗之后就放弃了这一体裁，因此，这一时期中文十四行诗的创作在声势、规模上大不如前，只有为数不多的诗人，如冯至、卞之琳等坚持写作十四行诗，并且写出了一定数量的作品。在此期间，很多诗人开始突破西方十四行诗体的严格形式。不同诗人的十四行诗有相当大的差别，每个诗人也没有属于自己的固定模式。这种创作特征反映了中国新诗和西方十四行诗体的磨合过程。在意大利十四行诗体进入英国的初期，英国十四行诗的创作也是这种状况。

然而由于语言文化方面的原因，这种相同的磨合过程的结果却大不相同：英国形成了较为稳定的英式十四行诗歌模式，而中国却一直没有形成类似的中式十四行诗模式。

20世纪40年代末，中文十四行诗的创作逐渐沉寂下来。直到中国实行改革开放之后，在西方文艺思潮重新大规模进入中国时，翻涌沸腾的中国新诗诗坛才重新将中文十四行诗挟裹着带到读者面前。1980年1月，《诗刊》发表林子的十四行组诗，随即江苏人民出版社、上海文艺出版社、花城出版社等推出了几部十四行诗集，如唐湜的《海陵王》《幻美之旅》，林子的《给他》，屠岸的《屠岸十四行诗》，等等。这时，有些诗人已经完全摈弃了十四行诗体的严格形式，例如有的诗行只包含3个字（如叶延滨的《寂寞的日子》），有的则长达22个字（如雁翼的《给秦岭》）。这是中国新诗和西方十四行诗体磨合的结果，反映了十四行诗体在中国和在英国完全不同的命运。

---

①　冯至：《十四行集》，桂林明日社1942年版。

在比较自由的形式之下，十四行诗的作品异常丰富，例如，唐湜就写出了1000多首十四行诗。而世界上公认的十四行诗大师、英式十四行诗的创始人莎士比亚穷其一生才留下154首十四行诗。

进入20世纪90年代之后，中文十四行诗在各种媒体上十分少见。中文十四行诗集也只能在图书馆找到。

二、中国十四行诗作创作中的“自由派”和“严谨派”

目前，十四行诗体被引进中国诗坛已近百年，经历了一个“引进—磨合—结果”的完整过程，对其进行总结性研究的时机已经成熟。

这些年来，进行过中文十四行诗尝试性创作的诗人不少，但是，长期从事中文十四行诗创作，并得到社会承认的诗人不多。那些受到认可的诗人大致可以分为两个流派：一派是以孙大雨、屠岸为代表的“严谨派”；另一派是以林子、唐湜为代表的“自由派”。严谨派在早期占主导地位，自由派则在后期崛起。

一种文学形式从一个国家传入另一个国家，总要经历一个“引进—磨合—结果”的“本土化”过程。所谓本土化过程，即指外来文化对本土文化的适应、改变过程。例如，意大利十四行诗在传入英法后，为了适应英法两国的语言文化，发生了一些变化，产生了英式、法式十四行诗，这就是一种本土化的过程。西方十四行诗体在中国的本土化过程，在创作上体现为中文十四行诗从严谨派走向自由派，从意式、英式的“摹本”走向中国诗人的“自由体”。

严谨派在创作上模仿“意式”或者“英式”十四行诗，他们的不少优秀作品具备十四行诗体的基本特征。由于语言本身的差异，严谨派也对西方十四行诗体作了少许改动，形成了自己的特色。例如，他们将适合于西方语言的“音步”改为适合于中文的“音顿”。这些变化是中西语言本身的差异造成的，因而是必要的，是正常的“本土化”的产物。

尽管不少人认可严谨派所创作的十四行诗歌作品，然而，它们与时代社会文化大背景却并不协调。中国新诗本来是在反对传统诗歌的严格形式的基础上建立的，而严谨派十四行诗讲究音节、音步、音韵以及起承转合，和新诗所反对的传统诗歌形式具有同样的固定规范，因此，严谨派十四行诗歌作品是不符合中国新诗的基本"自由"精神的。

或许可以说，严谨派十四行诗作品不应该划归新诗范畴，而应该和五言、七言等传统诗歌形式一道，划归"古体诗"的范畴。如果新诗能够接受源于西方的十四行诗体，那么，她就根本没有必要反对中国传统的诗歌形式。如果新诗人提倡西方的十四行诗体，那么，他们也应该提倡（至少不应该反对）中国的传统诗体——中国传统诗体是在中国经过长期发展而形成的，比十四行诗体更适合于中国的语言文化。但是，中国新诗之所以创立的基本缘由之一，就是反对中国传统诗歌的固定形式规范，因此，从学理上来看，她是不能接受西方十四行诗体的固定形式规范的。

和严谨派不同，自由派完全不按照格律办事，他们的作品背弃了十四行诗的基本特征，所剩下的唯一共同点就是"十四行"（十四个横向排列的诗行）。

可是，"十四行"也并非十四行诗（sonnet）的本质特征。"sonnet"最初的意思是"little song"（短小的歌），人们在创作实践中一般以它表现爱情、友谊之类的抒情主题。"sonnet"一般为十四行，是其固定模式使然，而并非其本质所在，将"sonnet"译为"十四行诗"并不是说其本质的特征是"十四行"。所谓"十四行"，只是依附于该诗体的固定模式而存在，除此之外，它并无任何"本质"特征。既然自由派作品反对十四行诗的其他格式要求，那么也可以反对"十四行"的形式束缚。如果有人硬将自己的诗歌凑成十四行，有时难免说一些不该说的话，或者将该写的又割爱了。从这个角度来看，坚持在创作十四行诗歌时写出不多不少"十四行"诗句，极有可能对诗人的创作产生负面作用。

严谨派中的很多诗人是将自己界定为"新诗人"的，不过他们在进行十四行诗体创作时却违背了新诗的基本"自由"精神。自由派打破了十四行诗的很多规范，却坚持了并非其本质的"十四行"形式。两派的做法，都反映了中国诗人对西方诗歌形式的僵硬模仿。或许在某些人的眼中,源于西方的“十四行”仅仅因为其源于西方,就成为了“先进”和“美”的代表,否则难以恰当地在学理上解释他们的不合理行为。

严谨派和自由派诗人都创作出了不少优秀诗歌作品,例如钱光培认为:“应当说:朱湘的许多十四行诗(其中有不少富有人生的体验)都是无愧于立于世界上最优秀的十四行诗林的。”①不过,这其中有多少是十四行诗体的贡献则很难说。中国诗歌本来具有深厚的抒情传统,而且还有数不胜数的和十四行模式相当的各种诗歌模式(例如五言律诗、七言律诗以及 1000 多种不同的词牌,等等)。十四行诗体在西方诗歌之中独树一帜,在西方具有不可替代的价值和令人瞩目的地位。但是,将它放在中国抒情诗歌传统之中,就显得毫不出众了。因此可以说,严谨派和自由派诗人所创作出来的优秀作品,主要归功于中国的抒情诗歌传统和诗人们的诗歌才能,是中国抒情诗歌传统在新时期的发扬光大。

小　　结

一方面严谨派的十四行诗作品与新诗格格不入,另一方面自由派的十四行诗作品放弃了十四行诗歌模式的很多基本特征,可见,中国尝试借用西方十四行诗体构建中国现代诗歌模式的结果并不令人满意。

其实,新诗本来就不需要任何固定的模式。在很多现代诗人看来,诗歌的内容和形式本来就是一个有机的整体,因此,作诗时应该任凭自己的思想感情自由发展,最终形成一首没有固定模式的诗篇。且不说迄今为止尚无任何一种为人们广泛接受的固定的新诗形式模式,即使将来有了,也终究会因为它有违现代诗歌的基本“自由”精神,因为它对现代诗人的约束,而最终被抛弃掉。

中国传统诗歌中的许许多多固定诗歌形式模式,都是在当时复杂的社

① 钱光培选编:《中国十四行诗选》,中国文联出版公司 1990 年版,“序言”第 14 页。

会文化背景下，经过长期实践、反复取舍而最终确立的。现代社会文化强调独立、自由、创新，不再适合于任何固定诗歌模式的形成。闻一多、徐志摩等新诗导师或许很快就意识到了这一点，因此仅仅只留下了两三首中文十四行诗歌作品。

然而，和中国传统诗歌形式一样，十四行诗体也具有一定的生存空间。例如有些从事某种诗歌研究的诗人学者，会形成对他所研究的诗歌形式的偏爱，他们采用那种诗体做诗，互赠或者发表，觉得别有情致。这些人的存在，在客观上也能使得中文十四行诗体可以“作为一条涓涓的细流，不断向前流去。”①

但是，如果有人尝试在中国现代社会推广十四行诗体，则一定会无功而返。

---

① 屠岸：《十四行诗形式札记》，钱光培选编：《中国十四行诗选》，中国文联出版公司 1990 年版，第 370 页。

第十四章　意象主义和旋涡主义理论的中国背景

美国著名诗人、学者庞德和中国的关系是学界十分关注的一个热点，而有关庞德早期所提出的意象主义、旋涡主义诗学理论是否受到来自中国的影响，目前的研究尚不深入。

庞德及其同伴于 1913 年 3 月在哈利特·门罗主编的《诗刊》上发表有关"意象主义"理论的核心主张。之后，他又在根据费诺罗莎的遗稿于 1915 年 4 月出版中国诗集《神州集》，将中国诗歌当成他所提出的意象主义理论的范本介绍给西方诗坛。结果，《神州集》在西方获得了巨大成功，"几乎所有知名现代诗人——包括叶芝（Yeats）、福特（Ford）、路易斯（Lewis）、艾略特（Eliot）、威廉斯（Williams）——都齐声称赞其清新、优美、简洁"①。从此，西方掀起了翻译、阅读、学习中国诗歌的热潮，西方现代诗歌的发展进程也因而被大大推进。现在学界一般将庞德发起的意象主义运动作为西方现代诗歌运动的起点。

学界主流一般认为庞德是在 1913 年 3 月发表其意象主义诗歌创作原则之后的 1913 年九十月间偶尔遇到美国汉学家费诺罗莎的遗孀，并在对费诺罗莎的遗稿的整理中才正式接触中国诗歌的。基于这一认识，他们认为庞德的意象主义诗学理论的形成并没有受到来自中国的影响。例如美国学者杰夫·特威切尔就说："一些批评家认为庞德对于中国诗的发现影响和帮助他形成了意象派诗的思想，但我将证明情况并非如此。恰恰相反，应该

① M Alexander, *Ezra Pound's Achievement*. London: Faber & Faber, 1979, p.98.

说是庞德的意象派诗歌原则决定了他对中国诗的兴趣、了解和翻译。”[①]特威切尔所说的“中国诗”是指费诺罗莎的遗稿之中的中国诗。而在庞德接触费诺罗莎的遗稿之前，他已经从其他途径了解了中国诗歌和有关中国诗歌的论述。

在1911—1912年，庞德结识了阿伦·厄普沃德（Allen Upward），经其介绍阅读了翟理思的《中国文学史》以及不少其他英文、法文版的中国儒家文化的经典著作。庞德本人还以极其自由的形式翻译了《刘彻》《效屈原》《团扇歌，为君王作》等七首汉语诗歌。[②] 也就是说，庞德在接触费诺罗莎的遗孀之前，他对于中国诗歌已经相当了解。人们都知道庞德从费诺罗莎的遗孀那里得到了费诺罗莎的遗稿，不过我们可以想见：庞德为什么会对于费诺罗莎有关中国诗歌的遗稿感兴趣？为什么费诺罗莎的遗孀偏偏会选择庞德呢？答案是很明显的。庞德自己说：“当我准备好时，费诺罗莎的手稿给我了。这节省了我很多时间……费诺罗莎于1908年去世。而我在1901年左右就开始认真研究欧洲比较文学，认真研究发生了一些什么事情以及如何发生的。”[③]既然庞德“在1901年左右就开始认真研究欧洲比较文学”，他当然不可能没有发现中国诗歌对于19世纪法国象征派的影响。而庞德的暗示还不仅仅如此，他想说经过如此多年的研究之后，在接触到费诺罗莎的手稿之时他已经对于中国诗歌相当了解了。杰夫·特威切尔等人没有充分认识到这一点的重要性，其立论的基础显然是不牢固的。

事实上，正是庞德对于中国诗歌的深刻了解才促使他提出了意象派原则；之后，因为他业已具有的对于中国诗的了解和对于中国诗的兴趣，才使得他有机会得到费诺罗莎的遗稿，并通过对于遗稿中的中国诗歌的翻译介绍，进一步具体化了其意象主义的观点，扩大了意象派的影响。

在对庞德意象主义理论的解读之中，我们不难发现中国诗歌影响的鲜

---

① ［美］杰夫·特威切尔，《庞德的〈华夏集〉和意象派诗》，张子清译，《外国文学评论》1992年第1期。

② 参见宁欣：《当代西方庞德研究评述》，《当代外国文学》2000年第2期。

③ Ezra Pound, Date Line, T. S. Eliot, *Literary Essays of Ezra Pound*, ed. Toronto: George J. Mcleod Ltd., 1968, pp.77-78.

明痕迹。庞德等人所提出的意象主义理论的核心是所谓的"意象主义三原则:1.直接处理'事物',无论是主观的还是客观的。2.绝对不使用任何无益于呈现的词。3.在节奏方面,不要按照节拍器的机械节奏,而要根据诗歌语言的音乐性来进行创作。"①一般学者从字面索义,以为庞德所提出的"意象主义"的核心就是意象,或者至少认为意象主义理论之中最为重要的是其"意象"理论。不过细察之下,我们发现这三条著名的意象主义原则并没有直接涉及诗歌意象的论述。庞德自己曾于 1927 年写信向一位朋友坦承:"'意象'这个名字的发明,只是为了在希尔达·杜利脱尔(H.D.)和理查德·阿尔丁顿(Aldington)都没有足够的诗作单独结集出版之前,向公众推出他们两人……同时也为了建立某种批评规则——不过那些规则早就被我抛弃了。"②庞德其实并不看重自己有关意象的多次论述。而且,他有关意象定义的论述此后一再修改,修改之后也还是模棱两可的。③

意象三原则的核心论述其实是有关诗歌语言问题的。其中,对于西方现代诗歌影响最为深远的是第三条:"在节奏方面,不要按照节拍器的机械节奏,而要根据诗歌语言的音乐性来进行创作。"这一原则否定了西方诗歌自古以来所受到的格律模式的束缚。后来庞德自己说:"(现代诗歌的)第一步胜利,就是打破五音步格律"(Canto LXXX1,line 54)。也正是因为这一"打破",西方诗歌从此转型,以自由诗为主流的西方现代诗歌逐渐取代传统诗歌占据了诗坛的主流地位。④

英国剑桥大学谢明博士认为,庞德是在阅读翟理思有关屈原诗歌的描述之中获取灵感,从而提出这一促使西方诗歌发生转型的重大诗歌创作原则的。翟理思说:"在公元前 4 世纪,屈原等人醉心于一种放纵的诗歌格

---

① Ezra Pound,A Retrospect,T.S.Eliot,*Literary Essays of Ezra Pound*,ed.Toronto:George J. Mcleod Ltd.,1968,p.3.

② Jacob Korg,Imagism,Nell Roberts,*A Companion to Twentieth - century Poetry*[C](127-137).ed.Malden:Blackwell Publishing Ltd,2001,p.130.

③ 参见黎志敏:《庞德的"意象"(Image)概念辨析与评价》,《外国文学研究》2005 年第 3 期。

④ 后来胡适也依葫芦画瓢,在中国诗坛掀起了"诗体大解放"运动。诗体以打破,中国诗歌也就从传统诗歌转向了现代诗歌。

律，因为这一种格律能够很好地表现他们放纵的情思。他们的诗歌就像肆意驰骋的散文”①庞德后来自己也说：“本世纪也许能在中国找到一个新希腊……相当于彼得拉克的李白时代之前的刘彻、屈原、蔡琰等中国伟大的自由诗作家是下一个世纪也许会寻找的宝藏，其激发作用之大如同希腊人之于文艺复兴。”②可见庞德真的相信了翟理思关于“屈原等人醉心于一种放纵的诗歌格律”的说法。一般中国读者都知道，屈原的诗歌是诗歌，而不是“肆意驰骋的散文”。不过，翟理思对于屈原诗歌的这一误读不但没有对于庞德造成任何危害，反而启发庞德找到了革新英语诗歌的契机。③

意象主义的第一、第二条原则的灵魂是人们常常所说的“简约理论”(poetic of hardness)。学界一般认同法国象征主义是意象主义的重要来源的观点，而法国象征主义者于19世纪后半叶在中国诗歌的影响下，就已经提出“简约理论”。④ 也就是说，意象主义的第一、第二条原则也和中国诗歌密切相关。中国读者都非常熟悉贾岛和韩愈为“僧推月下门”还是“僧敲月下门”之中的一个字反复“推敲”而结下友谊的故事。这一故事和很多其他许多故事一样，反映的是中国诗人惜墨如金的精神。这一精神贯穿于中国所有文学史之中，于中国人并不陌生，于西方诗人却比较陌生。

在这一简约精神的“指导”之下，庞德后来在翻译《神州集》时还创造了所谓“脱体句法”。⑤ 比较极端的例子是庞德将李白的“抽刀断水水更流，举杯销愁愁更愁”译为“Drawing sword, cut into water, water again flows:/ Raise cup, quenchsorrow, sorrow again sorrow”⑥。“脱体句法”为了力求精练，

---

① Ming Xie, *Ezra Pound and the Appropriation of Chinese Poetry: Cathay, Translation, and Imagism*, New York and London: Garland Publishing, Inc., 1999, p.170.

② Ezra Pound, The Renaissance, T. S. Eliot, *Literary Essays of Ezra Pound*[C](pp.214－226), ed.Toronto: George J.Mcleod Ltd., 1968, pp.215－218.

③ 这也是学者们很感兴趣的一个话题，这一事实也证明了“误读”有时也能产生积极的后果。

④ Ming Xie, *Ezra Pound and the Appropriation of Chinese Poetry: Cathay, Translation, and Imagism*, New York and London: Garland Publishing, Inc., 1999, p.4.

⑤ 赵毅衡：《诗神远游》，上海译文出版社2003年版，第232—235页。

⑥ 在《神州集》1915年版本中是“sorrow again sorry”，疑为排版错误所致，参见Ezra Pound: *Cathay*. London: Elkin Mathews, 1915, p.32。

大量删除与表现性相关性不大的语词——而这些语词一旦被删除，英语的逻辑语法结构也就被打破了。这种打破英语语法结构、提高诗歌表现力的“脱体句法”，后来被西方诗人在创作中加以承袭。雷克斯洛思说：“由于中国诗歌的影响，美国诗歌语言已经不像印欧语了，美国诗歌从逻辑上环环相扣的印欧句法转到了尽可能松散，而以并置代替环环相扣。”①这一现象，足以证明中国诗歌对于西方诗歌的影响之深。

庞德于 1908 年 10 月 21 日写给威廉斯的信件中提到一些创作方法：“1.按照我所见的事物来描绘。2.美。3.不带说教。4.如果你重复几个人的话，只是为了说得更好或者简洁，那实在是件好的行为。”②有人认为这是庞德的意象主义的萌芽。其中第四点已经明确体现了“简约理论”。这大约是庞德在“1901 年左右就开始认真研究欧洲比较文学”之中所取得的学习心得吧。但在这四点创作方法之中并没有“意象三原则”之中最为重要的第三条的任何信息。这从另外一个角度证明庞德的确是在阅读翟理思的《中国文学史》之后才总结出意象主义对于日后影响最为深远的诗歌节奏原则的。

除了法国象征主义之外，还有研究者将以 T.E.休姆、F.S.弗林特为代表的埃弗尔铁塔诗人团体作为庞德意象主义理论的另一重要来源。而以 T.E.休姆、F.S.弗林特为代表的埃弗尔铁塔诗人团体对中国诗感兴趣，也是众所周知的事实。③ 可见，在庞德意象主义理论的背后，中国的影响几乎无处不在。

后来庞德离开了其领衔组建的意象主义诗歌团体。对于他的这一举动，很多人都归咎于美国诗人艾米的介入。不过，从学术上来解释庞德的举动可能比这一义气之争的视角更有意义。我们知道，庞德在离开意象主义团体之后不久就提出了“旋涡主义”理论。从意象主义向旋涡主义的转移，其实和庞德对于中国诗歌的认识密切相关。“庞德在 1912 年发明了一个笨拙的比喻，他将词语想象为‘充满电力’的空心圆锥体”。……后来他又发

① Kenneth Rexroth, *With Eye and Ear*, New York: Herder & Herder, 1970, p.146.

② ［英］彼德·琼斯：《意象派诗选》，裘小龙译，漓江出版社 1986 年版，第 7 页。

③ A.C.Graham, *Poems of the Late T'ang*, Trans.Harmondsworth: Penguin, 1970, Preface.

现中国诗人在很多世纪之前就已经发现（任何一个明眼人借助字迹都不难看出），充盈于语词之中的能量其实是自然之中的运动能量。……几个月之后，庞德就从意象主义转向旋涡主义。”[①]由此可见，庞德从意象主义转向旋涡主义并非仅仅因为简单的义气之争，而是有着深刻的和中国影响密切相关的学术原因的。

在庞德从意象主义转向旋涡主义的那一时期，也是他将对于诗歌的研究重心从名词转向动词的时期：“在《作为诗歌手段的中国文字》一文中，费诺罗莎反驳了名词最为重要的说法。他说‘可能有人会以为图画自然是“事物”的图画，因此中文的词根就是名词。’事实上，‘研究表明：大部分中国古文字（包括所谓草书）都是动作或者过程的简化。’作为费诺罗莎思想的基础这一观点，后来成为庞德整个诗歌美学的基础。……庞德最初在意象主义理论之中提出的诗歌创作原则是‘直接处理“事物”’。但在路易斯和费诺罗莎思想的影响下，他从对于‘事物’和名词的关注转向对于‘过程’和动词的关注。很明显，作品‘教义’（Dogmatic Statement）就体现了庞德的这一新理念。”[②]

小　　结

庞德在借助中国诗歌而发起意象主义运动大获成功，这使得他在日后的翻译、创作和研究活动之中越来越倚重中国资源。这也使得学者们较易发现他在旋涡理论之中所受到的来自中国的影响。相比之下，他的意象主义理论的中国背景就更容易被人忽略。这一忽略的不良学术后果，是使人们错误地相信、强调中国诗歌和意象主义相遇的“偶然性”。

庞德本人并未提及他提出的意象主义和旋涡主义理论时受到了来自中国的影响。这并不奇怪，他自己就曾经说：“要尽可能多地从不同的伟大艺

① Hugh Kenner, *The Pound Era*, London: Faber and Faber, 1972, pp.160-161.

② Michael H.Levenson.A Genealogy of Modernism: A Study of English Doctrine 1908-1922, Cambridge: Cambridge University Press, 1984, p.128.

术家那里吸取营养,而且要体面地公开承认这种影响,或者体面地掩盖这种影响。”①大概庞德是想“体面地掩盖”他所受到的中国诗歌的影响。不过,我们从他的意象主义和旋涡主义理论之中,却不难发现中国影响的痕迹:在中国诗歌的启发下,庞德发明了意象主义;同样是在中国诗歌乃至中国文字的启发下,庞德从意象主义转向旋涡主义。而在这一过程之中,庞德就将中国诗歌的精神逐步地注入西方诗歌之中,为西方诗歌的革新找到了一股强大的动力。我们承认庞德在提出意象主义和旋涡主义理论时所表现出来的创造性,但也不能忽略中国诗歌对他所起到的启发式作用。

庞德主动接受中国诗歌的影响,一方面证明了庞德的诗歌天赋和超越他的同伴们的优异的诗歌鉴赏能力,另一方面也证明了中国古代诗歌超越西方诗歌的艺术魅力。

---

① Zhaoming Qian, *Orientalism and Modernism*: *The Legacy of China in Pound and Williams*, Durham and London: Duke University Press, 1995, p.142.

第十五章 《神州集》中的李白因素和庞德因素及诗歌意象与诗歌形式的翻译

国内外学界都十分关注庞德翻译作品的研究，尤其热衷于研究《神州集》。主要原因在于：其一，《神州集》在西方取得了空前的成功；《神州集》于1915年出版之后，“几乎所有知名现代诗人——包括叶芝(Yeats)、福特(Ford)、路易斯(Lewis)、艾略特(Eliot)、威廉斯(Williams)——都齐声称赞其清新、优美、简洁”①。其二，研究《神州集》可以揭示翻译，尤其诗歌翻译的很多奥秘。有学者以既定的翻译原则来衡量庞德所译《神州集》，认为它违背了翻译之中最重要的“忠实性”原则，因此不是好的翻译。这一派之中比较突出的代表是余光中。② 但用既定的翻译标准来研究庞德翻译的方法在逻辑上本身就值得商榷：它有“主题先行”之嫌。我们一般从成功的翻译实践之中总结翻译理论，然后再用这些翻译理论来指导翻译实践。也就是说，翻译实践是第一性的，翻译理论是第二性的。如果一部翻译作品已经被公认为是优秀作品，而又不合乎业已形成的翻译理论，那么，我们更要做的是去质疑这一翻译理论的正确性或者“正确度”(即适用性问题)。研究《神州集》的特殊意义正在于此：因为我们可以探究促成了庞德成功，而又不合乎传统理论的翻译现象。

对于《神州集》“忠实性”的讨论在西方早已出现。但西方学者并无指

① M Alexander, *Ezra Pound's Achievement*. London: Faber & Faber, 1979, p.98.

② 余光中：《余光中谈翻译》，中国对外翻译出版公司2002年版，第31页。

责庞德之意,反而将这种“不忠实”作为庞德的“创造性”优点加以称颂,甚至因此刻意淡化《神州集》的翻译性质,试图将《神州集》的成绩完全归功于庞德个人。例如艾略特就说:“我们今天所知道的中国诗歌,是由庞德所‘发明’的……我对此(指《神州集》译文的忠实性)感到怀疑:我预计三百年后……(《神州集》)会被(公正地)称为‘20 世纪诗歌的出色样板’,而非译作。”①艾略特是 20 世纪西方文坛巨匠,他的这一说法被中外学界反复引用。不过,如果我们细细品味一下这段话中的“发明”二字,就不难发现所谓“发明”(invent)明显含有“创造(某种事先并不存在的东西)[make or design (something that did not exist before)—*Oxford Adcanced Learner's English-Chinese Dictionary*]”之意,而这种含义对于在西方久负盛名的《神州集》的“翻译”本质具有强烈的否定意味。

更有不少中外学者公然声称《神州集》是“一组基于中国素材的英语诗歌,而不是翻译作品”②。

一、《神州集》中诗歌意象(意境)的中国源头

从诗歌意境的角度,我们不难发现《神州集》之中的中国诗人因素,以及这种因素对于西方现代诗歌的重大影响。

中国诗人一般认为:一首诗歌的成败,主要看诗歌意境的有无;一首诗歌质量的优劣,主要看诗歌意境的高低。在他们眼中,“意境”就是诗歌的灵魂。几千年来,中国诗界有关诗歌意境的精彩论述层出不穷。王昌龄在《诗格》中说:“诗有三境。一曰物境。……二曰情境。……三曰意境。亦张之于意而思之于心,则得其真矣。”王昌龄的《诗格》是一本教人作诗的书,他在这句著名的论断之中认为诗歌的最高追求是“意境”。近代王国维在其《人间词乙稿序》进一步阐释说:“文学之事,其内足以摅己而外足以感

① Ezra Pound, Selected Poems, London: Faber and Faber Ltd.1959, pp.15-17.

② 郭为:《埃兹拉·庞德的中国汤》,《读书》1988 年第 10 期。

人者,意与境二者而已。上焉者意与境浑,其次或以境胜,或以意胜。苟缺其一,不足以言文学。"他强调诗歌之中的"意"与"境"二者不可或缺,而且要相得益彰。他还接着说:"至意境两浑,则惟太白、后主、正中数人足以当之。"

中国诗学中的"意境"是一个时空概念。例如杜甫的《绝句四首(其三)》:"两个黄鹂鸣翠柳,一行白鹭上青天。窗含西岭千秋雪,门泊东吴万里船。"之中以"黄鹂""白鹭""翠柳""青天"几个基点意象,撑起了一个诗意的空间;而"千秋雪"又为这个诗意的空间拉开了时间的跨度。西方诗学中的"意象"并无这种鲜明的时空意蕴。在西方人眼里,"意象"(image)往往指一个画面。例如西方著名批评家刘易斯说:"简单地说,诗歌意象是由文字刻画出的画面。"①西方诗歌自古希腊荷马史诗起就以"叙事"为主流,注重具体的时间、地点、人物的描写;西方诗人在个别意象的塑造方面成绩尚可,但在诗歌意境方面并无建树——他们基本没有这种艺术自觉。

庞德在大量阅读中国古典诗歌和费诺罗萨笔记的过程之中,本能地领悟到中国诗歌意象和"意境"的妙处。这导致他在翻译《神州集》的各首诗歌之时,尝试努力再现原诗之美;为此他甚至不惜打破英语的语法结构,创造了所谓"脱体句法"(disembodiment)和"并置结构"(juxtaposition)。② 例如庞德将李白的《送友人》的头两句"青山横北郭,白水绕东城。"翻译为"Blue mountains to the north of the walls,/ White river winding about them",这两行英语诗句明显和英语的正常语法相悖。比较极端的例子是将李白的"抽刀断水水更流,举杯销愁愁更愁"译为"Drawing sword,cut into water,wateragain flows:/Raise cup,quench sorrow,sorrow again sorrow"③。

庞德运用"脱体句法",打破英语语言的语法结构,可以在一定程度上解放句法对于意象的束缚,使得诗人更容易以并置结构创造"意境"。例如"Blue mountains to the north of the walls,/White river winding about them;"之

① Day Lewis, *The Poetic Image*, Los Angeles: Jeremy P.Tarcher, Inc., 1984, p.18.

② 赵毅衡:《诗神远游》,上海译文出版社 2003 年版,第 221—235 页。

③ 在《神州集》1915 年版本中是"sorrow again sorry",疑为排版错误所致,参见 Ezra Pound: Cathay, London: Elkin Mathews, 1915, p.32。

中的“blue mountains”和“White river”的并置就较好地构成一种张力,撑起了一种诗意的空间。这种诗歌中的意象并置,构成了庞德所追求的一种“能量”①——而这种能量的本质,就是人们在阅读诗歌时从一个意象到另一个意象的想象跳跃以及由这种跳跃所构成的审美张力。

可惜的是,庞德并没有在理性层面意识到中国诗歌的“意境”诗学,因此,他尽管进行了一些本能的模仿,却未能提出相应的理论,因此在诗歌“意境”的构造方面只是流于浅尝辄止的层面。

不过,庞德所创造“脱体句法”却在西方诗坛受到欢迎,并且为西方诗人更为自由地使用语言提供了方便。而且,他以“脱体句法”所翻译的中文诗歌也深为读者喜爱,是很好的翻译样本。那么,它是否“忠实”呢? 如果说这是应该提倡的“忠实”,那么我们在翻科技文章时可以运用“脱体句法”吗? 答案显然是否定的。最根本的问题是:我们评价翻译“忠实”的标准是什么呢?

从符号学的角度来看,诗歌语言属于“能指”的范畴,诗歌意象属于“所指”的范围。作为能指的诗歌语言是人为的、主观的,因此在翻译之中就无所谓“忠实”与否——中西语法在这一层次上没有相关性,无法找到评价的客观标准。相反,“所指”是客观的,诗歌意象的翻译可以找到评价“忠实”与否的客观标准。② 也就是说,尽管我们不能从“句法”的角度来评价庞德的译文是否忠实,然而我们能够从意象的角度评价庞德的译文。

庞德创造的所谓“脱体句法”,恰恰可以比较忠实地再现原诗的“意境”。对比一下李白的《送友人》和庞德的 *Taking Leave of a Friend*,尽管两首诗歌在个别意象上有出入,但是它们所表现的“青山绿水之间,两位朋友依依惜别”的意境却是相同的。细细对比一下,我们发现《神州集》之中的所有译文表现的都是和中文原作相同或者基本相同的意境。换一句话说:

---

① 根茨勒曾说:“庞德的理论是建立在一种语势(energy in language)之上的。”(参见 Edwin Gentzler,*Contemporary Translation Theories*.London:Routledge,1993.p.19)其实,语言之间并无任何 energy。诗歌之中的能量,是指诗歌语言的跳跃激发读者想象而产生的“能量”。好的诗歌总是留下大量空白,将细节留给读者去想象。

② 由于文化的影响,人们所体悟到的意象可能有所不同,但这可以归为正常的“诗无达诂”的范围。

庞德的译作其实是符合忠实原则的。

国内外学者发表了大量论文来关注《神州集》之中占比例极小的单个意象误译。不过庞德早就承认自己在翻译《神州集》时不谙中文。庞德的单个意象误译,有的是因为费诺罗萨笔记本身有误,有的是因为他的自由创造发挥。[①] 即便是将庞德因为“不谙中文”而导致的几个“硬伤”逐个订正,对于《神州集》的整体艺术水平也并无多大的贡献。尤其考虑到文化背景的不同和庞德翻译的目的,这种更正的必要性更加微不足道。难怪庞德后来拒绝对于《神州集》作任何修改。

庞德的《神州集》取得了巨大的成功,甚至比他个人的创作更为成功。有人观察后认为:“有一个人读过庞德自己创作的诗,就有十个人读过庞德翻译的中国诗。”[②]这种情况令人深思:同样的语言天赋,同样的诗歌形式,为什么庞德的译诗比他自己的创作反而更为出名呢?同样的现象在庞德之后的意象主义运动的领头人艾米·洛厄尔身上重复上演:有人认为她自己创作的作品不值一读,但是她的翻译作品《松花笺》(*Fir Flower Tablets*, 1921)却具有很高的艺术价值。[③] 究其原因,恐怕是因为他们所翻译的作品之中的意象选择、意境创造都是中国诗人的劳动成果——一种超越庞德、洛厄尔的诗歌才能的因素,一种庞德、洛厄尔无法替代、更无法“发明”的因素。[④]

更有趣的是庞德因为翻译中文诗歌而创造的“脱体句法”,后来被西方诗人在创作中加以承袭。W.S.莫维说:“以我们的语言书写的诗歌不会再

---

① 参见王贵明:《论庞德的翻译观及其中国古典诗歌的创意英译》,《中国翻译》2005年第6期;谢丹:《音象·形象·意象——庞德语势翻译理论三个案例》,《西南交通大学学报》(社会科学版)2006年第3期;朱湘军、郑敏宇:《理解与翻译》,《西安外国语学院学报》2005年第1期。

② Noel Sock, *Ezra Pound Perspective*, Chicago: Henry Regnery Company, 1965, p.211.

③ Kenneth Rexroth, *American Poetry in the Twentieth Century*, New York: Seabury Press, 1973, p.35.

④ 笔者认为,其中的原因主要有两点:第一,中国古人写诗十分注意“运思”,而西方诗人缺乏这种创作自觉;第二,奇妙的诗歌意境的创造还得益于一种少数人才有的诗歌天赋。即便王国维所谓“以我观物,故物皆著我之色彩”的“有我之境”的心理条件,也并非人人皆有的天赋。

与以前一样了。不管我们是否承认，我们所有人都欠着卫利和庞德一份情。”①叶维廉说：“无疑地，他（庞德）在完成《神州集》后，越来越多地朝并列结构和消除语法联系的方向努力。”②雷克斯洛思（Kenneth Rexroth）说：“由于中国诗歌的影响，美国诗歌语言已经不像印欧语了，美国诗歌从逻辑上环环相扣的印欧句法转到了尽可能松散，而以并置代替环环相扣。”③这体现了中国诗歌对于美国现代诗歌的深远影响。由于西方语言本身的限制，西方诗歌也许难以企及中国诗歌之中的意境之美。但庞德创造的“脱体句法”在客观上也加大了西方诗歌所能够创造的时空意蕴的自由度，大大提升了西方诗歌的美学价值。

二、《神州集》中诗歌形式的创新

在诗歌形式方面，则是另外一种情况。诗歌不同于其他文体的最大特点是它具有独特的形式。几乎所有中国古诗都有严格的形式要求：主要体现在每个诗句的字数和句末押韵上。这一点在《诗经》之中就有明显的表现：《诗经》之中的大部分句子包含四个汉字，很多句子押尾韵。庞德在翻译《神州集》时不懂中文，对于中文古诗之中的音韵更是一无所知。庞德自己承认：“在我译《神州集》时，我对于（中国诗歌的）音韵技巧一无所知。”④

在庞德翻译《神州集》之前，西方已经有人翻译介绍了一些中国古诗。而且大部分都是以自由体来翻译中国古诗。也就是说，用“自由体”翻译中国古诗在当时已经成为一种为公众所接受的常态。而庞德在阅读了翟理思有关屈原诗歌的描述之后还误以为中国诗歌本来就是运用“自由体”的形式进行创作的。翟理思说：“在公元前 4 世纪，屈原等人醉心于一种放纵的

① W.S. Merwin, ed. *East Window: The Asian Poems*, Port Townsend, WA: Copper Canyon Press, 1998, p.3.

② Wai-lim Yip, *Ezra Pound's Cathay*. Princeton: Princeton University Press, 1969, p.160.

③ Kenneth Rexroth, *With Eye and Ear*, New York: Herder & Herder, 1970, p.146.

④ 赵毅衡：《诗神远游》，上海译文出版社 2003 年版，第 209 页。

诗歌格律,因为这一种格律能够很好地表现他们放纵的情思。他们的诗歌就像肆意驰骋的散文"①庞德后来自己也说:"本世纪也许能在中国找到一个新希腊……相当于彼得拉克的李白时代之前的刘彻、屈原、蔡琰等中国伟大的自由诗作家是下一个世纪也许会寻找的宝藏,其激发作用之大如同希腊人之于文艺复兴。"②可见庞德真的相信了翟理思关于"屈原等人醉心于一种放纵的诗歌格律"的说法。

庞德对于中国原诗形式的误解导致他在翻译时完全没有想到要去"再现"原诗的形式,这造就了他的成功。③ 乔治·斯坦纳认为《神州集》:"改变了人们对于语言的感觉,为现代诗奠定了节奏模式。"④那么,我们是否可以就此总结:在诗歌翻译之中必须效仿庞德、不尝试"再现"原诗的形式呢?

很多学者在翻译英语诗歌时都十分注意"诗歌形式"的翻译。对于他们来说,"不必尝试再现原诗形式"的结论未免太过激进。不过,如果你问问他们翻译"诗歌形式"的理论基础是什么,他们一般也答不出来。他们的很多翻译实践也颇值得商榷。例如有人尝试用十个汉字来翻译英文诗歌之中最为平常的抑扬格五音步,的确,这样所翻译出来的诗句在音节数目上好像与原诗对应了。但是,译作在诗歌的音响效果上与原诗相比却完全"失真":抑扬格五音步是英语中最常见的句式,其发声长度自然舒适;而由十个汉字组成的中文诗句的发声时间相比之下超出了不少,变得比较生硬拗口,表达的情感因此和英文原文大相径庭。这种翻译看似"忠实",其实完全背离了翻译中的等效原则,是捡了芝麻(诗歌形式)丢了西瓜(诗美),是

① MingXie, *Ezra Pound and the Appropriation of Chinese Poetry*: *Cathay*, *Translation*, *and Imagism*, New York and London: Garland Publishing, Inc., 1999, p.170.

② Ezra Pound, The Renaissance. Eliot, T. S., ed., *Literary Essays of Ezra Pound*, Toronto: George J.Mcleod Ltd., 1968, pp.215-218.

③ 从接受者的角度来看,庞德借助中国诗歌推出他主张的"自由体"诗歌形式,更容易让读者接受其"既定性"而承认其存在的合理性,从而进一步确定其权威性。直到很多年后,还有不少西方读者以为庞德所翻译的中国诗歌本来就是自由体诗歌。(参见 MingXie, *Ezra Pound and the Appropriation of Chinese Poetry*: *Cathay*, *Translation*, *and Imagism*, New York and London: Garland Publishing, Inc., 1999.p.4.)。

④ G.Steiner, *After Babel*: *Aspects of Language and Translation*, Oxford: Oxford University Press, 1975, p.86.

一种不懂诗歌美学的外行做法。龙清涛认为中文的“七言与生理上的一次呼吸,口语中一句话的时值非常接近。”①如果我们依据等效原则,就要用七个字左右的句子来翻译英语的抑扬格五音步,就必须完全改变原文“抑扬格五音步”的格律形式。

从理论上来看,诗歌形式是和诗歌语言(能指)的语言特征紧密相连的。翻译是一种能指的转换;能指的转换必然导致与之相伴的语言特征的完全改变。在译入语之中能够多大程度地保留译出语的语言特征,取决于这两种语言体系的“亲疏”程度。由于中西语言体系差别很大,在中英文互译时保留对方的语言特征的空间也很小。② 具体到诗歌形式方面,中英诗歌之间也不存在对应的同等性质的格律形式。因此,中西诗歌形式的翻译并不存在合理性的基础。也就是说,在中英诗歌互译之时,可以不必考虑诗歌形式的翻译问题;而可以完全根据本民族的语言特征和诗歌形式来决定译作的形式问题。一个民族的读者在对于另外一个民族的诗歌形式本身毫不知晓的情况之下,对于译作的诗歌形式的审美期待也不是建立在另一种语言特征之上的,而是建立在本民族语言的基础之上的。一首译作在形式方面的成功,完全取决于目的语的语言文化环境。庞德以自由体翻译中国古诗可以取得成功,中国诗人白莽将匈牙利诗人裴多菲的《自由·爱情》翻译成为有形式的五言结构《生命诚可贵》同样大获成功。可以说,在中英诗歌翻译之中,除非因为某种特殊的需要,我们完全可以不理会原作的诗歌形式。

小　　结

1917 年庞德在谈到《神州集》时说:“主题是中国的,但翻译的语言却是我的。”③庞德模糊其辞,有意误导读者认为《神州集》是“一组基于中国提

① 龙清涛:《新诗格律探索的历史进程及其遗产》,《中国现代文学研究丛刊》2004 年第 1 期。

② 不同语言之间的亲缘关系越近,诗歌形式的翻译空间就越大。反之亦然。

③ MingXie, *Ezra Pound and the Appropriation of Chinese Poetry: Cathay, Translation, and Imagism*, New York and London: Garland Publishing, Inc., 1999, p.4.

材的英语诗歌”。但本文从诗歌意境的角度却清晰地辨明《神州集》之中的中国诗人因素,从而毫无疑问地确定其翻译性质;作为《神州集》成功的关键因素,中国诗歌意境是庞德无法靠自己的能力“发明”代办的。同时我们认为:庞德在《神州集》之中所运用的诗歌形式和原文并不相关,是庞德结合当时的诗歌翻译和诗学需要进行的创造。庞德自己也说过,诗歌意象可以大部分或全部完好无损地译出;而诗歌形式的翻译却是不太可能的。①

可见,《神州集》是李白等中国诗人和庞德跨越时空的共舞;其中领舞者还是中国大师。任何过于努力抬高《神州集》之中的庞德因素乃至完全否定其中的李白等中国诗人因素的说法都是不科学的。追溯这种不良倾向的原因,要么是知识水平的局限,要么是道德上“不诚实”的因素在作怪。这种无视事实的倾向,当然是要归于失败的。

① Ezra Pound:How to Read;The Renaissance,*Eliot*,*T.S.*,*ed.Literary Essays of Ezra Pound*,Toronto:George J.Mcleod Ltd.,1968,p.25.

第十六章 “意境”与“会意语法”:现代英语诗学(诗歌)的“潜在创新域”

对于庞德本人而言,他翻译并出版《神州集》的主要目的乃是为他自己所提出的意象主义诗歌创作理念服务——果然,因为《神州集》的巨大成功,他所提出的意象主义理论也的确得到了大家的认可。在庞德那里,他的译作是否“忠实”于原文本来就不是一个问题。无论如何,《神州集》的成功也证实了他的翻译(不论忠实与否)就是成功的。

谢明深入探讨了帮助庞德取得巨大成功的翻译策略,他认为:“从根本上来说,庞德是一位‘拿来主义’的翻译家。对他而言,翻译工作乃是对原作的内在艺术性的回应……是让其内在艺术复活,并且成为他自己的。”① 由此可见,庞德并不是在“忠实”的层面来考虑翻译活动的。谢明进一步解释道,庞德“相信一篇好的译作不应该去尝试精确地复制原诗中的情感体验;好的译作应该体现译者自己对原文形式结构的阐释,体现译者在新的语言中的感受——这里关涉到译者自身语言的表达习惯和译者当时的表达关切之间的一种微妙的互动结果。”②谢明对庞德的翻译策略和技巧研究颇为深入,其阐述也颇具启发意义。然而,当我们进一步认真思考庞德到底是出于何种意图来翻译中国古诗时,我们就能对相关问题获得更加全面的认识——庞德并不是想成为一名“翻译家”,而是要成为英语诗歌的“创新者”。

---

① Xie Ming, *Ezra Pound and the Appropriation of Chinese Poetry*: *Cathay*, *Translation*, *and Imagism*, New York and London: Garland Publishing, Inc., 1999, p.232.

② Xie Ming, *Ezra Pound and the Appropriation of Chinese Poetry*: *Cathay*, *Translation*, *and Imagism*, New York and London: Garland Publishing, Inc., 1999, p.214.

从文化政治的角度来看,中西方学者在对待庞德与中国诗歌关系的问题上存在着明显的分歧。国内学者有意无意之中总是倾向于强调庞德所受到的中国古诗的影响与启迪,而西方学者,包括庞德自己和他的朋友在内,则倾向于弱化或者完全否定中国古诗的作用。庞德自己曾经说道:“尽可能多地接受伟大的艺术家们的熏陶,然后或者得体地公然承认自己所受的恩惠,或者大方地尽量将其掩盖。”①在对待中国诗歌的态度上,庞德似乎“大方地”采取了后一种方法。

作为庞德最亲密的朋友之一,艾略特曾经评论道:“我们今天所知道的中国诗歌,乃是庞德所‘发明’的。”②在此评论中,艾略特巧妙地悬置了对中国诗歌艺术性本身的思考,将《神州集》的成功以及由此引起的西方读者对中国诗歌的兴趣都归功于庞德。在这一点上,庞德更加“开放”,他在1917年评价《神州集》时说道:“我以为,该诗集的素材是中国的,但译文的语言却是我的。”③在诗学中,一首好诗的关键不在于说了什么内容,而在于如何表达。明白了这一点,我们就会发现庞德的观点实际上与艾略特的并无二致。而且庞德的评论似乎也并无不妥,因为译文的英语确实就是他的语言。

用现代语言学的知识进行考察,庞德的话可以表述为:“所指是中国的,能指是我的。”这样一来,我们就能够清楚地发现庞德话语中的纰漏,——能指与所指就像一枚硬币的两面一样,只是一种语言的两面而已。因此,准确地说,《神州集》里面的语言并非庞德一个人的,而是他和原诗作者所共有的。

庞德并没有告诉我们他为什么要努力“掩盖”他受惠于中国诗歌的事实。事实上,如果他更为开明,愿意更加深入地研究中国诗学,那么,他必然可以发现还有大片尚未被深入探究的土地,在这片土地之中还蕴藏着大量的资源——在现代文化语境下深入研究这些资源,能够让中西现代诗歌大受裨益。

---

① Zhaoming Qian, *Orientalism and Modernism*: *The Legacy of China in Pound and Williams*, Durham and London: Duke University Press, 1995, p.142.

② Ezra Pound, *Selected Poems*, ed. T.S. Eliot, London: Faber and Faber Ltd. 1959, p.15, Introduction, 1928.

③ Xie Ming, *Ezra Pound and the Appropriation of Chinese Poetry*: *Cathay*, *Translation*, *and Imagism*, New York and London: Garland Publishing, Inc., 1999, p.218.

一、意象思维、意境以及意境对思维的拓展

埃兹拉·庞德无论在西方还是中国都是一个颇有争议的人物:人们在高度赞扬其诗歌才华的同时,也对他的法西斯政治倾向提出了严厉的批判。本文的研究重点在于前者,而非后者。本文重点不在于讨论庞德从中国诗歌与诗学中学到了多少东西,而在于讨论他本来可以学到的更多的东西。这些更多的东西,无疑非常有利于他期望促使英语诗歌"日日新"的伟大理念。

从能指的角度看,中文诗和英语诗迥然不同,的确具有不可译性。不过,从所指的角度来看,两者却具有兼容性,是可以互译的。事实上,我们可以设想一下人类在没有发明语言之前的某个历史阶段(或者个人尚未学习语言的某种心理阶段):在这个阶段,人类只能以自身的生活经验为基础,并凭借大脑中的"表象(意象)"来进行思考。在那个阶段,人类的思考凭借的"语言"(或者称为原始语言)只有所指,没有能指。在这个阶段,中国人和西方人的思维方式是几乎相同的,不存在语言区别以及各种根深蒂固的不同的文化偏好。

在语言产生之后,人类开始用词语进行思考,并且逐渐具备了"概念思维"的能力。为了让"概念思维"更为连贯、有效率,人类还发明了逻辑规范。然而,尽管"概念思维"能够帮助人类更有效率地思考,它们却不可能完全取代"意象思维",因为"概念思维"本来就是以"意象思维"为基础的。事实上,抽象思维与意象思维是迄今为止人类最基本的两种思维方式。

意象与情感直接相关,因此它在诗歌研究中一直处于中心地位。庞德正是从"意象"着眼提出"意象主义"的,而意象主义也对英语诗歌,乃至整个西方诗歌产生了巨大的影响。艾略特就曾说过:"人们通常地、便利地认作现代诗歌的起点,是 1910 年左右伦敦的一个名为'意象主义者的团体'。"①意象主义运动对于西方现代主义具有十分重要的作用,这一点在学

---

① 转引自[英]彼德·琼斯:《意象派诗选》,裘小龙译,漓江出版社 1986 年版,第 2 页。

术界已达成广泛的共识。理查德·欧瑞曾经指出,意象主义运动"最先遵循了庞德从中国诗歌研究中所得出的'日日新'的信条,是其后所有的现代主义运动的先锋。"①在庞德之前,惠特曼和狄金森在诗歌创作中都有巨大的创新,不过,他们一般被认为是现代诗歌的先驱,而庞德才是现代诗歌的创始人。

庞德对诗歌"意象"进行过三次定义。第一次定义是在 1913 年 3 月,他说:"'意象'是在瞬间呈现某种智性和情感的综合物。"②第二次定义是在 1914 年 9 月,那时他认为:"意象并非一个意念。它是一个能量辐射的中心或者集束——我只能称之为旋涡。意念不断地涌进、涌过、涌出这个旋涡。"③1915 年 1 月,庞德又对"意象"作了第三次阐释:"意象不仅仅是一个意念(idea)。意象是一个融合在一起的意念的旋涡或者集合,充满着能量。如果一个'意象'不能满足这些条件,那它就不能算是意象。"④或许庞德是想给予"意象"一个清晰的定义,但是经过一番仔细的考察,我们会发现庞德的三次定义只是说出了一个几乎人所共知的事实,即意象具有情感伴随的人类大脑中的图像。⑤

庞德的《地铁车站》是一首他自称是"单意象"的诗歌,这首诗非常著名,但从审美的角度看,这首诗并不美。它之所以出名,在很大程度上是因为它阐释了庞德的"叠置"概念以及庞德关于"意象"的主张⑥。这种诗可以称为"标本诗",其价值依赖于它所标本的诗学理论。⑦

---

① Richard Oram, cited in Guiyou Huang, *Whitmanism, Imagism, and Modernism in China and America*, London: Associated University Presses, 1997, p.94.

② Ezra Pound, "A retrospect", in *Twentieth Century Literary Criticism: A Reader*. David Lodge ed. Longman, 1972, p.59.

③ EzraPound, "Vorticism", in Gaudier-Brzeska: A Memoir. New Directions, 1970, p.92.

④ Ezra Pound, "Affirmations--As For Imagisme", In *Selected Prose*: 1909-1965. ed. William Cookson. New Directions, 1973, pp.374-77.

⑤ 参见黎志敏:《庞德的"意象"(Image)概念辨析与评价》,《外国文学研究》2005 年第 3 期。

⑥ Pound explained that "The 'one image poem' is a form of super-position, that is to say, it is one idea set on top of another." (Pound, Ezra. "Vorticism", in Gaudier-Brzeska: *A Memoir*. New Directions, 1970: 89.)

⑦ 参见黎志敏:《庞德的"意象"(Image)概念辨析与评价》,《外国文学研究》2005 年第 3 期。

事实上，具有中文古典诗歌阅读经历的读者，很难对庞德的意象主义主张或者诗歌产生兴趣，尽管这些主张和诗歌对英语诗歌产生了巨大影响。在中国，读者更感兴趣的是“意境”，即由一组意象构成的五维世界，而不是叠置的单一意象或者按照时间顺序松散排列的一组意象。

意境是中国诗学的一个核心概念，中国诗人和读者们对意境的讨论长达几千年之久，然而，只有王国维的论述被认为是最具有启发意义的。在王国维看来，意与境是两个不同的世界，是一首好诗中不可或缺的：意是指诗人的内心世界，境则指诗中呈现的语言世界。只有当两者都很完美，且相得益彰时，一首诗才能称为“好诗”。他还认为，在成千上万的中国古代诗人中，只有极少数（包括庞德在《神州集》之中重点译介的诗人李白）在这方面做得很好。① 意境不像庞德那样呈现“单个”意象，而是呈现一组意象，以此创造一种能够呈现“智性和情感”交汇融合的审美世界。

艾略特曾提出过享有盛誉的“客观对应物”理论，他说：“通过艺术形式表现情感的唯一办法，就是找到‘客观对应物’。所谓客观对应物，即指能够触发某种特定情感的、直达感官经验的一系列实物、某种场景、一连串事件。一旦客观对应物出现，人们的情感立即就被激发起来了。”②艾略特这段话颇有洞见，常被研究者引用，不过，其中也存在盲点。既然艾略特说“人们的情感立即就被激发起来了”，那么，他在潜意识里就认为那些“情感”是“已经”存在于读者心里的了。③ 而这显然并不正确——如果正确的

① 近代王国维在其《人间词乙稿序》阐释说：“文学之事，其内足以摅己而外足以感人者，意与境二者而已。上焉者意与境浑，其次或以境胜，或以意胜。苟缺其一，不足以言文学。”他强调诗歌之中的“意”与“境”二者不可或缺，而且要相得益彰。他还接着说：“至意境两浑，则惟太白、后主、正中数人足以当之。

② Eliot, T.S., “Hamlet and His Problems”, in *The Sacred Wood: Essays on Poetry and Criticism*. Methuen, 1967, p.100.

③ Dr. Jenny Greenshields, while exchanging emails with the author, commented on this point: “‘Evoking’ doesn't necessarily mean calling to mind something that is already there. It is often used to describe recalling/remembrance, but it can also simply mean provoking or creating an image in the mind (i.e. not something that already existed there).” My argument is that it is more likely that Eliot applied “evoke” in the normal sense, as he did not discuss on the importance of poetic images to create something new for the reader, which is crucial to judge whether they are successful or not. He should have discussed on this issue if he had realized it.

话,一首好诗就不能真正地帮助读者智性或者感性的生长,对读者也就没有多少益处了。①

一首优秀诗歌作品之所以优秀,归根到底在于它能够给读者带来某种“新意”,而这种“新意”能够帮助读者在智性或者感性方面的能力得以提高。换句话说,一首好诗必须能够帮助读者理解、体会、发展出一些新的智力或者情感,而不是仅仅激发读者心里业已存在的感情。唯有如此,读者才能在阅读中“发现”一些新颖的、迷人的、有益的事物,从而得以享受阅读。这也是好诗必须具有的“教育”价值。

每个人都拥有从日常生活中习得的一定的情感能力,例如某人得到了一个苹果,吃了苹果之后发现它是甜的。这样,这个人就会在脑子里储存一个苹果意象,并且将这个意象标记上“甜”的情感标签。之后,每当苹果的意象在脑中被激活时,这个人关于苹果是“甜的”的情感标签就会被激活,从而使他产生欣然接受的意愿。

生活错综复杂,人们不能仅仅只是依赖非常有限的个人生活经历来获得情感能力,人们需要迅速地拓展其情感能力以适应生活需要。在这一方面,诗歌能够提供极好的帮助。

和其他文学体裁一样,诗歌可以通过讲述一些读者在日常生活中较少经历的故事或者体会,帮助读者更好地理解这个世界并以此增强他们的智性或者感性能力。这种故事叙述方法通常都会遵循着因果逻辑,古希腊诗人荷马就是运用这种方法创作诗歌的高手。

然而,从意象的角度看,一首真正伟大的诗歌可以通过意境达到其他文学体裁无法企及的效果。在这类作品中,诗人小心翼翼地选择、精心地呈现意象群,使它们互相辉映,相得益彰,最后得以创造出一些“全新”的,读者在日常生活中无法体会的经历以及智性领悟与情感体验。这就是诗歌不可能被其他文学体裁所取代的原因,也是读者只能通过读诗将智性与情感能力提高到一定水平的原因。这是诗歌独一无二之处所在。

① 庞德曾经指出,一首好诗就是要帮助读者在智性和感性方面取得成长。笔者也认同这一观点。

自荷马以来，西方诗歌就擅长叙事，中国古典诗歌也包含叙事元素。不过，中国古诗的精华却在于意境。即使在叙事类的诗歌作品中，也会有美丽的意境，例如庞德在《神州集》中所翻译的李白的《长干行》：

五月不可触，猿声天上哀。
门前迟行迹，一一生绿苔。
苔深不能扫，落叶秋风早。
八月蝴蝶来，双飞西园草。
感此伤妾心，坐愁红颜老。

无论在李白的中文版还是在庞德的英文版之中，都不难发现系列诗意焕然的意象，比如头顶的"猿声"、丈夫迟缓的"行迹"、长在门口的几茬"绿苔"、早秋的"秋风""落叶"、成双成对的"蝴蝶""草""西园"以及哀伤变老的女主人公。所有的这些意象相互呼应，共同在读者的脑海里构建了一个五维的诗意世界，即美丽的三维空间，加上第四维度的时间和第五维度的文化价值（妻子对丈夫深深的爱恋与相思）。

在大多数情况下，中国传统"意境"诗既没有叙述成分，也不遵循西方的语法规则，例如马致远的《天净沙·秋思》：

枯藤，老树，昏鸦，
小桥，流水，人家，
古道，西风，瘦马。
夕阳西下，
断肠人在天涯。

美国当代著名诗人查尔斯·伯恩斯坦将这首诗翻译为：

After Ma Zhiyuan
Withered vines

Old trees
Dusk crow
Small bridge
Flowing water
Folks home
Ancient road
West wind
Thin horse
Setting sun
Down West
Broken Heart
Far away①

从语法上来看,这首诗的英文版是支离破碎的,但中文版却毫无问题——古代的中文本来就没有标点符号或者语法规范,这些语法元素是在20世纪初期才从西方引进的。中国古诗在词语之间是没有空格的,诗句也没有分行的习惯,这些也是在20世纪初期从西方引进的。中国古代汉语本来就是和西方大相径庭的,我们可以称为“会意语法”,即一种缺乏形式逻辑语法,却具有深层意义生成机制的语言规则。

马致远的《天净沙·秋思》表面上表达了诗人的思乡之情,深层次上却是在强化忠于家庭、热爱家庭的文化价值与情感。

在构建“五维诗意世界”的基本原则之外,《天净沙·秋思》还很好地体现了中国古代诗人创造诗歌意境的重要操作规范:要善于选择最为生动、具体的意象来构造诗歌意境,要精练而不要贪多。意象过多,反而会充塞读者的大脑,使得画面重点不突出,从而也不够清晰。就像中国古代绘画一样,在诗歌中留下一些优雅的空白,可供读者自由发挥想象力,让读者得以用自己的生活经历来完成意境的构造——而读者自己的生活经历对他们自己而

① It is in an email sent to me by Charles Bernstein in October of 2016.

言乃是最为生动具体的了。1909 年,庞德在伦敦为叶芝担任秘书时,经常去大英博物馆参观亚洲艺术品的展览。在那里,他细看了许多中国古典绘画,自然也会受到一些启发。但遗憾的是,他仍然错过了许多宝贵的东西。如果庞德更多地研读中文古代诗歌与诗学,就很可能将他所发动的意象主义运动进一步推到了"意境"的境界。

当我们阅读一首纯粹的叙述诗,一部戏剧,一本小说,一本历史书,甚至是一本哲学书时,我们一般是按照线性的因果思维方式来思考的,如同走路或跑步一样,这也是逻辑理性思维的基本模式。不过,在欣赏诗歌的意境之时,却不能使用线性思维模式,而要采用一种全方位的体验模式,如同一个站立的人观察并感知周围的一切。而这两种对待诗歌和艺术的不同态度在一定程度上也体现了中西文化哲学的不同:西方哲学更注重前进,而中国哲学更强调平静。

中国读者读诗的最大乐趣之一在于背诵诗歌,并在诗歌之中沉思——他们将自己沉浸在诗意的世界里,将它变为自己的精神家园,享受着天堂般的快乐。通过这种阅读与欣赏方法,读者可以深切体会到诗人们所表达的各种或汹涌或细腻的情感,如此,他们的智性与感性能力也得到了开拓和提升。

二、会意语法

西方语言的基石是语法,西方社会一直都十分重视语法,到目前为止,西方语言已经拥有了一套十分成熟的规则。不过,汉语语言却大不一样:第一部汉语语法书是由马建忠于 1898—1899 年完成的,而且他是根据西方的语法体系来为创建汉语语法的。[①] 到了 20 世纪,汉语语法才逐渐得以推广,而且日臻完善。毫无疑问,汉语语法的创建极大地扩展了汉语语言的表达能力,使得人们能够运用更加清晰准确的语言表达各种复杂的观点。向

---

① 该套书共 10 册,前 6 册于 1898 年出版,后 4 册于 1899 年出版。

西方学习语法乃是中国在现代与西方交流取得的最伟大的成就之一。

在此之前,汉语也有一套内在的语法体系。不过,这一语法体系从未被规范化,在历史上也没有得到很好地发展,因为没有人对它们进行过全面地研究,也没人把它们写出来。固然,人们也能用文言文翻译康德的哲学著作,不过,译文无法精确地表达出康德的各种观点,让人读来十分费劲。① 后来有人用现代汉语翻译康德,译文就很好懂了,而且康德的观点也能得到充分表达。正是由于语法的创建,现代汉语才获得了充分表达西方语言里存在的各种复杂观念的能力。毫无疑问,汉语语言的改变,扩展了中国人的语言能力,也极大地改变了中国人的思维模式。

西方写出来的语法(简称“成文语法”)更有体系,更有表达能力,不过,它不是反映人类思维的最基本的语法。事实上,成文语法是以另一种更为基本的语法规范为基础的——我们可以称为“会意语法”(sense-grammar)。例如,当一个孩子在某种场合下对他(她)的爸爸说“papa apple”(爸爸,苹果)时,从英语的成文语法的角度看,小孩的说法是不符合语法的,是有问题的。但是,在现实生活中,几乎所有父亲听了孩子的这句话之后,都能立即明白孩子“在说什么”,——其中的原因,就在于“会意语法”的存在,它很难描述,不过却切实地存在着,而且能够帮助人们很好地沟通。我们可以这样给会意语法一个比较简单的描述性定义:人们在自己的生活经验中会获得某种常识,让人们在听到或者看到一些不符合成文语法的语言信息时,也能做出正确反应,这种反应中所蕴含的对语言信息的理解在语言信息上的投射,就是“会意语法”。

成文语法在规范语言、促进语言的成长方面起着重要的作用,它能够帮助我们精确地思考问题,尤其在进行概念思考时非常重要。不过,如果我们仅仅依赖它,否定不符合语法的语言(及其背后可能存在的“会意语法”),那么,在我们能够精确地思考的同时,可能失去意象思维及其赋予的“全息思维”的能力。概念思维和意象思维是最常见的两种思考方式,形式语法有助于概念思维,不过,会意语法却有助于意象思维,前者是哲学的主要工

① 参见康德:《纯粹理性批判》,蓝公武译,商务印书馆 1960 年版。

具,后者是诗歌的主要工具。我们同时需要概念思维和意象思维,并且不断地发展这两种能力,使得我们既能精确思考,又能全息思考。

认识到会意语法的合理性、可行性和可靠性,对于做诗非常重要,尤其是意境诗歌。从这个角度来看,中国诗人更为幸运,因为汉语即使在现代具有了成文语法之后,也依然认可会意语法。中国著名的语言学家吕叔湘曾经说过:“总的来说,汉语是比较经济的。尤其在表示动作和事物的关系上,几乎全赖‘意会’(会意语法),不靠‘言传’(成文语法)。”①在日常生活的交流中,有时即便人们犯了语法错误,也依然能够顺利地沟通交流,这说明会意语法在实际交流中往往比成文语法更具有优先性。

“对仗”是汉语诗歌中的特有现象,它最能体现会意语法如何帮助读者进行全息思考。“对仗”在英语里通常被译为“couplet”,可是两者的实质却相差甚大。在莎士比亚著名的第 18 首十四行诗里,最后两行就是一个“couplet”,即:“So long as men can breathe or eyes can see,/ so long lives this,and this gives life to thee”。这两行诗具有完整的语法结构,符合成文语法规范。不过,汉语诗歌里的“对仗”往往并不遵循任何成文语法,而是依赖于会意语法。汉语的对仗也有非常严格的规范,讲究平仄、词性等的对应。例如:在一句中出现“天”,另一句往往以“地”对应,又例如“黑”与“白”对应,“山”与“水”对应,“东”与“西”对应,等等。对仗的规则和成文语法规则没有太大的关系,因为它的目的不是叙事,而是创造一种五维的诗意世界:那种把意义相反的两种意象分别纳入两行对仗句子的做法,可以构建出最为广阔的心理空间。

“对仗”在中国很受欢迎,每逢过年过节,中国人都要在门上贴对联。除了衬托喜庆的气氛之外,这种习俗还可以让人们在不由自主中依靠对联所创造的五维诗意世界,锻炼自己全息思维的能力。

“会意语法”之所以可行,乃是因为人类的理解力具有高度的可塑性。现代以来,一些西方现代诗人也陆续踏入“会意语法”的领域,并且已将它应用于创新作品之中了。例如,垂斯坦·特扎拉(Tristan Tzara)在其著名的

---

① 吕叔湘:《语文常谈》,生活·读书·新知三联书店 1998 年版,第 62 页。

《创作一首达达主义诗歌》中就借助了会意语法:他所建议的一种全新的诗歌写作方法乃是将报纸上的一篇文章里的文字裁剪开,然后把它们随机地拼接起来,形成诗歌作品。按照这种方法创作的达达主义诗歌完全背弃了西方的成文语法规范,不过,从会意语法的角度来看,这种方法是可行的:因为读者可以用自己的理解力,在那些随机组成的文字中创造意义。可惜的是,特扎拉并没有“全息思考”的意识,也没有相关艺术追求,这导致他的作品只能进行“随意地”思考。

会意语法不仅体现于意象思维之中,还体现于诗歌语言的音乐性中。音乐性是支配人类语言发展进化的最重要规律之一。语言的音乐性在诗歌里面表现得最为明显。在中国,日常用语中的很多富于音乐性的词语都源于诗歌。其他语言大体也是如此,只是在词语的数量上存在着一定的差异。

庞德曾说:“我相信‘绝对节拍’——一种精确地对应诗歌中所表达的情感或者情感暗示意义的节拍。”①毫无疑问,成文语法会对诗歌中的“绝对节拍”的创作制造很多困难,然而,若以会意语法为皈依,就更有可能实现庞德的愿望。在其著名的意象主义信条中,庞德提出写诗时“不要采用节拍器的机械的节奏,而要使用具有音乐性的习语”②。有趣的是,庞德并没有明确说出如何才能创造出“具有音乐性的习语”。然而,无论如何,可以确定的是,使用会意语法会比成文语法更为容易达成这一目标。

总之,会意语法帮助中国传统诗人创造出了大量意境优美、具有丰富的音乐性的伟大诗篇。同样地,会意语法也能为英语诗歌带来无穷的创造潜力。

结　　语

不同文化之间的交流常常能够导致共赢的结果。毋庸置疑,中国在和

---

① Ezra Pound,“A Retrospect”,in 20th *Century Literary Criticism*,ed.David Lodge,London:Longman Group Limited,1972,p.63.

② T.S.Eliot,ed.*Literary Essays of Ezra Pound*,London:Faber and Faber,1954,p.3.

西方的交流中受益匪浅,反之亦然。剑桥名师李约瑟曾说:“中国人的发明改变了世界历史的进程,也赢得了广泛的赞誉。如果没有造纸术、印刷术、指南针和火药,西方国家如何能够完成从封建主义向资本主义的转型呢?”①庞德对文化交流的积极结果也心知肚明,他说道:“一个伟大的文学时代似乎总是一个伟大的翻译时代,或者是紧跟在伟大的翻译时代之后的时代。”②的确,庞德本人也因为跨出其自身所在的文化世界而受益匪浅。

更加令人欣慰的是,目的文化在向源文化的学习过程中,往往并不仅仅停留在复制源文化的相关元素的层面,而是常常在源文化的基础上进行拓展,从而取得在源文化中也不能达到的高度。

庞德在学习中国文化中取得的最大成就是他根据费诺罗萨所遗留下来的手稿,翻译出版了《神州集》。由于费诺罗萨的手稿中对中国古代诗歌所采取的是一个词一个词的“死译”方法,还没有整理为符合英语成文语法的句子,因此,在阅读费诺罗萨的手稿时,庞德有机会窥探到中国古诗中所蕴含的会意语法,也启发他后来发明了所谓“脱体句法”和“并置结构”。遗憾的是,庞德并没能在理性层面认识到中国古诗中最为优秀的意境创作手法,而且对会意语法的把握(主要体现为他所谓的“脱体句法”)也仅仅停留于操作层面。否则,他一定能够提出更为精彩的现代诗歌创作理论,创作出更为优美的现代英语诗歌。

很多西方现代诗人也和庞德一样,在做诗时忽视成文语法规则。不过,有些诗人在这样创作时只是随波逐流,没有清晰的创作目的,这样,他们在创作时可能会毫无目的、毫不用心进行词句的罗列。在阅读这样的诗歌作品时,读者收获甚少,会很快产生倦怠情绪。中国古代诗人在创造诗歌意境时,对每一个意象的使用都十分审慎,而且精雕细琢,这种认真的态度在现代诗歌创作中并不过时。也有一些现代诗人,同样是使用意象的大杂烩和破碎的诗句,在表面上看来,他们的作品似乎和那些毫无目的、毫不用心的作品一样,不过,认真阅读之下却能发现他们其实是非常用心地在进行创作

---

① JosephNeedham, *The Grand Titration*, London: George Allen & Unwin Ltd., 1969, p.149.

② Xie Ming, *Ezra Pound and the Appropriation of Chinese Poetry: Cathay, Translation, and Imagism*. New York and London: Garland Publishing, Inc., 1999, p.3.

的,所使用的意象的大杂烩和破碎的诗句都具有明确的艺术目的,这样的作品往往是具有艺术生命力的作品。

意境和会意语法可以帮助西方诗人及其读者拓展思维能力,不过,如何系统地将这些理论有效地应用于其诗歌创作实践之中,促成众多优秀诗歌作品的产生,则有待于诗人们在实践中来进行认真的探索。

第十七章 “理性的情感”：论中西诗歌主体的“自美”与“内省”①

——基于陆建德相关思想的辨析与拓展

近现代以来，中国文化所面临的最重大的问题之一在于如何与西方文化互动。一方面，我们要认真吸取西方文化的优秀成分，促进中国文化的发展；另一方面，我们也要注意保护中国传统文化中的合理成分，避免其遭受过度冲击。平衡好这一组关系，乃是促进中国现代文化发展的关键所在。具体在各个领域如何平衡，则需要学界做出深刻、仔细的辨析。

陆建德近年来发表了系列论著，提出了一个非常值得学界深入研究的重要诗学问题，简言之，即诗歌抒情主体的社会文化规范问题，具体而言，就是诗歌主体是应该采取“自美”还是“内省”的文化姿态的问题。所谓“自美”，就是诗歌主体发现、肯定自身所有的优秀文化品质；所谓“自省”，就是诗歌主体发现、批评、忏悔自身所存在的人性之恶。深入地发掘这一诗学问题，认真辨析，去伪存真，能够有力地推动中国现代诗歌乃至中国现代文化的健康发展。

陆建德认为，中国具有两种不同的诗学传统。他说：“在这里我想冒险做一个分类：从源头来看，如果说《诗经》所代表的是中国文学中温和与节制的一派，那么《楚辞》则恰恰相反。”②在陆建德看来，以《诗经》为代表的

① 出于学术中立的考虑，文中均用陆先生的本名。完成该部分之后，分别请刘朝晖教授、张跃军教授、谢明教授（加拿大多伦多大学）、区鉷教授批评指点，也寄给了陆先生本人阅读。特此一并致谢！

② Lu Jiande, “‘Self-’ in F.R.Leavis——And Its significance for Chinese Literature”, *The Cambridge Quarterly*, 41(2012): 128-145, p.135.

中国诗学传统是“温和”的、“节制”的、因而是积极的,而以《楚辞》为代表的中国诗学传统是“自美”的、“放纵”的,因而也是消极的。

在《自我的风景》(该论文后收入作者同名书内)一文中,被陆建德列入“自美”传统的诗文包括许多中国著名作家的作品,诸如古代的屈原、陶渊明、李白、杜甫、柳宗元、李商隐,以及近代的鲁迅、郁达夫等。① 在《利维斯的“自我”:及其对中国文学的意义》一文中,陆建德将屈原与林黛玉作为中国“自美”诗学传统的代表人物来进行批评。② 在其新著《自我的风景》一书中,陆建德在批评中国传统“自美”作品时说:“‘不得志’背后的那个自以为生来美好的自我固定不移,太乏味,太自恋,应该对他猛击一掌,叫他快快从自己的牢笼里走出来。”③在陆建德看来,“自美”是一种应该摒弃的诗歌文化品质。

值得注意的是:尽管陆建德将中国诗学分为“节制”与“放纵”两派,不过,他并没有系统阐释中国的“节制”诗学并以其来批评“放纵”诗歌,他是以西方“内省”诗学作为价值体系对中国“自美”诗歌进行批评的。在《自我的风景》一文中,陆建德援引了诸多西方名流的言论,诸如萨缪尔·贝克特、亚当·斯密、桑塔亚、卢克莱修、蒙田、丁尼生、波德莱尔、弗吉尼亚·伍尔夫、托·斯·艾略特、阿瑟·米勒、葛浩文等,陆建德是以他们的言论作为自己的立论基础的。在《利维斯的“自我”:及其对中国文学的意义》一文中,陆建德主要依据的是以利维斯、马修·阿诺德、艾莉丝·默克多等多位西方著名批评家为代表的西方思想资源,不难看出,陆建德是在将西方文学理论和中国文学放到一起,以西方文学理论的尺度来衡量中国文学时发现

① 它们依次是:柳宗元的《江雪》、杜甫的《旅夜书怀》、李白的《临路歌》、林黛玉的《葬花词》、刘希夷的《代悲白头翁》、屈原的《离骚》《橘颂》,徐庭筠的《咏竹》、张九龄的《感遇十二首·之七》、李商隐的《高松》、刘希夷的《孤松篇》、鲁迅的《狂人日记》,郁达夫的《沉沦》、杜甫的《壮游》、柳宗元的《答贡士元公瑾论仕进书》、韩愈的《感二鸟赋》《吊屈原文》、陶渊明的相关自辩的作品、李渔的《闲情偶记》等。参见陆建德:《自我的风景》,《外国文学评论》2011 年第 4 期。

② Lu Jiande,“‘Self-’ in F.R.Leavis——And Its significance for Chinese Literature”, *The Cambridge Quarterly*, 41(2012):128-145.

③ 陆建德:《自我的风景·代序》,花城出版社 2015 年版,第 9 页。该书与他的一篇论文同名。

问题的。由此可见,这一问题牵涉的其实并非仅仅是陆建德个人的诗歌品位问题,而是有关中西诗歌文化品质的大局问题,也是关涉中国现代诗歌发展的导向性问题。

假如陆建德批评得对,那么,我们就必须重编各种传统诗歌选集,中国诗歌史也必须重写。不过,在接受这一无疑会令许多中国学者震惊的结论之前,我们必须首先充分地进行质疑。陆建德本人也是非常强调批评精神的,他说“我们要像胡适先生说的,读书的时候,要始终带着疑问去读”。① 我们阅读他的论著,自然也要具有较强的批评意识,对他所提出的观点进行反复地“逆向”思考,只有能够经受住“逆向”质疑的观点,我们才能“正向”肯定并接受。

在“逆向”思考的过程中,我们会产生很多疑问,其中最为重要的有:1. 如果说中国传统中这些“自美”的作品不好,为什么它们在几千年的时间里长期受到中国读者、批评家的称赞,以及写作者的模仿? 难道几千年来中国就没有一个“成熟、老练的读者”?② 中国为什么会形成这种“自美”的诗歌与文学传统? 它们对于社会文化的价值究竟是正面的还是负面的,还是兼而有之呢? 简而言之,产生“自美”诗学与诗歌的中国文化机制是什么呢? 2. 相比之下,产生“内省”诗学与诗歌的西方文化机制是什么呢? 3. 以西方的“内省”诗学评价中国的“内美”诗歌的学理基础何在? 中国是否需要学习西方的“内省”诗学并创作“内省”诗歌呢? 以上三大问题简言之,就是中国现代是否应该学习西方的“内省”诗学? 同时是否应该摒弃中国的“自美”诗歌传统?

一、研究问题以及批评方法辨析

对于中国文学史上的“自美”作品,陆建德的批评是彻底的,也是多层

---

① 陆建德:《我是人类的一员:文学中的个人与社会》,《当代作家评论》2012 年第 4 期。

② 陆建德说:“我有时候担心,中国文明历史悠久,但是我们大家是不是真正得益于该文明,成为成熟、老练的读者?”陆建德:《我是人类的一员:文学中的个人与社会》,《当代作家评论》2012 年第 4 期。

次的,粗略总结一下,可以分为以下几点:其一,“自我美化”。在陆建德看来,中国“自美”文学传统中的作品具有顽强的“自我美化”意志,这是“自美”诗歌的根本弱点。

其二,“孤芳自赏”。陆建德认为中国传统山水诗里诸如“孤舟”“孤帆”或“孤雁”,或者“独钓寒江雪”,“天地一沙鸥”,乃至“大鹏飞兮振八裔”等都反映了诗人们根深蒂固的“孤芳自赏”情绪——其中最为明显的则是屈原的《离骚》、《橘颂》以及林黛玉的《葬花词》。陆建德批评说:“‘举世混浊而我独清,众人皆醉而我独醒’是一种恶俗的自我陶醉的心态,但是司马迁反而视之为美德,歌而颂之。久而久之,浸淫于这一文化传统的人动辄牢骚满腹,造成个人跟社会之间不和谐。这套话语我们一代代继承下来,尤其是诗人,把歌颂自己当作严肃的事业。”①

其三,“缺乏反省”。陆建德认为,和一些西方的著名作家相比,中国的“自美”派作家缺乏自省能力与自省精神。陆建德引用伍尔夫的话赞美蒙田说:“将那些隐藏的思想、最最病态的观念暴露出来,丝毫不隐瞒,一点不做作;如果我们无知,坦言相告;如果我们热爱朋友,让他们知情。”②反过来,陆建德批评中国“自美”诗人说:“古代诗人说到自己如何‘内美’是不克制的。最高的理想就是生来洁白,死也洁白,就跟林黛玉那样,葬也要葬到纯洁的地方去。他们没有罪恶感,不觉得自己是有欠缺的,需要改造,需要学会反省。那些‘狂狷之士’都有点‘老子天下第一’的派头,这样的作品不在少数。屈原、林黛玉都有点自美,很难想象他如何融入社会并且与其他人形成亲密的关系,他太专注于自己,无法移情,无法设身处地地为他人着想,也无法分析自己。”③

所谓“自我美化”“孤芳自赏”“缺乏反省”等本身具有明显的价值取向,是一种具有明确情感色彩内涵的用语,它们不是学术术语,而是批评断语,是陆建德运用西方“内省”诗学的既定价值体系对中国“自美”诗歌进行

---

① 陆建德:《我是人类的一员:文学中的个人与社会》,《当代作家评论》2012年第4期。

② 伍尔夫:《蒙田》,译者石云龙,《伍尔夫随笔全集》第1卷,中国社会科学出版社2001年版,第59—68页。转引自陆建德:《自我的风景》,《外国文学评论》2011年第4期。

③ 陆建德:《自我的风景》,《外国文学评论》2011年第4期。

观照时所得出的评价结论。不过,问题在于:假如我们所依据的价值评价体系不同,就可能得出完全不同的评价结论,例如,同样一部《橘颂》,可以从反面说它是"自我美化",也可以从正面说它"立志向善";又例如,同样一部《离骚》,可以从反面说它"孤芳自赏",也可以从正面说它"忧国忧民";至于"缺乏反省",也不一定就是一种"缺点",因为我们并不能说只有在作品中将自己"最最病态"的东西暴露出来的作品才是好的作品,例如陆建德所肯定的《诗经》作品中也没有如此。因此,对相关问题进行进一步探究,必须对价值评价体系的形成本身进行研究,否则就会陷入"公说公有理、婆说婆有理"的混乱局面无法自拔。

相关问题的核心议题是"诗歌主体"的问题,将"诗歌主体"问题研究清楚了,也就能够纲举目张,方便厘清其他问题了。陆建德对于中国"自美"诗歌的批评,归根到底在于批评其诗歌主体中的"硕大自我"。陆建德说:"利维斯认为,生活经验的再现应该伴随着严格的自我反省,慎重评价,自我怀疑,以及典型的苏格拉底式的自我批评意愿。不过,如果一个人的自我过于硕大,他(她)就会沉浸于自己的情绪与信念之中不能自拔。"①而所谓"自我美化""孤芳自赏""缺乏反省""自恋",都是对于诗歌主体的"硕大自我"的不同价值判断形式。通过对这些断语中的价值判断进行过滤处理,我们可以以带引号的"自美"作为价值中立的批评术语,将其界定为比较客观中立的诗歌主体的"自我肯定"。相应地,我们可以以"内省"来指示诗歌主体的另一种文化态势,并将它界定为比较客观中立的诗歌主体的"自我怀疑与自我否定"。这样,我们可以将陆建德的批评立场简单地概括为对"内省"诗歌的肯定以及对"自美"诗歌的否定。我们研究的重要任务之一就是对这一结论进行认真深入的考察。

从批评的目的来看,陆建德采用的乃是一种"介入式批评"。所谓"介入式批评",就是用一套价值体系中的评价标准,介入另一价值体系之中并对另一价值体系中的人物与事件进行评价的批评活动。"介入式批评"的

---

① Lu Jiande, "'Self-' in F. R. Leavis—And Its significance for Chinese Literature", *The Cambridge Quarterly*, 41(2012): 128—145, p.132.

目的是为了改变批评对象的价值结构,使之服从于批评者的价值标准。例如中国近现代以来对于中国传统文化进行的大规模的批评,都属于“介入式批评”,其目的是为了改造中国传统文化,促进中国传统文化向现代改变。例如我们对中国传统文化中的“父母之命、媒妁之言”的包办婚姻模式的批评,就是为了确立“恋爱自由、婚姻自主”的现代文化价值体系。

“介入式批评”的学术合法性前提在于:批评者所依赖的价值观念必须优于被批评者的价值观念,为读者广泛接受,而且更加有利于人们当下的生产生活实践活动。只有这样的“介入式批评”,才是推动文化发展的批评活动。例如以现代婚姻价值观体系对于传统价值观体系的批评,能够推动现代社会的发展,因此是积极的,具有学术合法性的。相反,“文化大革命”期间对于中国传统文化的批评,则往往是破坏性的,例如将中国传统书画付之一炬,显然并不能够推动现代社会文化的发展,而是恰恰相反的,因此这种介入式批评也没有学术的合法性可言。

那么,陆建德对于中国传统“自美”诗歌的介入式批评,是否具有学术合法性呢?陆建德在文中没有专门论及这一点,不过,我们不难发现他的逻辑:在他看来,好的诗歌应该有利于一个人成长为“社会人”,而“自美”诗歌因为具有“自我美化”“孤芳自赏”“毫不反省”“自恋”等特点,不利于一个人成长为社会人。这一点在他的《我是人类的一员》一文的标题中就有所暗示。陆建德批评说:“把自己孤立起来,甚至对立于社会,反而成了美德。孤独也意味着独立于社会的自足。”“我们一般总是谴责俗世,而很少想到一个人总是以‘木秀于林’或‘行高于人’自诩,很容易故意将自己孤立起来,沉溺于病态的‘与众不同’的优越感,好自矜夸,不善反躬自问。那些悲叹‘不遇’和‘生不逢时’的人在自怜的同时也在赞美自己,责难社会。游离于社会之外或对立于社会的人是不是具有美德?”①陆建德还说:“人只有成为公共社会的一员才成为人。儒家学说也是这样,人只有进入复杂的社会关系才能获致美德,任何美德都是社会性的。可是在文学作品里文人的自我表现却与儒家学说有着很大距离。”“‘天生我才必有用’、‘长风破浪会有

① 陆建德:《自我的风景》,《外国文学评论》2011 年第 4 期。

时'之类的诗句只会让我们自大,自以为是,过分计较社会的承认,归根结蒂是有点自我中心的。该问问自己,是否关心、尊重他人,是否有真正的爱好,能否忘我地投入不以自己的利益和幸福为目标的工作。一旦我们意识到自己毛病太多,有所振作并热心工作,当然包括帮助别人的工作,我们的生活就充实了,而这个时候,我们真正感到自己是社会的一员,是人类的一员。"①假如"自美"诗歌在文化逻辑上必然不利于一个人成长为"社会人",那么,陆建德对"自美"诗歌的批评就是具有合法性的。对此我们必须认真考察,并予以厘清。

陆建德对诗歌优劣的价值评价标准不是纯粹诗歌美学意义上的,而是社会文化意义上的。陆建德对人的"社会性"并没有给出明确的定义,不过,从他的字里行间,我们不难看出他的基本观点,简而言之,就是要克制个人之小我,以成就社会之大我。陆建德所说的"自美"的诗歌,指的应该是那些拘泥于个人之小我,无视乃至敌视社会之大我的诗歌作品。在陆建德看来,以《离骚》为源头的大量的"怨诗",以《橘颂》为源头的大量"言志诗"等都属于这种"自美"作品的范畴。

与"介入式批评"相对的乃是"还原式批评",所谓"还原式批评",就是对于某一特定的文化价值语境之中成长的某人或者出现的某事进行考察,还原该文化语境的价值结构,阐明该文化语境与其中的人物与事件之间的互动关系,并且运用该文化价值标准对该人该事进行评价。例如,如果我们在中国传统文化语境下考察包办婚姻文化机制的起因,阐述其在当时文化语境下的合理性,并依之来评价当时的人与事,就是"还原式批评"。

"还原式批评"对"介入式批评"构成重要补充,能够在很大程度上弥补"介入式批评"中可能存在的盲点,有力地平衡"介入式批评"可能对历史人物与事件构成的不公正评价。由于陆建德对中国传统诗歌所采用的主要是"介入式批评"的方法,我们就要采取"还原式批评"的方法,以求为读者呈现出一个更加完善、平衡的诗歌历史文化面貌。

---

①　陆建德:《我是人类的一员:文学中的个人与社会》,《当代作家评论》2012 年第 4 期。

二、西方诗歌主体“内省”的双重文化基础

所谓“诗歌主体”,主要体现为诗歌所表现的主体意志与主体情感,无论“自美”还是“内省”,都是诗歌主体意志与主体情感的外在表现态势。

陆建德在其论著之中列举的大量“自美”作品是中国传统诗歌,而大量“内省”诗学与诗歌作品都源自西方。对于这一现象,我们必须从中西社会文化比较的视角,深入到“文化认信”的层面才能较好地进行阐释。

陆建德认为西方诗歌主体的“内省”特质主要是出于宗教影响的原因,陆建德说:“或许我们可以将这种毫不留情的自我审视理解为基督教的传统……后来,这种自我审视的传统通过世俗化,成就了一种忏悔式的自传文学形式……”①陆建德还说:“艾略特写这些文字的时候有宗教的动机,即承认原罪,承认没有外力的指引与制约,人性的动机必然背离真与善。伍尔夫对教会不那么感兴趣,但是她同样反感‘自我的积极评价’,可见这种对自我粉饰的异常警惕多少得益于基督教文化的影响。”②

陆建德也提到过“苏格拉底式的自我怀疑”,不过只是引用他人的话一笔带过而已③,可见,他并没有重视西方哲学传统对于西方“内省式”诗学的影响。事实上,西方宗教与哲学都对西方“内省”诗歌主体的形成产生了重大影响,而且自现代以来,后者比前者对现代西方诗学与诗歌的影响更大。

对于在西方占主流地位的基督教而言,所谓“文化认信”也就是对“上帝”的认信。基督教徒对上帝的“认信”过程,表现为不断否定自己、同时肯定上帝的过程。对于“上帝”的最终认信,表现为彻底放弃“自我”,将自己交给“上帝”。在基督文化的“认信”逻辑中,“否定自己”与“认信上帝”是相辅相成的,如果不能彻底否定自己,就无法彻底信任上帝。

---

① Lu Jiande,“‘Self-’ in F.R.Leavis——And Its significance for Chinese Literature”, *The Cambridge Quarterly*,41(2012):128-145,p.140.

② 陆建德:《自我的风景》,《外国文学评论》2011 年第 4 期。

③ 陆建德:《我是人类的一员:文学中的个人与社会》,《当代作家评论》2012 年第 4 期。

正是在基督教的“原罪理论”与“认信逻辑”的影响下，才出现了以奥古斯丁的《忏悔录》为代表的大量忏悔作品——基督教徒们在作品中一面称颂上帝的完美与伟大，一面承认自己的罪恶与渺小。由于这类作品符合基督教的文化逻辑，因此，作者不但不会因为“自我谴责”而受到鄙视，反而会因此而受到称颂。基督教相信人类本来就是罪恶的，个人发现并且忏悔自己罪恶自然就是题中之义。如果有基督徒不能发现并且忏悔自己的罪恶，那么只会被认为还不够虔诚而已。

基督教的这种文化逻辑在中国文化中显得十分“异类”。由于缺乏基督教的这种文化逻辑，在中国传统文化中也没有产生像奥古斯丁的《忏悔录》那样的作品。假设哪位传统诗人真的写了自揭其短的作品，恐怕也很难像在西方一样获得人们的认可、尊崇或者称颂。

基督教毕竟是人类发明的，其最终目标还是为了服务人类自己。如果基督教不能给信众带来切实的利益，那么它或许早就被人们抛弃了。基督教引导信众否定自己、认信上帝其实只是一种手段，其目的乃是为了确立为信众严格尊崇的社会文化规范，例如《旧约》中的核心内容《摩西十诫》就是以上帝之名为信众颁布的最基本的社会文化规范。只要信众信仰上帝，就必须严格遵守《摩西十诫》；而只要所有信众严格遵守《圣经》中以上帝名义颁布的各种文化规范，并且自觉地按照这些文化规范来约束自己的行为，那么，由信众所组成的社会体就能顺利地运转，走上兴旺发达的坦途，并且最终反过来惠及信众每个个体。由此可见，基督教徒通过否定自己、认信上帝的途径，最终能够实现个人与社会体利益的最大化。不得不承认，基督教所设计的这种方法非常精巧，也因此成就了伟大的文化功业，为整个西方文明奠定了牢固的基础。

尽管基督教为西方文明的发展做出了重大贡献，然而它本身也存在巨大的缺陷。正因为如此，自文艺复兴开始，基督教就不断受到冲击，逐渐失去了统治社会的地位与力量。进入现代以来，定期去教堂的西方人越来越少，很多教堂已经从宗教活动场所转变成为某种“社区活动中心”，英国著名诗人拉金的著名诗作 *Church Going*（《去教堂》）就生动地描述了昔日盛极一时的教堂今日早已门庭冷落的景象。

文艺复兴给西方带来的乃是源于古希腊的哲学精神以及哲学理性。文艺复兴之后西方现代社会的发展,大体上表现为哲学理性不断挤压宗教神性的社会文化过程。文艺复兴的最大亮点之一,在于解放了被基督教以“原罪理论”牢牢控制着的西方人,使得西方社会开始公开承认个人自由以及个人价值。

源自古希腊的西方哲学崇尚逻辑理性,对于张扬情感的诗歌并不友好,其中最具标志性的事件就是柏拉图在《理想国》中宣称要“驱逐”诗人。直到今天,西方诗人们仍然能够感受到柏拉图的这一咒语所带来的压力,例如美国语言诗派的领军人物伯恩斯坦就在其最新出版的书中说“潜在的威胁在于,柏拉图的阴影植根于诗歌的心脏……诗歌或许不会被放逐,但是诗歌受不到尊重,或者往往只是那些在诗歌艺术上毫无建树的诗歌作品受到了尊重”①。

为什么时隔这么多年,柏拉图对诗歌的咒语依然有效呢?难道是当前的西方诗人还在担心“被驱逐”吗?显然不是。其深层的原因:在西方文化语境中,张扬情感的诗歌和哲学所崇尚的理性精神具有不可调和的矛盾,哲学家们认为,为了确保社会的良性发展,就必须崇尚逻辑理性,换句话说,就要警惕张扬情感的诗歌作品——正是基于这种文化思维模式,才导致西方人在现实社会生活的重大领域往往对诗歌十分警惕,从而让诗人们倍感压力。伯恩斯坦在其新书中讲到一个例子:他说奥巴马在竞选总统时仅仅因为说话说得优美了一点,就被人指责为“太诗化”,并且要求他按照“好政府”的原则“只讲事实”(just the facts)②。可以说,西方人对诗人和诗歌之警惕早已深入到其文化血液之中去了。

柏拉图的“理想国”和基督教的“天国”具有异曲同工之妙,都是以一套严格的社会文化规范为基础所构建的“社会体”。不过,它们的构造方法并不相同:基督教是以上帝的名义直接颁布社会文化规范,而柏拉图则是以

---

① Charles Bernstein, *Pitch of Poetry*, Chicago and London: The University of Chicago Press, 2016, p.16.

② Charles Bernstein, *Pitch of Poetry*, Chicago and London: The University of Chicago Press, 2016, p.5.

“理性”为皈依的；在基督教的“天国”中，上帝是唯一的权威，而在柏拉图的“理想国”中，逻辑理性乃是最高的权威。

基督教主张“罪我”，不过并不反对“情绪化”本身，事实上，包括奥古斯丁的《忏悔录》在内的很多基督徒的文化作品都非常“情绪化”——具有很大的盲从性，充满着各种非逻辑、非理性的对上帝的赞美以及对自己的谴责。与之不同的是，西方哲学追求逻辑理性，反对“情绪化”本身。正因为这种差别的存在，基督教和哲学对西方诗歌的影响就具有了不同的特点：基督教要求诗人在作品中“忏悔”，毫不保留地揭示自己的罪恶，而哲学则要求诗人在诗歌中保持客观理性，远离情绪化。它们的共同点则在于对诗歌主体“硕大自我”的警惕与压制。

陆建德在论及西方“内省”诗歌作品时并没有认真区分其中的“罪我”因子与“理性”因子，并将它们都归因为基督教的影响，是失之偏颇的。事实上，在现代文化语境之中，西方现代诗歌中的“理性”因子和“罪我”因子相比占据着压倒性的优势。在现代文化语境之中，现代诗歌之中的诗歌主体进行“内省”时的基本原则应该是“客观理性”。诗歌主体进行“罪我”的忏悔活动时，也应该以此为基准——如果“罪我”能够促进诗歌主体客观理性地认识自我，则是值得鼓励的，而如果过度“罪我”，违背了客观理性的基本原则，那么也是不值得赞成的。

三、中国诗歌主体的文化“认信”逻辑

诗歌乃是一种“文化生命体”，由于中西文化语境的不同，中西诗歌也表现出不同的文化特质。

中国诗歌所遵循的乃是中国文化逻辑，而且，中国诗歌也能够达到和西方诗歌一样的文化“认信”效果。举个例子，南宋诗人文天祥的《过零丁洋》：“辛苦遭逢起一经，干戈寥落四周星。山河破碎风飘絮，身世浮沉雨打萍。惶恐滩头说惶恐，零丁洋里叹零丁。人生自古谁无死？留取丹心照汗青。”这首诗也具有明显的“自美”特征，尤其最后两句“人生自古谁无死？

留取丹心照汗青”,的确彰显了“硕大自我”的诗歌主体。

可是,哪个中国读者会指责文天祥为了“自美”、为了青史留名而不愿投降元军,但求一死呢?

《过零丁洋》和许许多多的其他“托物言志”的中国诗歌一样,也是一首“言志”诗,它鲜明地表现了诗人的主体情感以及主体意志——文天祥以“言志”的方式,实现了他对中国社会文化规范的“文化认信”。

中西方的“文化认信”遵循着截然相反的逻辑模式:基督徒运用的是“否定自我”的“负面”的方法,而中国诗人所运用的则是“肯定”自我的“正面”的方法。在大量“托物言志”的作品中,中国诗人们通过赋予“梅、兰、竹、菊”等外物以高贵的文化品质,将自己的主体情感与主体意志投射其中,从而完成对以“梅、兰、竹、菊”等为象征的高贵的中国社会文化规范的认信。

中国诗人们的“文化认信”虽然表现为“肯定”的方法,不过,在这“肯定”的背后,也一样具有西方基督徒所经历的“否定”过程:中国诗人们并不是毫无选择地全盘肯定自我,而只是肯定自己身上和社会文化规范相契合的“自我”,——可见,在诗人们肯定某些社会文化规范的同时,也否定了和这些规范相悖逆的自我。

中西诗人的文化认信方法是不一样的,不过,它们所产生的结果却是一样的:都是为了“认信”并且“彰显”文化社会规范,在某种程度上还具有一定的张扬(此处无贬义)性质,都是为了表示作者对于社会文化规范的深刻认同与尊崇。通过“认信”中国社会文化规范,中国诗人们也实现了从“自然人”到“社会人”的升华。

陆建德对于中国诗歌中的“硕大自我”会影响到“社会大我”的担忧其实只在一定前提下成立。如果个人和社会之间并不存在矛盾,那么陆建德所提出的“要克制个人之小我,以成就社会之大我”的观念就并不成立。事实上,在一个人认信了社会文化规范之后,这个人就成为了社会人,他的个人利益和社会利益就融为了一体,在这种情况下,个人越强大,社会也就越强大。在这种情况下,我们不但不应该担心个人“自大”,反而要鼓励个人“张扬”自己的主体,发挥自己的潜能,从而促使个人为社会做出最大的贡献。陆建德的担忧,只在个人的不当利益诉求与社会规范产生尖锐矛盾的时候才能成立。

西方基督教对于人性之恶的假设以及对个人价值的否定,也是建立在个人和社会之间具有不可调和的矛盾的片面的假设前提基础上的。现代哲学与基督教不同,尽管它也承认人性之中具有恶的一面,却并不主张以偏概全,以此否定人性中的善的一面。自文艺复兴运动以来,西方文化开始肯定个人价值。现代西方文化设计了一套精巧的制度来平衡“人性之恶”以及“个人价值”:他们一方面以严格的法治来防范个人与社会规范不符的行为对社会的伤害,在此基础上,他们大力肯定并且宣扬个人价值,鼓励人性中“善”的一面成长。

从“还原式批评”的视角,我们可以得出和陆建德很不一样的结论:许多中国诗歌作品中的“自我美化”,其实只是一种“文化认信”的行为;所谓“美”,所突出的不仅是个人之美,更是社会文化规范之美。读者在阅读相关作品时不仅会对作者的个人“自美”产生欣赏之情,而且还会因为个人(包括作者和读者)对美的社会文化规范的“认信”而产生文化美感——否则,我们怎么才能解释大量读者对这类“言志”作品的钟爱呢?难道读者在吟诵“人生自古谁无死?留取丹心照汗青”的过程之中,没有将它内化为自己内心的文化美感吗?

所谓“孤芳自赏”,与其说是“不合群”,不如说是诗人们对于某种美的文化规范的坚守。在很多时候,这种坚守精神是非常值得赞赏的。中国诗歌缺乏“内省”吗?其实不然,中国诗人们只是不习惯于将文化选择中“自我否定”的过程表现出来而已。很难说古代那些在官场摸爬滚打多年的诗人官员们对人性之恶就没有深刻的认识,他们在诗歌中的表达方式只是服从了中国文化的“认信”逻辑而已。

中国的佛教虽然对“人性之恶”十分警惕,不过也常常采取“肯定”的方法来鼓励人们行善,例如中国佛教“佛在心中”“立地成佛”等的主张就是如此。和基督教不同,西方现代教育哲学主张“鼓励式”的教育方法,也就是从“肯定”的方法来鼓励学生优秀品质的成长。

林黛玉似乎是“毫无行动”的例子之一,不过,如果我们认真寻思,不难发现林黛玉也是在努力地争取自己的自由的，她没有更多的行动，只是因为她没有更多的“行动空间”而已，——就连公子爷贾宝玉也不能自主，被骗和薛宝钗成了亲，寄人篱下的林黛玉又有多大的行动空间呢？可以说，《离骚》《葬花词》等在很大程度上是在抗议传统专制文化。在中国文化语境中，《离骚》《葬花词》之类作品的暗含之义的决不是“不愿意有所行为”，而是“期望有所作为而不得机会”。和《过零丁洋》一样，这样的作品中其实包含着一种强大的“势能”，一旦有机会就会爆发出异乎寻常的“动能”。

从“行动”的视角来看，我们更能够清晰地认识到屈原的价值：无论历史上是否有屈原这个人，无论《史记》是否准确，屈原的爱国故事都实实在在地激励了中国人的爱国热诚，鼓舞历代无数中国人为国家事业做出了杰出贡献。既然如此，陆建德在《我是人类的一员》中对《史记》的质疑又有多大的意义呢？《荷马史诗》中的许多古希腊英雄比屈原更不真实，不过，他们却也一样对西方人起到极大的鼓舞与激励作用。

四、西方现代诗歌多元化发展趋势及其原因分析

从当前来看，西方诗学界呈现的乃是一种多元化的发展趋势，有的诗歌“内省克制”，也有诗歌“自大张扬”，西方的“内省”诗学在西方也并非“唯一真理”，而只是“一说”而已。现代文化对于不同特点的诗歌所秉持的基本是一种开放、包容的态度，而这种开放包容的态度也反过来有力地促进了现代诗学的发展。

例如许多美国读者所喜欢的垮掉派诗歌作品，就是和“内省”理论格格不入的。20 世纪 50 年代，以艾伦·金斯伯格的《嚎叫》等为代表的垮掉派作品在美国获得巨大的成功，而这些作品并无“内省克制”的品质。事实上，金斯伯格的创作风格和美国自由诗的开创者惠特曼的创作风格乃是一脉相传的——可见，美国诗坛也存在一种“张扬自我”的“自美”诗歌传统。

垮掉派在美国受到欢迎的事实给我们提出了这样一个重要问题：古希腊时期的柏拉图从“理想国”的利益出发，发出“驱逐”诗人的声音，为什么

美国人不仅压根儿没有想过驱逐惠特曼、金斯伯格等“自美”诗人，反而还将他们视为追求“自由”的英雄人物呢？

柏拉图想要驱逐诗人，归根到底乃是因为他认为诗人们是感性的，担心他们的感性的诗歌会破坏他以理性为基础所建立的“理想国”。如果有人能够证明感性的诗歌不会对他的“理想国”造成威胁，柏拉图也就没有理由来驱逐诗人了。

如何避免感性的诗歌对于理性的社会文化规范的危害呢？答案只有一个，就是以理性有效地管理感性，形成一种“理性的感情”，在感性与理性之间构建出一种有效的“平衡机制”——在这一机制下，感性能够得到理性的有效平衡，不会对社会体造成威胁或者损害。有没有这种可能呢？当然是有的：至少有两种方法可以构建感性和理性之间的“平衡机制”，其一是在个人层面；其二是在社会层面，我们可以将前者简称为“个人平衡机制”，将后者简称为“社会平衡机制”。

所谓“个人平衡机制”，就是个人通过修养，在内心形成一种“感性与理性”的平衡机制。中西方社会都十分强调个人文化修养，强调个人以理性对感性的克制。在中世纪，基督教鼓励教徒们以对上帝的大爱扑灭个人身上的各种欲望或者冲动——这种方法是以“感情克制感情”。中国儒家（尤其是宋明理学）倡导“存天理，灭人欲”，鼓励儒家士子以儒家社会文化规范来制约个人的欲望或者冲动——相比之下，儒家的方法具有更多的以“理性克制感情”的成分。从某种程度上看，基督教比儒家对信徒（如果将儒家思想看作宗教思想的话）与教义不符的感性的压制更为严酷，这是由基督教主导的西方比由儒家主导的中国在中世纪更为“黑暗”的主要内在文化原因。

现代文化承认个人感情的“合理性”，允许其在合理范围内的存在。现代文化不再主张个人对自己感性的过度压制，而强调理性与感性之间的动态平衡。在现代社会，只有能够很好地在个人层面做到理性与感性平衡的人，才能被视为一个有修养的人。

所谓“社会平衡机制”，就是社会文化的理性结构对社会个人的情感宣泄进行平衡的机制。我们不能设想社会中的每个人能够通过努力，成功地构建好理性与感性的动态平衡机制,不过,只要我们能够以现代理性为基础构建起牢固的社会文化规范体系,就能够有效地平衡社会个体的情绪宣泄,避免其对社会文化结构造成不良伤害。

惠特曼诗歌的主调是鼓励美国人民的,对美国既定的社会文化结构不是冲击,而是加强。在 20 世纪 50 年代,美国的社会文化结构已经十分稳定,能够很好地平衡垮掉派诗人所宣泄的情感的冲击。既然如此,美国人也就没有必要像柏拉图那样威胁驱逐诗人了。

事实上,垮掉派诗人不仅没有遭到驱逐,相反,由于他们发出的挑战美国主流文化的声音得到越来越多的人的支持,最终,他们也成为了美国主流文化的一部分。这在很大程度上促进了美国社会文化裂痕的弥合,促进了美国文化的改良与发展,使得美国社会文化结构更为理性、更为成熟了。这也使得垮掉派诗人成为了很多美国人心中的英雄人物。

作为一个理性的社会,本来就应该充分地考虑、理解、容纳、关怀人们的感情因素,让社会理性与个人感性之间形成动态平衡。如果一个社会无视人们的感情需要,不让受到委屈的人们抱怨,不让受苦受难的人们呻吟,乃至动不动就威胁驱逐诗人,这样的社会反而是“非理性”的,不可能得到健康发展,也不会有前途。这可能就是柏拉图的理想国永远只能停留在他的著作中的原因。

孔子说“《诗》三百,一言以蔽之,曰:‘思无邪’”(《论语 · 为政》)。可见,孔子认为诗人写诗的基本态度应该是“真诚”,——唯有“真诚”,才是沟通的开始。陆建德一面鼓励人们像蒙田一样交流①,一面又暗示要像柏拉图一样驱逐屈原②,可是,如果诗人们由于害怕被驱逐,放弃“真诚”的诉说

---

① 陆建德赞美蒙田说:“他压倒一切的愿望就是交流和沟通。”(见陆建德:《自我的风景》,《外国文学评论》2011 年第 4 期)他还引用别人的话赞美蒙田说:“他只与人交流他的灵魂(communicate his soul)。交流意味着健康,交流意味着真实,交流意味着幸福。分享是我们的职责,勇敢地往下发掘,将那些隐藏的思想、最最病态的观念暴露出来,丝毫不隐瞒,一点不做作;如果我们无知,坦言相告;如果我们热爱朋友,让他们知情。”(见伍尔夫:《蒙田》,石云龙译,《伍尔夫随笔全集》第 1 卷,中国社会科学出版社 2001 年版,第 59—68 页。)

② 陆建德说:“恩培多克勒和屈原都是柏拉图要从他的理想国驱逐的对象”,见 Lu Jiande,“‘Self-’ in F.R. Leavis——And Its significance for Chinese Literature”, *The Cambridge Quarterly*, 41(2012):128-145, p.138。

自己的心声,整天“假大空”地歌功颂德,那么即便人们貌似“交流”,整个社会的沟通效果也会无限趋近于零。

五、“诗言情”与“哀悼美学”

陆建德将中国诗歌分为两类,在他批评以《楚辞》为代表的“自美”的中国诗学传统时,还肯定了以《诗经》为代表的“节制”的中国诗学传统。在陆建德的相关言论中,孔子以及儒家是以“节制”的正面形象出现的,他说:“在亚里士多德和孔子的伦理学体系中,美德都是在构建良好的具体社会关系之中形成的。”①

可惜的是,陆建德没有列举并且认真分析他所说的“节制”的中国诗歌代表作品,更没有描述出这种传统的发展轨迹,因此,他对中国诗歌分为“两类”的做法尚不能成立。

陆建德叹息说:“尽管慎重的、本着良心的自我克制被儒家认为是一个君子的基本修养,中国诗人们却没有受此约束,而是被赋予了更大的自由来使用更为野性的形式来表现自我。”②“……可是在文学作品里文人的自我表现却与儒家学说有着很大距离。”③事实上,陆建德在很多儒家士子的作品里发现了“自美”的痕迹,他说:“儒家士子也没有超越这种‘自怜’以及‘自恋’的文学传统”,甚至连儒家巨子董仲舒也不例外,陆建德认为他的《士不遇赋》就是一部典型的“自美”作品。④ 既然连儒家文化的代表人物都是如此,那么,什么样的人的诗歌作品才会表现出儒家所倡导的“温和”“节制”的品质呢?

---

① Lu Jiande,“‘Self-’ in F.R.Leavis——And Its significance for Chinese Literature”, *The Cambridge Quarterly*,41(2012):128-145,p.137.

② Lu Jiande,“‘Self-’ in F.R.Leavis——And Its significance for Chinese Literature”, The Cambridge Quarterly,41(2012):128-145,p.128.

③ 陆建德:《我是人类的一员:文学中的个人与社会》,《当代作家评论》2012 年第 4 期。

④ Lu Jiande,“‘Self-’ in F.R.Leavis——And Its significance for Chinese Literature”, *The Cambridge Quarterly*,41(2012):128-145,p.142.

陆建德将《诗经》视为“温和”“节制”的代表,那么就让我们来看看《诗经》的第一篇《关雎》:仔细品味,我们不难发现这首诗里面也有非常明确的主体意志与主体情感,换言之,其诗歌主体也具有“自美”的品质。

从诗歌的“抒情强度”固然也可以将中国诗歌分为“两类”,而且,我们也可以用这一标准将世界上的所有诗歌分为“两类”。不过,这种区分方法是十分机械的,毫无益处的。如果我们还依此将抒情强度较低的所谓“节制”的诗歌作品视为“好的”,将抒情强度较高的视为“坏的”,那就更让人难以信服了。诗歌抒情本来就是诗歌创作的题中之义,人类不同种类的情感具有同样的价值,不能说激烈的情感在价值上就逊色于温和的情感。

从诗歌主体的视角来看,中国并不存在所谓经纬分明的“两类”诗歌传统。中国诗歌只有一个传统,从本质来说就是“诗主情”,从功能来说就是“诗言志”。中国儒家文化传统将“抒情”的工作交给了“诗词歌赋”,而将说理的工作交给了各种“论、说、史”的文体,这种文体的分工在儒家经典“四书”“五经”之中表现得十分清晰。

中国诗歌具有其独特的文化背景,因此也就具有其独特的文化结构与文化品质。屈原的《离骚》、林黛玉的《葬花词》之类的作品是在儒家文化背景之下产生的。儒家文化在国家层面主张绝对的皇权,所谓“朕即国家”就是对这种文化的最好阐释;儒家文化在家庭层面主张绝对的父权,所谓“身体发肤,受之父母,不敢毁伤,孝之始也”(《孝经·开宗明义》)。传统社会文化道德要求臣子对皇帝、儿女对父母保持绝对忠诚与服从。在这种文化语境中,发出“自怜自艾”的声音即便不是屈原或者林黛玉们表达不满与反抗的最好途径,至少也是可取的——这种声音没有违反儒家文化道德规范,同时也表达了自己的意愿。这就是这种作品为什么能够在传统社会中引起读者强烈共鸣的文化原因所在。

在中国传统文化语境中,事实上存在一种“哀悼美学”,即人们对于弱者所发出的声音的同情,对他们的感情的善意理解,并且依此对社会文化中存在的问题进行反思。例如,《离骚》的存在可以在一定程度上促使后世的君王们反思,使君王们对臣子们进行惩罚时更为慎重,《红楼梦》以及《葬花词》也能让父母们在为子女安排婚姻大事时更加倾向于倾听孩子们的声音。固然，由于文化宏观结构的限制，人们能够做的可能很有局限性，但是这些“怨诗”以及“哀悼美学”的存在却能够感动人们在可能的前提下做到最好。

诗歌作为一种艺术作品，其存在不是为了让所有人喜欢。任何一首诗歌，只要有一个人喜欢也就具有了价值。中国传统诗歌是如此，《离骚》《葬花词》也是如此。如果人们不喜欢一首诗，那么完全可以置之不理，不给这首诗加分，不过，这无碍于这首诗因为已经有人喜欢所获得的存在价值。

在儒家的“四书”“五经”中，《诗经》是唯一一部以抒情为主的艺术作品，其他儒家经典（包括历史书）的主要功能都是说理。儒家在文体上对抒情与说理进行了明确地区分，在儒家看来，诗歌就是为了“抒情”而存在的。

问题在于，在诗歌之中是否能够容纳“说理”的成分呢？

中国传统诗人似乎是以“二元对立”的思维方法，将感性与理性截然切断、对立起来了，因此一直在诗歌中排斥理性。宋代诗人曾经尝试“以理入诗”，不过却一直饱受质疑，未能发扬光大。即便是那些“以理入诗”的作品，例如“问渠哪得清如许，为有源头活水来”，“不识庐山真面目，只缘身在此山中”等，也只是对说理的浅尝辄止。

语言是一种社会性的产物，它本身就具有一定的理性成分。语言本身是由许多非常精巧的规则支配的，这些规则是语言自身具有的理性品质的具体存在。我们写诗都要用语言，因此，我们在写诗的过程中也必然将语言的自然理性引入诗歌之中，赋予诗歌一种基本的理性品质。我们在生活中会产生很多情感，有时有些情感会让我们非常苦恼、郁闷——尤其当我们被一些我们自己也没有意识到或者无法理解的情感控制时，我们的生命状态乃是最为被动、最为脆弱的。不过，当我们开始写诗时，就开始了以理性关注、分析自己的情感状态的过程，而当我们以语言将自己的情感状态表达出来时，我们事实上就是以理性捕捉到了自己的情感状态。也就是说，一旦我们写出了一首诗，我们也就以理性“照亮”了自己的情感，我们的生命状态也就从被动转变为了主动。正因如此，“写诗”才成其为一种提高修养的基本方法，许多传统儒家学者都会写诗，也能够获得以此带来的人生修养。

除了在诗歌创作中引入语言的自然理性之外，中国传统诗人秉持“诗言情”的基本原则,一直不愿意在诗歌中对理性开放更多空间。这使得中国诗歌作品和西方的“内省”式诗歌比较起来,在理性的深度与广度方面均相距甚远。其实,明确地引入理性不仅不会削弱诗歌对情感的表现,反而会深化、细化诗歌对情感的表现效果,从而加强诗歌的“诗言情”特质。

六、现代文化语境下中国诗歌的“理性”使命

前文已经谈到,中国“自美”诗人乃是以“肯定”的方法从正面来“认信”文化规范的,他们也能在很大程度上认识人性之恶,不过却很少将它们表现出来。这在很大程度上导致我们在诗歌之中对人性之恶的认识不及西方基督教文明深刻。

中国历史上也有“性恶论”,对人性之“恶”进行了阐述,其中最为著名的是荀子,他说:“人之性,恶;其善者,伪也”(《荀子·性恶篇》)。不过,荀子的“性本恶”论和基督教“原罪论”具有重大的差别。荀子论述人性之恶,主要是为了“改变它”。所谓“伪也”,就是“人为”的意思,荀子是要人们认识人类本性中的“恶”,并且通过“求贤师”“择良友”等手段来剔除自己身上的“恶”,——这和儒家学说的基本目的是一致的,即通过修养,达致“圣人”的境界。荀子认为个人身上虽然有“恶”,不过是可以通过修养来加以克服的,而基督教认为人类身上的“原罪”不是个人所能克服的,最终只能由上帝来“宽恕”,可见,荀子的“性恶论”和基督教的“原罪论”在要旨上是大相径庭的。这两者导致的效果也具有明显区别:既然“性恶论”认为个人可以剔除身上的恶,那么,它就赋予了个人很大的空间与动机通过宣扬自己已经“修养成功”来掩饰自己身上的“恶”;相比之下,“原罪论”认为个人不可能剔除自己身上的恶,因此也就没有赋予个人任何空间与动机来有意或者无意地欺骗自己和别人。在某种程度上,“性恶论”会让个人急于洗白自己,不能静下心来深入探索人性之恶的世界,而“原罪论”却能够鼓励并欣赏个人锲而不舍地发掘自己身上之恶。

荀子本人虽然认识到了每个人身上都有“恶”的本性,然而他也没有认真

忏悔自己身上之恶的任何著作，他和其他儒家子弟一样，遵循的都是“肯定自我”的文化逻辑，并且向往通过自我修养成为“圣人”。更为糟糕的是，儒家为了现实政治的需要，提出所谓“为尊者讳耻，为贤者讳过，为亲者讳疾”（《春秋穀梁传》）的世故做法，造成了“人人为尊者、贤者、亲者护短，当然更为自己护短”的恶劣社会风气，严重地阻碍了人们对自己身上的“恶”的认识。

如果说“原罪论”促使基督教徒从“反面”将自己内心之“恶”说出来，那么“性恶论”就促使儒家子弟从正面将自己的“修养”成果展示出来。不可否认，儒家的方法也能促使人们认信文化，提高文化修养，不过，它却不能像基督教一样让人们深度认识人性之恶。而只有深度认识人性之恶，我们才能充分认识一个“立体”的自己，并逐步促使社会获得“人性论”方面的系统学术成果。

也只有对人性之恶具有充分的认识，诗人们也才能够在作品中深度剖析自己，以此增加作品的深度与广度。陆建德指出：

> 相对开放的自我反而会有更加丰富的层次和色彩。我们不妨来看看弗吉尼亚·伍尔夫如何评论蒙田的散文。她在《蒙田》一文写道，要成功描写近在咫尺的自我太难了，而蒙田做到了……蒙田则不受笔的摆布，他认识到人类本性的悲惨、弱点和虚荣，自己作为其中一员，必须敞开自我。①

毫无疑问，蒙田的境界是值得我们向往的，这个境界也是仅有少数伟大的西方作家才能够达到的高境界。陆建德认为，在西方颇为著名的卢梭在其《忏悔录》充满“伪善”以及“无法宽宥的无耻”，也远远没有达到这一境界。② 古希腊哲学家强调“认识你自己”，乃是因为他们明白个人认识自己实在太难了。譬如将自己的“恶”的一面敞开，即便在西方，又有多少人真正做到了呢？如果我们不将自己的“恶”一面敞开，那么我们就不可能真正

---

① 陆建德：《自我的风景》，花城出版社 2015 年版，第 189—190 页。

② 陆建德：《自我的风景》，花城出版社 2015 年版，第 219—220 页。

“认识自己”,也就只可能获得一种“扁平”的人生。

儒家学者可能会说:儒家也强调“吾日三省吾身”呢!我只要能够认识到自己的缺点,自觉改正就行了,为什么一定要说出来呢?——这种观点过于自信,缺乏深度的自我怀疑精神。他们以为仅凭自己一人之力就能够充分认识到自己人性中的“恶”,并且能够自我纠错,——其实这是不可能的!中国社会几千年的“人治”政治,正是以这种错误的“自信”或者“他信(即对于自信者的信任)”为基础上的。事实已经证明,没有任何人能够真的深刻认识并且独自控制好自己身上的缺点或者错误。西方人不相信个人,主张“法治”,乃是源于他们对于人性的局限性以及人性之恶的深刻认识。

如果每个人都不将自己之恶坦陈出来,而且还要求别人搞什么“为尊者讳,为贤者讳,为亲者讳”,那么,整个社会体对人性之恶的认识就会非常浅薄。正如我们有必要将自己的“正面”修养拿出来向社会敞开,以利于社会形成相关的“正面资源库”文化体系,让每个人能够利用该体系进行对比参考,并提高自己的修养一样,我们也必须将自己的“负面”的东西拿出来向社会敞开,以利于社会体形成相关的“负面资源库”文化体系,帮助人们深刻认识自己身上之恶。如果我们没有这个“负面资源库”文化体系,那么,整个社会文化结构都会陷于一种“扁平”的水平。——固然,中国历史上也有不少互相“揭短”的批评作品,在一定程度上构成了“负面资源库”文化体系。不过,我们非常缺乏自我敞开的文化资源,我们的“负面资源库”文化体系是很不完善的。

基督俗世文化值得学习,西方哲学更值得学习。事实上,缺乏源于古希腊哲学的思辨体系乃是导致中国在现代社会落后于西方的主要原因。幸运的是,经过中国学人百余年来的努力,我们已经系统地引进了西方哲学理论体系,并且将它普及到了日常教育活动中,使得每个中国人都能够在一定程度上接受哲学思辨教育。可以说,西方思辨哲学的逻辑理性已经像佛教一样在中国扎下根来了。① 冯友兰曾指出:“就我所能看出的而论,西方哲学

① 说中国传统中缺乏西方哲学,所指的乃是缺乏西方的哲学的核心即“知识论哲学”,参见黎志敏:《知识的“德”与“真”》,《现代哲学》2010 年第 3 期;黎志敏:《整体知识论:知识的“真”与“德”之辩》,《文史哲》2011 年第 1 期。

对于中国哲学的永久性的贡献，是逻辑分析方法。……重要的是这个方法，不是西方哲学现成的结论。[①] 冯友兰的这一观点非常高明，现代中国需要着重学习的乃是西方哲学形式上的“逻辑理性”，而不是仅仅学习各种结论。

从宏观上来看，西方现代社会乃是哲学理性对基督教神性的不断解魅，并最终在两者之间形成动态平衡的文化结果。相比之下，中国现代社会则是哲学理性对儒家学说神性的不断解魅，并且最终形成动态平衡的文化结果。不同之处在于，西方的动态平衡模式已经形成并且基本成熟，而中国的动态平衡则正在形成之中。毫无疑问，现代文化理念体系已然在中国扎下根来，例如以社会主义核心价值观所提倡的以“自由平等、民主法治”为代表的现代文化理念就已经为人们广泛接受了。今天，即便一个没有认真研究过“人性论”的普通老百姓，也不再相信什么“圣人”或者“人治”了。几十年来，中国社会对于“人治”的否定日趋坚定，对于“法治”的肯定日趋坚定，而这一成果正是以人们对于人性之恶的深度把握为基础的。

尽管中国现代文化的发展成果卓著，然而中国毕竟还处于文化转型期，中国现代社会文化规范发展尚不成熟，因此，中国社会文化结构对个人情感宣泄的平衡力量也较为脆弱。在这种情况下，社会理性与情感的平衡更需要仰仗“个人平衡机制”，当前中国非常需要“内省式”的诗学理论与诗歌作品。

对“内省式”诗学与诗歌的追求可以促使诗人更注重个体的社会文化修养，在一定程度上获得理性和情感的“个人平衡机制”，从而创作出理性与情感更为平衡的诗歌作品，并且帮助读者获得相应的理性与情感修养。更多的个人理性能够加强社会文化理性，促进中国现代文化更加顺利地走向成熟，最终反过来为个人情感的宣泄提供更大的空间。

当前中国也已经为创作“内省”诗歌提供了一定的社会文化基础。其一，当前中国已经基本接受自由平等、民主法治的现代文化价值观念，每个人都有了基本的现代权利保障。在此前提下，一个诗人在诗歌中完全敞开

---

① 冯友兰：《中国哲学简史》，涂又光译，北京大学出版社 1996 年版，第 282—283 页。

并且深度内省自己身上所存在的人性之恶，不会对他带来危险或者伤害。而且，由于当前社会的全球化特征，不少读者都能够在一定程度上理解基督教的“原罪”理论，并且在学校教育中获得了一定的现代哲学理性，有的甚至阅读了包括《忏悔录》在内的相关作品与相关评论，因此，他们很可能会以欣赏的眼光来看待中国作家所创作的“内省”作品。

其二，和传统儒家学者不同，当前中国作家将创作视为自己的职业，他们没有传统儒家“学而优则仕”的诉求，没有将自己塑造成“圣人”的动机或者必要。他们可以自由地根据社会文化环境以及自己的主观愿望来进行创作，他们追求的是艺术创新以及艺术作品的质量——显然，向读者展示一个不完美的自己更能促使他们发出与传统不一样的声音，更容易帮助他们实现艺术创新。

其三，和中国传统诗歌不同，中国现代诗歌较少形式方面的硬性要求与约束，非常有利于诗人在作品中自由地运用各种元素进行创作，最大限度地在诗歌作品中探索人性之恶。

中国传统在“内省”诗学以及诗歌方面的成就颇为有限，因此，中国现代诗歌在这一领域具有广阔的创新与发展空间。如果诗人们敢于在诗歌作品中深度剖析暗藏于自己内心深处的人性之恶，仅这一点，或许就能够给作者和读者带来完全不同的情感体验了。

在现代诗歌中对人性之恶进行探讨的过程中，必须引进“理性”，不过度地夸张人性之恶，不以人性之恶遮蔽人性之善。任何人的身上都有一个天使，也有一个魔鬼，忽视魔鬼是不对的，忽视天使也同样不对。

从诗歌艺术的角度来看，引入理性也是有益无害的。诗歌艺术的实用价值在于促进人们之间的情感沟通，感情沟通方式是“共鸣”，而感情能够产生共鸣必然是以一定的理性的社会文化价值共识为基础的。在中国传统社会，由于儒家社会文化价值规范深入人心，人们具有强烈的文化共识，因此，诗人运用简单的意象呈现手法就能唤醒读者的强烈文化情感共鸣，不过在现代文化语境之中，我们却很难做到这一点。原因在于：其一，现代读者具有很强的怀疑精神，不愿意轻易流露自己的情感，不希望自己的情感被愚弄。即便在阅读诗歌作品时，他们也会认真审视、思考，判断诗人所抒发的情感正确与否。因此，现代诗人有必要在自己的作品中引入更多的理性因素，表明自己的情感表达符合现代文化的基本规范，没有“滥情”，更没有“抒错情”。唯有如此，读者才愿意和诗人交流感情，形成共鸣。其二，与传统文化不同，现代文化结构非常精细，现代文化价值规范非常微妙，现代社会还崇尚多元，而且，当前中国社会还正处于转型时期，人们的社会文化价值共识并不雄厚，这些都让人们难以对几个简单的诗歌意象产生情感共鸣。在这种情况下，诗人必须在诗歌作品中运用更多的理性因素（例如以叙述创造更为具体的语境），表达更为精确细腻的情感，以利于读者的理解并产生情感共鸣。

在诗歌中引进理性不是为了改变“诗言情”的本质，更不是为了改变诗歌的文体性质。陆建德曾引用阿诺德的话暗示自己理想中的诗歌，阿诺德说他尊崇的诗歌是“平静愉快、客观中立”的古典诗歌。① 只要符合现代文化规范，表现现代人生活中的细腻情感，“平静愉快、客观中立”的诗风固然也是值得称道的。不过，“平静愉快、客观中立”却不能作为现代诗歌的创作准则。在现代生活中，人们依然会产生强烈的情感，这种强烈的情感依然可以通过诗歌的形式来进行抒发，只要它不违反现代文化规范，我们就不能在社会文化的层面反对它；只要它能够体现现代人生活中的细腻情感，我们就应该称赞他——须知，有些细腻的情感，恰恰需要以强烈的方式才能表现出一定的深度。

在现代诗歌中以理性介入诗歌创作，可以防止我们对一件本来复杂的生活事件做出仓促的文化价值或者简单的个人情感反应。我们提倡在诗歌创作活动中对生活事件做出深度思考，以理性规范情感反应，最终寻找到最为确切、往往也可能是十分复杂、精妙的（或者平静或者强烈）情感反应以及相应的表达方式。在这一过程之中，理性是帮助情感生长的，而不是破坏情感的。理性和情感并不矛盾，恰恰相反，它们是相辅相成的，事实上，“理性的情感”是更加深刻、更为精细、更可以信任与依赖的情感。

---

① Lu Jiande，“‘Self-’ in F.R.Leavis—And Its significance for Chinese Literature”，The Cambridge Quarterly，41(2012)：128-145，p.138.

结　论

陆建德在中西文化与文学方面的学养深厚,他对中国社会的关切让人钦佩,他对于人性之恶的认识也比较深刻,他向中国读者大力推介西方的“内省”诗学以及诗歌的苦心也让人感慨。本文基于其相关思想进行的辨析与拓展,不是为了批评而批评,而是期望通过对相关问题的辨析阐明中国传统诗歌的合理性所在,以及如何借鉴西方“内省”诗学来促进中国现代诗歌的发展,同时也对学术研究的方法进行一些探讨。

我们认为,西方的“内省”诗学以及诗歌对中国现代诗歌乃至现代文化的建设的确具有重大意义,值得认真借鉴。具体而言,就是在现代诗歌创作中注意反思人性之恶,弥补传统诗歌之不足,在诗歌表现中引入理性,细化、深化诗歌情感的表现。不过,我们并不认同陆建德对中国传统所谓“自美”诗歌的批评,尽管对“自美”诗歌的批评在他的论著中占据着主体地位。我们运用“还原式批评”的方法,详细阐释了中国文化语境中“自美”诗歌的合理性所在。我们认为不能采取“一废一立”的二元对立思维模式,在倡导西方“内省”诗学时排斥中国传统的“自美”诗学。

批评的方法乃是批评研究的前提,在文学与文化批评之中,很多错误的意见往往源于研究方法的问题。我们有必要从批评方法上进一步剖析陆建德的相关批评并做进一步反思。

陆建德是从社会文化的视角切入、以西方“内省”诗学作为理论基础、运用“介入式批评”的方法来批评中国传统诗歌的。这种批评的逻辑目的所在,是在现代中国倡导“内省”诗学。而在中国倡导“内省”诗学,论证的重点应该基于现代中国文化语境,讨论如何在现代中国建立“内省”诗学的问题。可惜的是,陆建德却将重点置于对中国传统诗歌的批评之上了。以西方“内省”诗学介入中国传统诗歌进行批评,固然对在现代中国建立“内省”诗学能够起到铺垫的作用,不过,在进行相关批评时至少有两点需要注意:第一,需要从“还原式批评”的视角了解中国传统诗歌的合理性;第二,需要具有明确的中国现代诗学的批评导向。

其一，陈寅恪在《冯友兰中国哲学史审查报告》中说："凡著中国古代哲学史者，其对于中国古人之学说，应具了解之同情，方可下笔。"事实上，"了解之同情"应该是我们论及中国传统文化的基本态度，值得每一位现代学者严格遵循。唯有如此，在评价中国传统文化的时候，我们才能够以历史的眼光来看待问题，自觉地从"还原式批评"的视角了解中国传统文化事件的合理性所在，从而做到"知己知彼"，避免我们在对中国传统文化批评时产生偏见。陆建德自己也说："我们每个人都可以意识到历史的多种可能性，这样我们对民国历史，包括北伐之前北洋政府的历史和晚晴的历史，会产生一种温情的理解。"①这段话中也暗示了"还原式批评"的基本方法，可惜的是，陆建德对中国传统诗歌进行评价时并没有表现出"温情的理解"的意愿，导致他对中国传统诗歌进行评价时得出了较多的偏颇结论。

在运用"还原式批评"的方法评论中国传统文化时，需要在宏观上准确地把握中国文化结构，深刻理解中国传统文化自成一体的文化逻辑所在，认真探究中国文化的各种实践活动在中国传统文化语境中的合理性所在。事实上，通过"还原式批评"的方法，我们发现中国传统"自美"诗歌只是由于和西方诗歌具有不同的"文化认信"的途径而已，它们产生的文化结果其实是相同的，因此，从社会文化的视角来看，中国传统"自美"诗歌和西方"内省"诗歌并无优劣之分。在传统文化语境中，中国诗歌和中国社会形成了良好的动态平衡机制，中国诗歌为中国传统社会文化的发展做出了杰出的贡献，中国传统诗歌本身是无可指责的。

其二，陆建德在运用"介入式批评"方法的时候，是用西方"内省"诗学作为基础来批评中国传统诗歌的，即他是以弘扬西方"内省"诗学来作为自己的批评目的的。这是不合适的。

从逻辑上来看，我们批评中国传统诗歌，自然是为了建设中国现代诗歌。而西方"内省"诗学毕竟是在西方文化环境中发育完善而成的，它并不

---

①　陆建德：《"种子已经播下"》，陆建德：《自我的风景》，花城出版社 2015 年版，第 251 页。

一定代表中国现代诗歌的发展方向。如果要证明它可以合理地构成中国现代诗学的组成部分,就要进行相关论证工作,而不能想当然地把它当成中国现代诗学的组成部分。事实上,这一点乃是我们在进行中西文化比较批评时必须具备的基本意识。

中国现代文化的基本框架业已十分清晰,它是以自由平等、民主法治等作为基本价值的理念体系。经过考证,我们不难发现“内省”诗学的确有利于中国现代文化的发展,可以作为中国现代诗学的有机组成部分。不过,“内省”诗学在中国现代诗学中并无“排他性”的合法性基础,中国传统的“自美”诗学在中国现代文化中依然具有文化的合法性,依然有助于中国现代文化建设。中国现代文化以及中国现代诗歌是以“开放多元、兼容并蓄”作为基本特征的。当然,那些虚伪的、违背理性原则,具有自欺欺人性质的“自美”诗歌,在任何时代都是不会被承认的。

以现代文化规范作为价值评价体系,才能够较好地进行“介入式批评”研究,例如,在现代文化语境之中,绝对的皇权和父权已经不复存在,成就个人的机会很多,因此批评《士不遇赋》等哀叹自己“不遇”的作品是具有合理性的。不过,现代中国诗人也极少有什么“不遇”的作品,因此,这种“介入式批评”的意义并不大。在现代社会,仍然存在很多不公平的现象,仍然有很多人的合法权益受到侵犯,这就为“自怜自艾”的诗歌留下了创作空间,为“哀悼美学”发挥社会作用奠定了合法性的基础,换言之,用“介入式批评”的方法批评这种诗歌作品就不具备合理性了。如果现代还有诗人写作“怨诗”,我们所做的应该是检讨他(她)的现代权利是否受到侵犯,社会制度是否可以改进,而不必急于指责他(她)“自恋”。至于传统“诗言志”的作品,则与现代文化价值规范毫无冲突之处,“介入式批评”方法对这种诗歌的批评不具备合法性的基础。

在《狂人日记》中,鲁迅毕竟是借用“狂人”的形象来表达自己的观点的,而且还在小说前加了一段按语:“某君昆仲,今隐其名,皆余昔日在中学时良友……”以拉开和“狂人”的距离。不过,“鲁迅后来在《〈中国新文学大系〉小说二集序》(1935 年)回顾自己早期的小说创作时也提及果戈理的《狂人日记》,并袭用了吴虞‘吃人与礼教’的思路来评价中国版本的狂人。"[①]这时的鲁迅是以批评家的身份出现的，他的这种处理等于是在理性层面默认了吴虞等人对《狂人日记》的阐释。以此观之，鲁迅也并没有意识到在批评传统文化时应该遵循一定的基本规范，这导致其批评的结果并不好：作为鲁迅眼中的"黑屋子"的传统文化被严重破坏，"新屋子"却不见踪影。

我们很难具体度量和鲁迅类似的批评中国传统文化的文章具体对社会造成了多大影响，不过，近年来中国社会文化道德大幅滑坡，则可谓这种批评态度的逻辑结果。如果鲁迅泉下有知，他还会认为中国传统的"仁义道德"都应该一扫而尽吗？他是否会更加谨慎一点，选择在搭建好"新屋子"之后，再向"黑屋子"开炮呢？[②]

由于对以上两点缺乏清晰的认识，未能认真地做好相关处理，导致陆建德对中国传统诗歌所做出的结论颇为偏颇，这进一步导致他在行文时颇为情绪化，违反了"情绪中立"的基本学术原则。陆建德十分赞赏西方学者所主张的"无私的客观性"(disinterested objectivity)，不过，他在论及中国诗歌时却表现得并不客观，例如他在批评中国古代诗人时所说："古代诗人说到自己如何'内美'是不克制的。……那些'狂狷之士'都有点'老子天下第一'的派头，这样的作品不在少数……"[③]"试设想这一批争奇斗艳的尤物聚在一起，为了证明自己不是假冒伪劣，会有多少失态的打斗、难听的嘶鸣。"[④]按照严格的学术规范，他本来应该运用更为客观中立的语言来行文的。

行文的情绪化只是表面现象，其内在的问题在于："情绪化"的情感状态影响了他的批评思维走向，让他在学术运思时缺乏足够的警惕(vigilance)。[⑤] 例如，他在《利维斯的"自我"：及其对中国文学的意义》一文中谈

---

① 陆建德：《自我的风景》，花城出版社2015年版，第179页。

② 陆建德也不认可鲁迅将中国传统道德全部推翻的做法。参见陆建德：《走出狂人的铁屋》，见陆建德：《自我的风景》，花城出版社2015年版，第175—181页。

③ 陆建德：《我是人类的一员：文学中的个人与社会》，《当代作家评论》2012年第4期。

④ 陆建德：《自我的风景·代序》，花城出版社2015年版，第6页。

⑤ 参见Li Hao, 'Vigilance' and the Ethics of Cross-Cultural Reading, *The Cambridge Quarterly*, 41(2012): 146-162。该文详细论述了利维斯关于在学术活动中应该保持"警觉"的相关论述以及观点。

到,大卫·霍克思在1985年重版《楚辞》(*The Songs of the South*)时修改了他的“介绍”(Introduction),将他于1959年版本中批评屈原“自美”的文字删去了。而且陆建德在同一段落中也谈道:“如果《楚辞》中的很多作品真的是萨满教在宗教活动中的唱词,而不是屈原个人的作品,那么,因为这些作品来指责屈原‘自怜’就并不恰当。”①他也注意到在20世纪80年代,西方人的诗歌品味已经发生了大的改变,“对于放荡不羁的情感表现以及以自我为中心的文学叙述,年青一代的学者比老一代要习惯得多”②。如果陆建德对这些信息保持足够的警觉,深入探究其中的原因,就可能得出不同的观点。可惜他只是一笔带过,仍然又回过头去坚持霍克思早已放弃的对屈原的批评观点,继续自己对于屈原乃至整个所谓中国“自美”诗歌的批评。

陆建德反对诗歌主体中的“硕大自我”,而他的批评文字中却不时地彰显着一个“硕大自我”的批评主体。这显然是不合适的。诗人是艺术家,他们在诗歌之中张扬自我,宣泄情感还是可以为很多人理解、接受的,但是,批评家却绝对不能够被自己的情绪所左右,必须在最大程度上保持客观中立。

如果说中国缺乏“内省”的文学传统,那么,中国也一样缺乏“内省”的文学(文化)批评传统——而后者对中国文化所造成的困扰更甚于前者。毫无疑问,在中国的现代化建设过程之中,我们需要“客观理性”的“内省”诗学与诗歌作品,我们更需要客观理性的“内省”的批评文章,否则,在中国学界就很难形成“客观理性”的主流文化,就会对中国现代文化建设带来严重的负面影响。

只有坚持严格的学术规范,按照学术规范认真地做学术证明工作,而不是根据自己的个人偏好发表观点,才能够获得“客观理性”的批评结果。也唯有依据严格的学术规范,从一个不具有偏见的前提出发,根据逻辑理性原则进行推导,才能够得出一些为具有不同的偏好的人所共同认可的公正的学术结论,让人们达成一些基本的共识。这就是学术论文与其他文体的重

① Lu Jiande, “‘Self-’ in F. R. Leavis—And Its significance for Chinese Literature”, *The Cambridge Quarterly*, 41(2012):128-145, p.141.

② Lu Jiande, “‘Self-’ in F. R. Leavis—And Its significance for Chinese Literature”, *The Cambridge Quarterly*, 41(2012):128-145, p.141.

要差别所在。

即便学者们秉持“客观理性”的学术原则，也仍然还是不够的。任何学者都有自己的文化立场，都有自己的生活经验以及知识储备的局限，都不可能做到绝对的客观中立……总之，作为个体的学者的局限性是非常明显的。我们不能指望哪个学者来穷尽真理，我们只能寄望于整个学界——学术研究是集体的事业，必须由整个学界来协作完成。笔者曾在《论“格局式”真理》一文中提出“格局式”真理的概念，认为人文社科领域的“真理”主要体现为一种“格局”，“其真理性不在于某领域内某种判断的对错，而在于该领域内所有不同判断所组成的一种生机勃勃的动态平衡格局”。① 而要创造出一种局面，就要在学界倡导平等、自由、开放的批评局面，让学者乐于对话，像陆建德所指出的那样“出于坦诚和信任，争论起来也不留情面”，②从而让不同的观点形成互补，形成张力，最大限度地接近真理的格局。

① 黎志敏：《论格局式真理》，《粤海风》2015 年第 3 期。

② 陆建德：《自我的风景》，花城出版社 2015 年版，第 35 页。

主要参考文献

一、英文部分

1. Alexander, M., *Ezra Pound's Achievement*, London: Faber & Faber, 1979.

2. Aristotle, *Poetics*, trans. by Richard Janko, Indianapolis/Cambridge: Hackett Publishing Company, 1987.

3. Bernstein, Charles, *Pitch of Poetry*, Chicago and London: The University of Chicago Press, 2016.

4. Bianchi, Martha Dickinson, *The Life and Letters of Emily Dickinson*, ed. Boston and New York: Horghton Mifflin, 1924.

5. Cody, John, *After Great Pain: The Inner Life of Emily Dickinson*, Cambridge, Mass, Harvard University Press, 1977.

6. Cook, Elizabeth, "Prynne's Principia", review of J. H. Prynne, Poems (Edinburgh and London, 1982), *London Review of Books*, Vol. 4 No. 17 (16 September to 6 October 1982), 15-16.

7. Cookson, William, *Selected Prose*: 1909-1965. ed. New York City: New Directions, 1973.

8. Cooper, G. Burns, *Mysterious Music: Rhythm and Free Verse*. Stanford University Press, 1998.

9. Couper-Kuhlen, Elizabeth, *An Introduction to English Prosody*, London: Max Niemeyer. 1986.

10. Couper-Kuhlen, Elizabeth, *English Speech Rhythm: Form and Function in Everyday Verbal Interaction*. Amsterdam: J. Benjamins, 1993.

11. Creeley, Robert, *The Collect Poems of Robert Creeley*, 1945—1975, Berkeley, CA: University of California Press, 1982.

12. Cureton, Richard D., *Rhythmic Phrasing in English Verse*, London; New York: Longman, 1992.

13. Dickinson, Emily, *The Poems of Dickinson*, Edited by R.W.Franklin. Cambridge: The Belknap Press of Harvard University Press, 2003.

14. Eliot, T.S., *Selected Essays*, London: Faber and Faber, 1954.

15. Eliot, T.S., *To Criticize the Critic*, London: Faber and Faber, 1965.

16. Eliot, T.S., *The Sacred Wood: Essays on Poetry and Criticism*, London: Methuen, 1967.

17. Eliot, T. S., *Literary Essays of Ezra Pound*, ed. Toronto: George J. Mcleod Ltd., 1968.

18. Fenollosa, Ernst, *The Chinese Written Character as a Medium for Poetry*, ed., by Ezra Pound. San Francisco: City Lights Books, 1936.

19. Forrest-Thomson, Veronica, *Poetic Artifice: A Theory of Twentieth-century Poetry.* Manchester: Manchester University Press, 1978.

20. Galperin, William, *Approaches to Teaching Dickinson's Poetry*, New York: The Modern Language Association of America, 1989.

21. Grabher, Gudrun, Roland Hagenbuchle&Cristanne Miller: *The Emily Dickinson Handbook*, Amherst and Boston: University of Masachusetts Press, 1998.

22. Graham, A.C., *Poems of the Late T'ang*, Trans. Harmondsworth: Penguin, 1970.

23. Hejinian, Lyn, "The Rejection of Closure", in Paul Hoover, *Postmodern American Poetry*(2nd edition), ed., New York and London: W.W.Norton & Company, 2013.

24. Huang, Guiyou, *Whitmanism, Imagism, and Modernism in China and America*. London: Associated University Presses, 1997.

25. Johansson, Birgitta, *The Engineering of Being: An Ontological Approach to J.H. Prynne*. Uppsala: Swedish Science Press, 1997.

26. Johnson, Thomas H., *Emily Dickinson: An Interpretive Biography*. Cambridge (Mass.): Harvard University Press, 1955.

27. Johnson, Thomas H., *The Letters of Emily Dickinson*, ed. Cambridge, Mass, Harvard University Press, 1958.

28. Keene, Dennis, "In Extenso", review of, *int. al.*, J.H. Prynne, *Poems* (Edinburgh and London, 1982), *PN Review*, 30(Vol.9 No.4)(1982), 63-67.

29. Kenner, Hugh, *The Pound Era*, London: Faber and Faber, 1972.

30. Korg., Jacob, *Dylan Thomas*, New York: Maxwell Macmillan Twayne Publishers, 1992.

31. Levenson, Michael H, *A Genealogy of Modernism: A Study of English Doctrine 1908–1922*, Cambridge: Cambridge University Press, 1984.

32. Levertov, Denise, "On the Function of the Line", in Donald Hall, Claims for Poetry, ed. Ann Arbor: The University of Michigan Press, 1982: 265–272.

33. Lewis, Day, *The Poetic Image*. Los Angeles: Jeremy P. Tarcher, Inc., 1984.

34. Li, Hao, 'Vigilance' and the Ethics of Cross-Cultural Reading, *The Cambridge Quarterly*, 41(2012): 146–162.

35. LI Zhimin, *New Chinese Poetry under the Influence of Western Poetics: The Origins, Development and Sense of Nativeness.*

36. Lodge, David, *Twentieth Century Literary Criticism: A Reader*, ed. Longman, 1972.

37. Lu, Jiande, "'Self-' in F. R. Leavis—And Its significance for Chinese Literature", *The Cambridge Quarterly*, 41(2012): 128–145.

38. Maud, Ralph, *A Charles Olson Reader*. ed. Manchester: Carcanet Press Limited, 2005.

39. McGuinness, Patrick, "Going Electric", *London Review of Books*, Vol.22 No.17(7 September, 2000) p.31.

40. Mellors, Anthony, *Late Modernist Poetics: From Pound to Prynne*, Manchester: Manchester University Pres, 1988.

41. Merwin, W. S., *East Window: The Asian Poems*, ed. Port Townsend, WA: Copper Canyon Press, 1998.

42. Needham, Joseph, *The Grand Titration*, New York: Routledge, 2005.

43. Nie, Zhenzhao, Interview with Charles Bernstein. Foreign Literature Studies, 2007(2): 10–19.

44. Patterson, Ian, "'the medium itself, rabbit by proxy': some thoughts about reading Prynne, J.H., *Poets on Writing: Britain*, 1970–1991, ed. by Denise Riley. London: MacMillan Academic and Professional Ltd, 1992.

45. Perloff, Marjorie, *Wittgenstein's Ladder: Poetic Language and the Strangeness of the Ordinary*, Chicago: University of Chicago Press, 1999.

46. Picken, L.E.R., "Secular Chinese Songs of the Twelfth Century", Studia MusicologicaAcademiaeScientiarumHungaricae, 8, 1966.

47. Poe, Edgar Allan, "The Poetic Principle", in *The Poems of Edgar Allan Poe*, New York: Dover Publications, Inc. 2017.

48. Pound, Ezra, *Cathay*. London: Elkin Mathews, 1915.

49. Pound, Ezra, *Selected Poems*, T.S. Eliot, ed. London: Faber and Faber Ltd. 1959.

50. Pound,Ezra,*The Cantos of Ezra Pound*,New York:New Directions Books,1996.

51. Pound,Ezra,"Vorticism",in Gaudier-Brzeska:A Memoir[M].New York City:New Directions,1970.

52. Prynne,J.H.,*Poems*,New Castle:Bloodaxe Books Ltd,1999.

53. Prynne,J.H.,*Poems*,Northumberland:Bloodaxe,2005.

54. Qian,Zhaoming,*Orientalism and Modernism:The Legacy of China in Pound and Williams* [M].Durham:Duke University Press,1995.

55. Reeve,N.H.,and Richard Kerridge,*Nearly Too Much:The Poetry of J.H.Prynne*. Liverpool:Liverpool University Press,1995.

56. Rexroth,Kenneth,*With Eye and Ear*,New York:Herder & Herder,1970.

57. Rexroth,Kenneth,*American Poetry in the Twentieth Century*,New York:Seabury Press,1973.

58. Roberts,Nell,*A Companion to Twentieth-century Poetry*,ed.Malden:Blackwell Publishing Ltd,2001.

59. Sidney,Philip,*The Defense of Poesy,Otherwise known as An Apology for Poetry*,Boston:Ginn & Company,1890.

60. Simpson,Louis,*Studies of Dylan Thomas,Allen Ginsberg,Sylvia Plath and Robert Lowell*,London:The Macmillan Press Ltd,1978.

61. Smith,Egerton,*The Principles of English Meter*,Oxford:Oxford University Press,1923.

62. Sock,Noel,*Ezra Pound Perspective*,Chicago:Henry Regnery Company,1965.

63. Susan Sontag,"Against Interpretation",David Lodge,*20th Century Literary Criticism*,London:Longman Group Limited,1972.

64. Stanley,Sandra,*Louis Zukofsky and the Transformation of a Modern American Poetics*.Berkeley,Los Angeles,London:U of California P,1994.

65. Stauffer,Donald A.,*The Nature of Poetry*,W.W.Norton,1946.

66. Steiner,G.,*After Babel:Aspects of Language and Translation*,Oxford:Oxford University Press,1975.

67. Thurston,Nick,*Of the Subcontract or Principles of Poetic Right*,New York:Information as Material,2013.

68. Valéry,Paul,"Poetry and Abstract Thought:Dancing and Walking";David Lodge,*20th Century Literary Criticism*,London:Longman Group Limited,1972.

69. Whitman,Walt,*The Portable Walt Whitman,Selected and with notes by Mark Van Doren*,Revised by Malcolm Cowley with a chronology and a bibliographical check list by

Gay Wilson Allen, Middlesex and New York: Penguin Books, 1977.

70. Trotter, David, *The Making of the Reader: Language and Subjectivity in Modern American, English and Irish Poetry*, London: The MacMillan Press Ltd, 1984.

71. Wilcox, John, "The Beginnings of L' art pour L'art", in *Journa l of Aesthetics and Art Criticism*, 1953(6).

72. Williams, William Carlos, *Selected Essays of William Carlos Williams*, New York: New Directions, 1969.

73. Wordsworth, William, *Lyrical Ballads*, Longman, 1992.

74. Xie, Ming, *Ezra Pound and the Appropriation of Chinese Poetry: Cathay, Translation, and Imagism*, New York and London: Garland Publishing, Inc., 1999.

75. Yip, Wai-lim, *Ezra Pound's Cathay*. Princeton: Princeton University Press, 1969.

二、中文部分

1. 柏拉图:《理想国》,商务印书馆 1986 年版。

2. 曹顺庆:《文论失语症与文化病态》,《文艺争鸣》1996 年第 2 期。

3. 曹晓虎:《"诗言志"即"诗缘情"》,《中国社会科学报》2019 年 2 月 19 日。

4. 陈太胜:《梁宗岱的形式主义新诗理论》,《文艺理论研究》2004 年第 5 期。

5. [美]杜威:《哲学的改造》,许崇清译,商务印书馆 1958 年版。

6. 冯友兰:《中国哲学简史》,北京大学出版社 1996 年版。

7. 伏尔泰:《哲学通信》,高达观等译,上海人民出版社 1957 年版。

8. 郭为:《埃兹拉·庞德的中国汤》,《读书》1988 年第 10 期。

9. 何其芳:《话说新诗》,《文艺报》第 2 卷第 4 期(1950 年 4 月)。

10. 胡适:《文学改良刍议》,《新青年》第 2 卷第 5 号,1917 年 1 月 1 日。

11. 胡适:《中国新文学运动小史》,《胡适文集》第 1 卷,北京大学出版社 1998 年版。

12. 胡适:《胡适文集》,北京大学出版社 1998 年版。

13. 胡适:《中国哲学史大纲》,重庆出版社 2013 年版。

14. 黄晋凯等主编:《象征主义·意象派》,中国人民大学出版社 1989 年版。

15. 黄修齐:《狄金森诗歌的现代感及死亡主题》,《福建师范大学学报》(哲学社会科学版)1994 年第 3 期。

16. 江枫:《狄金森名诗精选》,太白文艺出版社 1997 年版。

17. 金洪大、杨东篱:《论王夫之对"兴、观、群、怨"说的独特阐释》,《理论学刊》2005 年第 2 期。

18. [英]彼德·琼斯:《意象派诗选》,裘小龙译,漓江出版社 1986 年版。

19. 李达三、谈德义主编:《康明思的诗》,香港今日世界出版社 1977 年版。

20. 黎志敏:《莎士比亚作品导读》,武汉大学出版社 1999 年版。

21. 黎志敏:《诗歌的"断行"艺术》,《诗刊》(上半月刊)2004 年第 4 期。

22. 黎志敏:《庞德的"意象"(Image)概念辨析与评价》,《外国文学研究》2005 年第 3 期。

23. 黎志敏:《英语诗歌形式研究的认知转向》,《外国文学研究》2008 年第 1 期。

24. 黎志敏:《诗学构建:形式与意象》,人民出版社 2008 年版。

25. 黎志敏:《诗歌的节奏理论探索:认知理论与节拍标志》,《汕头大学学报》(人文社会科学版)2009 年第 2 期。

26. 黎志敏:《"天·德"之辨:现代文化信仰的"神性"回归》,《文史哲》2015 年第 3 期。

27. 黎志敏:《论格局式真理》,《粤海风》2015 年第 3 期。

28. 黎志敏:《剑桥读诗:现代英语诗歌精选》,高等教育出版社 2018 年版。

29. 林子:《给他》,上海文艺出版社 1985 年版。

30. 刘汉民:《毛泽东谈文说艺实录》,长江文艺出版社 1992 年版。

31. 刘朝晖:《形式是内容的延伸——论投射派诗歌的形式观》,《深圳职业技术学院学报》2017 年第 2 期。

32. 龙清涛:《新诗格律探索的历史进程及其遗产》,《中国现代文学研究丛刊》2004 年第 1 期。

33. 卢卡奇:《审美特性》,中国社会科学出版社 1986 年版。

34. 陆建德:《自我的风景》,《外国文学评论》2011 年第 4 期。

35. 陆建德:《我是人类的一员:文学中的个人与社会》,《当代作家评论》2012 年第 4 期。

36. 陆建德:《自我的风景·代序》,花城出版社 2015 年版。

37. 鲁迅:《答曹聚仁先生信》,《鲁迅全集》第 6 卷,人民文学出版社 1981 年版。

38. 吕叔湘:《语文常谈》,生活·读书·新知三联书店 1998 年版。

39. 毛泽东 1965 年 7 月 21 日致陈毅的信,见《诗刊》1978 年 1 月号。

40. 聂珍钊:《英语诗歌形式导论》,中国社会科学出版社 2007 年版。

41. 宁欣:《当代西方庞德研究评述》,《当代外国文学》2000 年第 2 期。

42. 区鉷:《好奇——离格与文艺欣赏》,《广东社会科学》1986 年第 2 期。

43. 区鉷主编:《蒲龄恩诗选》,中山大学出版社 2010 年版。

44. 潘志新:《"内容与形式"关系考辨》,《前沿》2011 年第 11 期。

45. 钱光培选编:《中国十四行诗选》,中国文联出版公司 1990 年版。

46. 盛国荣:《弗兰西斯·培根的技术哲学思想探微》,《自然辩证法研究》2008

年第 2 期。

47. 孙大雨:《莎士比亚的戏剧是话剧还是诗剧》,《外国语》1987 年第 2 期。

48. [美]杰夫·特威切尔:《庞德的〈华夏集〉和意象派诗》,张子清译,《外国文学评论》1992 年第 1 期。

49. 屠岸:《屠岸十四行诗》,花城出版社 1986 年版。

50. 王国维:《人间词话》,见《王国维文学论著三种》,商务印书馆 2003 年版。

51. 王国维著,刘锋杰、章池集注:《人间词话百年解评》,黄山书社 2002 年版。

52. 王金龙:《内容/形式范畴研究六十年》,《广西师范大学学报》(哲学社会科学版)2010 年第 6 期。

53. [奥地利]维特根斯坦:《逻辑哲学论》,贺绍甲译,商务印书馆 2013 年版。

54. [奥地利]威廉·文德尔班:《哲学史教程》(上卷),罗达仁译,商务出版社 1987 年版。

55. 闻一多:《闻一多诗全编》,浙江文艺出版社 1995 年版。

56. 保罗·西利西斯:《复杂性与后现代主义》,上海世界出版集团 2006 年版。

57. 谢丹:《音象·形象·意象》,《西南交通大学学报》(社会科学版)2006 年第 3 期。

58. 王光明:《形式探索的延续》,《中国现代文学研究丛刊》2004 年第 1 期。

59. 王贵明:《论庞德的翻译观及其中国古典诗歌的创意英译》,《中国翻译》2005 年第 6 期。

60. 王国维:《人间词话》,见《王国维文学论著三种》,商务印书馆 2003 年版。

61. 王红阳:《卡明斯诗歌“l(a”的多模态功能解读》,《外语教学》2007 年第 5 期。

62. 王力:《诗词格律》,中华书局 1977 年版。

63. 魏琳:《费诺罗萨还是庞德?——〈作为诗歌媒介的中国书写文字〉的作者问题》,《国外文学》2018 年第 2 期。

64. [英]伍尔夫:《蒙田》,石云龙译,《伍尔夫随笔全集》,中国社会科学出版社 2001 年版。

65. 徐迟:《徐迟文集·诗集》,长江文艺出版社 1992 年版。

66. 杨海明:《“赤子之心”加“成人之思”——借用旧说来论李煜词》,《文史知识》1994 年第 4 期。

67. 杨永林:《从名实之争到言无定论——语言与思维关系的研究》,《北京林业大学学报》(社会科学版)2004 年第 1 期。

68. 余光中:《余光中谈翻译》,中国对外翻译出版公司 2002 年版。

69. 张怀瑾:《文质辩说》,《南开大学学报》1996 年第 6 期。

70. 张礼龙:《现实与信仰——对狄金森有关死亡诗歌的探索》,《外语与外语教学》2004 年第 10 期。

71. 张桃洲:《内在旋律:20 世纪自由体新诗格律的实质》,《文学评论》2013 年第 3 期。

72. 张子清:《二十世纪美国诗歌史》,吉林教育出版社 1995 年版。

73. 赵毅衡:《诗神远游》,上海译文出版社 2003 年版。

74. 赵毅衡:《形式与内容:何为主导》,《中国社会科学报》2014 年 10 月 10 日。

75. 周小仪:《“为艺术而艺术”口号的起源、发展和演变》,《外国文学》2002 年第 2 期。

76. 朱光潜:《现代中国文学》,《文学杂志》第二卷第八期,1948 年 1 月 1 日。

77. 朱光潜:《诗论》,生活 · 读书 · 新知三联书店 1998 年版。

78. 朱湘军、郑敏宇:《理解与翻译》,《西安外国语学院学报》2005 年第 1 期。

后　　记

本书撰写过程并非一帆风顺。从正面来看,之前有了较多积累、较多思考,让我有了继续研究现代诗歌的某种优势;从反面来看,恰如爬山一样,爬到一定的高度后,再往上爬就一步比一步更为艰难了。

在本书的撰写中,我遇到的最大难题在于抓住促进现代诗歌进步的灵魂,只有抓住这一点,我的整个专著才有统领。在对答案不断追寻的过程中,我做了大量现代诗歌文本的细读工作,并于 2018 年在高等教育出版社出版了《剑桥读诗:现代英语诗歌精选》。同时,我也坚持用中英文创作诗歌,并在 2016 年在宾夕法尼亚大学访学期间受邀到宾大诗歌中心 KWH (Kelly Writers House)等地朗诵自己的诗歌作品,还接受 KWH 资助出版了英文诗集 *Zhongalish*:*Think and Feel Globally*。该诗集受到美国著名诗歌评论家、斯坦福大学玛乔瑞·帕洛夫教授(Marjorie Perloff)、普林斯顿大学著名教授苏珊·斯图沃特(Susan Stewart)以及我在宾大的导师、美国语言诗派领军人物查尔斯·伯恩斯坦教授(Charles Bernstein)等人的积极肯定与热情推介。之后,还有一位纽约批评家对该诗集发表了长篇评论。

研究现代诗歌的难点之一,在于很多现代诗歌文本的解读本身就极具挑战性,可以说,不具备解读现代诗歌文本的深厚功底,撰写相关研究论文可能只是隔靴搔痒。我之所以进行大量的诗歌文本细读(解读)工作,并且坚持进行诗歌创作,归根结底在于想要深刻体会现代诗歌的奥秘所在。我深知,进行现代诗歌研究,不能脱离对于现代诗歌文本本身的深刻、敏锐的把握,否则就容易"差之毫厘,谬以千里"。

经过大量的阅读与反复思考,我终于抓住了现代诗歌隐藏于"自由"形式下的“创新”灵魂。这样，整个研究就有了统领，之后的一切也就变得容易起来了。

本书中的部分章节已经以论文形式发表在《外国文学研究》（CSSCI，A&HCI）、《文学跨学科研究》（香港、A&HCI）、《文史哲》（CSSCI）、《文学理论前沿》（CSSCI）、《英美文学研究论丛》（CSSCI）、《广东社会科学》（CSSCI）等国内外核心刊物之中。

下一步我将继续对相关问题进行深入研究，着重会关注现代诗歌的“创新”精神在现代诗歌作品中的具体呈现（打算从包括语言、情感、理性、文化、哲学等维度进行分析）。

我是将现代诗歌的研究、欣赏和创作结合起来，并且将它放在现代文化、哲学的大背景下进行考察的。相关研究尽管具有挑战性，但也是一种快乐，那种感觉，恰如热爱登山的人喜欢挑战高山一样，我也会在现代诗歌研究领域不断地攀登。

自 1999 年 9 月博士入学开始关注现代诗歌，迄今已二十年有余。虽然一直关注相关问题且勉力研究，然也不敢称善。我深知学术研究归根到底乃社会之“公器”，归根到底在于学界的共同努力。能够和学界的朋友一起探究现代诗学与诗歌的奥秘，我深感荣幸。

黎志敏

2019 年 11 月 15 日

责任编辑:王怡石

图书在版编目(CIP)数据

现代诗歌的自由法则/黎志敏 著. —北京:人民出版社,2022.3
ISBN 978-7-01-023782-4

Ⅰ.①现… Ⅱ.①黎… Ⅲ.①诗歌研究-中国-现代 Ⅳ.①I207.2

中国版本图书馆 CIP 数据核字(2021)第 190027 号

现代诗歌的自由法则
XIANDAI SHIGE DE ZIYOU FAZE

黎志敏 著

人民出版社 出版发行
(100706 北京市东城区隆福寺街 99 号)

北京汇林印务有限公司印刷 新华书店经销

2022 年 3 月第 1 版 2022 年 3 月北京第 1 次印刷
开本:710 毫米×1000 毫米 1/16 印张:15
字数:240 千字

ISBN 978-7-01-023782-4 定价:78.00 元

邮购地址 100706 北京市东城区隆福寺街 99 号
人民东方图书销售中心 电话 (010)65250042 65289539